Dos cafés y una aventura

Dos cafés y una aventura

Bilogía Dos más dos II

Ana Álvarez

Primera edición: junio de 2019

© 2019, Ana Álvarez
© 2019, Penguin Random House Grupo Editorial, S.A.U.
Travessera de Gràcia, 47-49. 08021 Barcelona

Penguin Random House Grupo Editorial apoya la protección del *copyright*.
El *copyright* estimula la creatividad, defiende la diversidad en el ámbito de las ideas y el conocimiento, promueve la libre expresión y favorece una cultura viva. Gracias por comprar una edición autorizada de este libro y por respetar las leyes del *copyright* al no reproducir, escanear ni distribuir ninguna parte de esta obra por ningún medio sin permiso. Al hacerlo está respaldando a los autores y permitiendo que PRHGE continúe publicando libros para todos los lectores.
Diríjase a CEDRO (Centro Español de Derechos Reprográficos, http://www.cedro.org) si necesita fotocopiar o escanear algún fragmento de esta obra.

Printed in Spain – Impreso en España

ISBN: 978-84-17664-20-6
Depósito legal: B-7.719-2019

Compuesto en Comptex & Ass., S. L.

Impreso en Romanyà Valls, S. A.
Capellades (Barcelona)

VE 6 4 2 0 6

| Penguin
Random House
Grupo Editorial |

Para mis primas, casi, casi mis hermanas.
Porque somos fruto de una bilogía de dos más dos

1

Recuperando la libertad

Habían pasado casi tres años desde que Mónica Rivera dejó su coqueto *loft* para mudarse con su hermana, embarazada de gemelas. La ausencia del padre de las niñas había prolongado su estancia para ayudarla no solo durante el embarazo, sino también en el cuidado de las dos revoltosas criaturas, y solo cuando Cristian volvió a formar parte de la vida de Lorena y de sus sobrinas, se permitió volver a su hogar y a su vida anterior.

Regresó a su casa con alegría, dispuesta a recuperar el tiempo perdido y su anterior vida de soltera, para comprobar que había cambiado y ya no le satisfacían las mismas cosas. El hecho de haber pasado mucho tiempo sin más diversión que ir al parque de bolas, o cenar en compañía de su hermana, su cuñado y el hermano de este, César, la había alejado de sus anteriores diversiones.

Aunque no había permanecido apartada de su hogar todo el tiempo. Durante los últimos meses, en que Cristian y su hermana habían retomado su relación, rota cuando Lorena se quedó embarazada, ella pasaba alguna noche ocasional en su *loft* para darles intimidad, pero no se había vuelto a mudar de forma definitiva hasta que se habían ido a vivir juntos, unas semanas atrás, y desde entonces intentaba recuperar su vida.

La primera noche a solas se sentó en el sofá, abrió una

botella de vino y se sirvió una copa. Se dijo que ya saldría de fiesta en otra ocasión, en aquel momento lo único que deseaba era tranquilidad y saber que dormiría toda la noche de un tirón, sin que ninguna de sus sobrinas alterase su sueño. Que podía tomarse unas copas de vino sin el temor de atender una fiebre de madrugada o cualquier otra contingencia propia de bebés.

Cogió el mando de la televisión y seleccionó un canal tras otro hasta encontrar una película, que vio sin interrupciones, mientras picoteaba algo de cena y bebía a pequeños sorbos de la copa. Había recuperado su vida, y aunque quería a las pequeñas Maite y Ángela con locura, tenía muy claro que la maternidad no era para ella, ni la vida en pareja tampoco. Con seguridad le llevaría un tiempo volver a adaptarse a su rutina de antes, pero lograría retomarla y ser la Mónica de siempre: alegre, desenfadada y un pelín aventurera. Y no pensaba permitir que ningún hombre, por muy atractivo que le pareciese, cambiara eso. Ella no era como su hermana, de pareja estable, de vida familiar y hogareña. En los treinta y tres años de vida que ambas compartían, pues eran gemelas idénticas, solo le había conocido a Lorena dos relaciones, aunque el hombre de su vida era sin duda Cristian, el padre de sus hijas.

Ella, en cambio, llevaba a sus espaldas una buena colección de hombres, aunque ninguno había durado mucho.

Era enamoradiza, se lanzaba a una relación con todas sus energías, se colgaba del hombre en cuestión hasta la médula y, tan de repente como todo había comenzado, se desinflaba su interés y el sujeto dejaba de atraerla. Le tocaba entonces cortar la relación, y a veces quedaba un corazón roto a sus espaldas. Sentirse la mala de la historia no era agradable, pero no podía evitarlo. Se enamoraba y pensaba que sería definitivo, pero siempre se equivocaba.

Los tres años que llevaba sin mantener ningún noviazgo la habían hecho recapacitar y decidir que, en el futuro, tendría más cuidado a la hora de lanzarse de cabeza a una relación que, sin lugar a dudas, tendría un final. El único hombre que durante ese tiempo había atraído su interés estaba prohibido, porque cuando todo terminara estaría obligada a verle y eso sería muy incómodo, para ella y para toda su familia. César Valero, el cuñado de su hermana, debía seguir siendo solo eso, por muy simpático y atractivo que le pareciese.

Tras los primeros días de relax y de disfrutar de su casa, se decidió una noche a salir a tomar una copa en uno de los locales donde solía acudir antes del embarazo de Lorena.

Se arregló con esmero, se puso uno de sus vestidos más sexis, se maquilló a conciencia y, cuando se miró al espejo, sintió que había recuperado a la Mónica de siempre.

Entró en el local y se dirigió con paso lento hasta la barra, donde se acomodó en uno de los taburetes. Era consciente de las miradas que la siguieron y que continuaron posadas en su espalda.

—¡Hola! —saludó el camarero que la reconoció al instante—. ¡Cuánto tiempo sin verte por aquí!

—Sí, mucho. He estado de viaje —mintió sin ganas de dar explicaciones de su prolongada ausencia.

—Imagino que te volveremos a ver a menudo.

—Es muy probable —dijo sin comprometerse.

Después de tres años, y aunque la decoración era la misma, notaba algo diferente en el local. No sabía qué, pero no se había sentido cómoda cuando entró y tampoco en aquel momento, analizada por varias miradas masculinas que la desnudaban con descaro desde diversos ángulos.

No buscaba rollo esa noche, solo deseaba tomar una copa sola o en agradable compañía, pero su instinto le decía que no iba a conseguirlo.

No tardó en observar que el taburete vacío a su lado era ocupado por un hombre joven, de su misma edad. También observó una alianza de casado en el dedo anular y torció el gesto.

—¡Hola, preciosa!

Pensó que mal empezaba y temió que lo siguiente fuera el tópico de «¿qué hace una chica como tú en un sitio como este?».

—¿Qué haces aquí tan sola?

Sonrió al ver que se había equivocado muy poco, pues el tópico estaba servido. Alzó el vaso y aclaró lo evidente.

—Tomando una copa.

—¿Y no prefieres hacerlo en compañía?

—No tengo problema con la compañía siempre y cuando se trate solo de eso.

—Por supuesto, si es lo que quieres.

El hombre se acomodó mejor y fue acercando el brazo que tenía apoyado sobre la barra, aunque sin atreverse a rozarla. Su intuición le decía que un contacto más directo no sería bien recibido. No obstante, la mujer era una belleza y nueva en aquel local, lo que había suscitado su interés y pensaba dejárselo claro.

—¿Es la primera vez que vienes por aquí? Nunca te había visto antes.

Se había girado un poco en el taburete y la contemplaba con descaro, desviando con frecuencia la vista hacia los senos, resaltados por el vestido.

—Era asidua, pero hace bastante que no vengo por aquí.

—¿Por algún motivo especial?

—He estado fuera.

El hombre acercó el taburete unos centímetros más con gesto casual. Mónica sonrió viéndole venir.

—¿Por trabajo o por placer? —inquirió.

—Haces demasiadas preguntas. Yo solo deseo tomar una copa, no verme sometida a un interrogatorio.

—Bien, tú me dices de qué hablamos entonces. ¿Del tiempo?

Ella dio un trago y se encogió de hombros.

—Hace una noche preciosa —continuó el hombre.

«Mierda. ¿No puedes ser más original?», pensó, comenzando a hartarse de aquel tío tan simple.

—Está nublado.

—¡No me había dado cuenta, porque desde que has aparecido todo se ha iluminado!

Mónica trató de no escupir el sorbo de su bebida con la carcajada que no pudo controlar. No le fue posible, y su precioso vestido quedó salpicado de líquido.

—Disculpa —dijo, saltando del taburete con el mal humor pintado en el rostro—. Tengo que ir a limpiar esto.

—¡Te has puesto perdida!

—¿Tú crees? —masculló con ironía.

—¡No hay más que verlo!

El hombre bajó a su vez y se dispuso a seguirla. Mónica se volvió hacia él a cada momento más irritada.

—¿Dónde se supone que vas?

—Te acompaño.

—Soy muy capaz de limpiar una mancha sin ayuda. Quédate donde estás, ya has hecho bastante.

—¡No irás a culparme! Eres tú la que ha espurreado el cóctel sobre el vestido.

—Cállate. Y déjame en paz, ya he tenido suficiente compañía por esta noche.

Furiosa, entró en el lavabo de señoras, mientras escuchaba a sus espaldas la voz de aquel imbécil llamándola borde. Empapó una de las toallitas de papel del expendedor en agua y jabón y frotó tratando de quitar la mancha, pero solo consiguió dejar un cerco húmedo y mucho mayor que el inicial.

Bufó desabrida y, colgándose el bolso con gesto malhumorado, salió del aseo y del local sin volver la vista atrás, dejando el resto de la bebida sobre la barra. ¡Lástima que ya la hubiera pagado, aquel idiota merecía hacerse cargo de la consumición!

Apenas entró en el coche y se acomodó ante el volante, ligeras gotas de lluvia golpearon el parabrisas. ¡La noche mejoraba por momentos! Porque, como era habitual en ella, había salido sin paraguas, a pesar de que el tiempo amenazaba lluvia.

Se dirigió a su casa, y para variar no encontró una plaza de aparcamiento en las cercanías del portal. Tras dar varias vueltas por los alrededores, estacionó a un par de manzanas, y salió del coche dispuesta a mojarse.

Caminó despacio con los altos tacones sobre la acera resbaladiza; lo único que le faltaba era caerse y hacerse daño.

Cuando entró en el edificio y el espejo del ascensor le mostró su aspecto, no supo si reír o llorar. El cristal le devolvió una imagen desastrosa, muy alejada de la mujer guapa que salió un par de horas antes, con el pelo húmedo pegado a la cara, el vestido empapado y el maquillaje corrido. Esperaba no encontrarse con ningún vecino y pasar a ser «la bruja del segundo» a nivel comunal.

—¡Joder! —susurró bajito para sí misma—. ¡Con lo mona que me había puesto yo esta noche!

Resignada, entró en su casa, se dio una ducha caliente y, a continuación, trató de quitar la mancha al vestido, con la esperanza de que el líquido pegajoso del cóctel no lo hubiera arruinado. Era uno de sus favoritos y no quería renunciar a él.

Mientras frotaba con cuidado la delicada tela, no pudo dejar de pensar en el hombre que había provocado la salpicadura y en otros como él. ¿De verdad pensaba que su patético intento de ligar funcionaría? Trató de recordar si tres años atrás ella hubiera podido sucumbir a un acercamiento semejante, y no estuvo segura. De lo que sí lo estaba era de que aquella noche solo le había producido hilaridad y aburrimiento.

Tras poner el vestido a secar colgado en una percha, se acurrucó en el sofá e intentó relajarse y quitarse el mal sabor de boca de las horas anteriores.

Una luz parpadeante en la esquina superior de su teléfono móvil le indicó que tenía un mensaje de wasap no leído y se apresuró a mirarlo.

Era de Lorena, de unas horas antes, y el contenido le arrancó una sonrisa:

«Hola, Moni. Las niñas te echan de menos, y yo también. Como imagino que ya te habrás desquitado con creces de estos años de celibato, ¿te apetece venir a almorzar mañana? No hace falta que sea muy temprano, puedes dormir hasta tarde y venir con la hora justa».

Antes de responder comprobó que el reloj marcaba las dos y cuarto de la madrugada, por lo que decidió dejar el mensaje aceptando la invitación para la mañana siguiente. Claro que iría, también ella echaba de menos a las diablillas de sus sobrinas y a su hermana. No existía plan mejor para un domingo.

Vestida con ropa cómoda, bastante diferente de la que había usado la noche anterior, Mónica llegó a la urbanización residencial donde vivía su hermana. Unos vaqueros, una camisa de algodón y zapatos planos era el atuendo perfecto para enfrentarse a sus sobrinas, pues no tenía dudas de que acabaría en el suelo, y con la ropa maltrecha. Cuando estaba con ellas perdía toda la compostura y se tiraba sobre la alfombra a jugar o a lo que fuera necesario.

Apenas cruzó la puerta de la casa, tras estacionar en la calle, las niñas de poco más de dos años se le echaron encima.

—¡Tita! ¡Tita! —exclamaron, abrazándose a sus piernas.

—¡Holaaaa! —Se arrodilló y las abrazó a su vez.

Eran iguales, aunque no tanto como Lorena y ella. Ángela tenía las mejillas más regordetas y Maite el pelo más claro que su hermana, aunque solo era perceptible para quienes las conocían bien. También la personalidad de ambas estaba muy marcada y en eso sí eran muy diferentes.

—¿Cómo están mis niñas?
—Mis niñas quieren jugar.
Detrás de sus hijas, Lorena contemplaba divertida la escena.
—¿Habéis sido buenas? ¿Os portáis bien?
—Nos hemos comido el pescadito. Para que no se lo coma Icon.
—¿Icon? —preguntó, abriendo mucho los ojos.
—El gatito. Ven, mira a Icon.
—Es un gato de peluche —aclaró Lorena mientras su hija salía hacia su habitación para buscar el juguete—. La semana pasada César trajo un gato de una camada que había en el parque y las niñas se volvieron locas con él. Pero ya sabes lo que opino sobre los animales en las casas, aparte del desastre que podría originar si se colara por descuido en mi estudio o en el de Cristian. De modo que se lo llevó de vuelta y se lo ha quedado él. Para compensarlas, su padre les ha traído uno de peluche, y le han puesto el mismo nombre que César al suyo.
—¿Icon?
—No, Rickon, como un personaje de la serie *Juego de tronos*, pero las niñas no lo pronuncian bien.
—¡De modo que César y *Juego de tronos*! Una caja de sorpresas, tu cuñado. Por cierto, ¿cómo está?
—Hoy, de excursión. A Cristian le han encargado un reportaje para una revista de naturaleza y se han ido juntos. No lo espero hasta la noche, de modo que tenemos un día de chicas por delante.
Ángela regresó con un peluche que colocó en el suelo sobre la alfombra y ambas se pusieron a jugar con él.
Mónica y Lorena se sentaron en el sofá a charlar mientras las vigilaban.
—¿Cómo te va la vida de casada? —preguntó Mónica a su hermana, aunque la sonrisa radiante de esta se lo decía todo.
—No estoy casada.

—Vives en pareja y tenéis dos hijas... estás casada, aunque sea sin papeles. Pero, por tu expresión, deduzco que bien.
—Soy muy feliz, Moni.
La mirada ilusionada de su hermana la llenó de alegría. Ella sabía demasiado bien cuánto había sufrido en el pasado y cómo merecía esa felicidad que disfrutaba en la actualidad.
—Me alegro muchísimo.
—¿Y tú? ¿No te animas?
—¡Calla, Lore, que te veo venir! La vida de pareja no es para mí. Ni la maternidad. Quiero muchísimo a tus hijas, pero me encanta ser la tita Moni, la que se tira en la alfombra y les da helado a escondidas. En el futuro seré quien las maquille, les compre los condones y las cubra cuando tengan una borrachera de adolescentes.
—¡No se te ocurrirá hacer eso!
—Por supuesto que sí. La responsabilidad es otra cosa, y la fidelidad también. Ninguna de ellas es para mí.
—Ya me dirás cuando encuentres a alguien especial.
—Aún no lo he encontrado.
—¿Seguro?
—Seguro. Sé por dónde vas, y no —negó con énfasis—. Tu cuñado es un tío cojonudo, simpático, divertido y no pongo en duda que en la cama te tiene que dejar con los ojos vueltos del revés. Pero no es nadie especial.
—Sin embargo, tú has pensado en cómo te tiene que dejar en la cama, reconócelo.
—No me líes...
—Moni, que nos conocemos.
—Con ese pedazo de cuerpo, si todo va acorde... pues no puede ser de otra forma. Que ya sabemos que el tamaño sí importa.
—¡Oye! Tú ya lo has averiguado.
—¡No, qué va! Lore, es el hermano de Cristian, jamás me liaría con él. Ahora, lo único que quiero es algún polvo ocasional que me dé alegría al cuerpo y sin ningún tipo de com-

promiso; estoy cansada de relaciones que empiezan y se acaban en un pispás.
—De acuerdo, no insisto. Cuéntame entonces cómo van tus polvos ocasionales.
—¡Fatal! —exclamó con expresión abatida—. Anoche salí, y aunque mi intención no era regresar a casa con un hombre, quería volver a mi vida de antes. Pero lo único que logré fue regresar con un enfado monumental, un vestido manchado y calada hasta los huesos.
—Y sola.
—Pues sí, sola. Ya te he dicho que no buscaba compañía para la noche, sino un poco de charla, y pasar un rato agradable. Pero se me acercó un idiota que lo único que logró fue aburrirme y que yo misma me manchara el vestido con la bebida que estaba tomando. No pudo ser más patético en su intento de ligar conmigo. O los hombres se han vuelto imbéciles en el tiempo que he estado fuera de circulación o yo, demasiado exigente.
—Quizá ambas cosas.
—No sé, Lore. ¿Cómo se puede entablar conversación con un interrogatorio o hablando del tiempo? De verdad que salí de allí asqueada.
—Y sin echar un polvo.
—Sí, pero ya te he dicho...
—Sí, sé lo que has dicho. Pero creo que te hace mucha falta que alguien te deje con los ojos vueltos del revés en la cama. Y no tiene por qué ser César —añadió al ver la cara de exasperación de su gemela—. ¿Cuánto hace que no estás con un tío?
—Mucho. Pero me las apaño de maravilla con mis juguetitos.
—Los juguetitos no besan, ni abrazan.
—Ni hay que aguantarlos después ni lavarles los calzoncillos. Tampoco hablan del tiempo ni dicen estupideces. Y no quiero seguir hablando de esto. —Se levantó del sofá y se sen-

tó en el suelo junto a sus sobrinas—. He venido a jugar con mis niñas.

Lorena se resignó a que no iba a sacar más información de su hermana aquel día, por lo que también se unió al juego, esperando a un momento más propicio para sonsacarle.

2

Ese chico tan atractivo

Mónica entró en el *sex-shop* donde con anterioridad había comprado algún que otro juguete para su propio uso. Era una mujer muy activa sexualmente, pero desde hacía tres años sus contactos con hombres habían sido muy esporádicos, por lo que tenía que satisfacerse sola. Además, le gustaba juguetear y en el cajón de la ropa interior de su armario guardaba un surtido de consoladores y aparatos de diversos tipos y tamaños.

Aquella tarde, al salir del trabajo, decidió pasar por el establecimiento donde solía abastecerse en busca de algo diferente, que diera un poco de novedad a su vida sexual.

Nada más empujar la puerta abatible, divisó de espaldas la figura de un hombre altísimo que reconoció de inmediato. Las largas piernas, los hombros anchos y el pelo castaño que caía un poco sobre el cuello, le eran muy familiares.

Se acercó despacio y sonrió al ver que no se había equivocado. César Valero, el cuñado de su hermana, se hallaba muy concentrado mientras sostenía un consolador enorme y de aspecto natural en una mano y un vibrador multifunción, morado fosforescente y algo más pequeño, en la otra. Parecía dudar entre ambos y tan absorto estaba en sus cavilaciones que no se percató de su presencia hasta que le dirigió la palabra.

—¿Saliendo del armario? —preguntó divertida.

Él giró la cabeza y sonrió con una chispa en la mirada.
—No son para mí.
—Eso es lo que dicen todos...
—En mi caso es la verdad. Si fuera para mí, no lo ocultaría... No tengo inhibiciones ni prejuicios y, mucho menos, en el terreno sexual. El caso es que una compañera se ha divorciado y esta noche va a organizar una fiesta en su casa. El equipo ha decidido regalarle «un sustituto», me han encargado a mí comprarlo y tengo que reconocer que estoy un poco dudoso.
—Si puedo ayudarte...
—¿Tú... entiendes de estas cosas? —La miró como si la viera por primera vez, aunque se conocían desde hacía más de dos años.

Mónica sonrió.
—Bastante. Soy habitual consumidora —admitió sin reparos.
—¿Y cuál escogerías?

Alargó la mano señalando el multifunción.
—Este.
—Pues menos mal que me has aconsejado. Yo estaba a punto de decidirme por el otro.
—¡Hombres! Cuanto más grande mejor, ¿no? Es cierto que el tamaño importa, pero también hay que tener en cuenta otros factores. Como buen bombero, deberías saber que para apagar un fuego no se necesita una manguera enorme, sino dirigir el chorro al lugar adecuado.

César lanzó una sonora carcajada que hizo levantar la cabeza a la chica que regentaba la caja.
—Eso me lo apunto. Creía que sobre mangueras había ya escuchado todo lo habido y por haber, pero esa frase es nueva.
—Soy una mujer original.
—Nunca lo he dudado. Y tú, ¿qué has venido a comprar? Si no es mucha indiscreción.
—Solo estaba echando un vistazo, por si había algo que

me llamara la atención. Pero creo que volveré en otro momento.

—¿Porque estoy yo?

—Sí —admitió rotunda.

—¿Te da vergüenza que vea lo que vas a mirar? No creo que seas de las que se cohíben por algo así.

—No me cohíbo, pero conozco a los hombres lo suficiente para saber que vuestra imaginación se dispara muy rápido en cuanto al sexo se refiere, y no me gustaría pensar que en la próxima comida familiar en la que coincidamos, me imaginarás con un juguetito concreto en las manos.

César ahogó una risita y pensó que tenía razón. La idea de Mónica Rivera usando uno de aquellos aparatitos en su cuerpo lo había puesto cachondo de inmediato. De las dos gemelas, era ella la que siempre le había gustado, por suerte para él, puesto que Lorena era la pareja de su hermano. Aunque hasta el momento solo se habían tratado en el ámbito familiar, casi siempre cuidando de sus sobrinas. Mónica no había dado pie a nada más y él, a pesar de sentirse atraído, no había intentado nunca un acercamiento.

Sin embargo, aquella tarde, al ver la chispa en los ojos castaños de la chica, tuvo el intenso deseo de conocerla más, y la confesión de que le gustaban los juguetes sexuales no había tenido nada que ver. Aunque la ligera opresión que sentía en los vaqueros le dijera lo contrario.

—¿Entonces, este?

—No podría asegurarlo con rotundidad sin conocerla, pero yo diría que sí.

—Es morado.

Mónica lanzó una carcajada.

—¿Y qué problema hay con eso?

—Si yo fuera una chica me daría repelús meterme algo morado en el cuerpo.

—Pero no eres una chica.

—Eso es cierto. Bien, voy a la caja y tú si quieres puedes

quedarte a hacer tu compra. Prometo no escudriñar por el escaparate.

—Solo estaba mirando.

—En ese caso, quizá te apetecería un café. Acabo de salir de un turno de veinticuatro horas y sobrevivo a base de cafeína hasta que pueda meterme en la cama.

Mónica no se lo pensó. Hacía mucho que solo veía a César en familia, y le apetecía charlar con él un rato sin salir corriendo a cada momento detrás de una de sus sobrinas.

—Yo nunca le digo que no a un café.

—Vamos, entonces.

Se dirigieron a la caja donde César pagó y pidió que le envolviesen la compra para regalo.

—¿Quiere la bolsa para transportarlo con comodidad y discreción?

Él se volvió hacia Mónica y le preguntó:

—¿La queremos?

Ella asintió con la cabeza.

—Ponga la bolsa.

—Y las pilas... —añadió ella.

—Las pilas van incluidas en la caja. También un lubricante de regalo.

César contempló cómo le envolvían el obsequio y deseó que su compañera no se lo tirase a la cabeza. Era una de las pocas mujeres en el Parque y la única en su equipo habitual de trabajo. Sin lugar a dudas, para estar allí debía tener mucho carácter. Y lo tenía.

Cuando todos los compañeros decidieron regalarle «el sustituto», como lo llamaban entre bromas, le pareció una buena idea, pero en ese momento no estaba seguro.

Con el paquete guardado en una bolsa de plástico totalmente anodina salieron del establecimiento. Buscaron un lugar no muy alejado, que estuviera tranquilo, donde charlar sin necesidad de alzar mucho la voz, y encontraron una cafetería en la que apenas la mitad de las mesas estaban ocupadas.

Se acomodaron y encargaron las consumiciones. César colocó la bolsa en una silla vacía entre ambos y la miró a los ojos antes de preguntar:

—¿Cómo te va la vuelta a la normalidad, después de regresar a tu casa?

—Bien.

—¿Solo bien? Esperaba más entusiasmo. Recuperar tu tiempo, tu espacio, tu vida anterior debería provocar más emoción. Has dedicado tres años a cuidar de Lorena y de las niñas y pensaba que tendrías ganas de disfrutar un poco.

Mónica lanzó un leve suspiro. Por mucho que deseaba decirle que estaba genial, que iba de juerga en juerga, no podía mentirle a esa mirada inquisidora que ahondaba en la suya. César la conocía lo suficiente para saber si le decía o no la verdad.

—Solo bien, sin entusiasmo.

—Las echas de menos. —No era una pregunta.

—Por supuesto, pero no es solo eso. He cambiado y, lo que antes me gustaba, ahora he descubierto que me aburre sobremanera. He salido alguna noche como hacía antes a tomar una copa, a bailar a las discotecas de salsa, pero me he vuelto al poco rato y, lo que es peor, sin haberme divertido. ¡Ni siquiera me gusta el tipo de hombres que me gustaba!

César rio con ganas, y después dio un sorbo a su café, negro y fuerte.

—¿Y qué tipo de hombres te gusta ahora? Si no es indiscreción...

Mónica clavó en él una mirada intensa, y susurró:

—¡Ojalá lo supiera! Desde luego, no los pesados que me entran en la barra de un bar con frases idiotas.

—A lo mejor deberías probar en otros sitios. Es muy posible que encuentres hombres y diversiones mucho más sanas.

—¿Cómo cuáles? —preguntó escéptica.

—Gimnasios, centros de equitación, bibliotecas... Hay multitud de espacios donde conocer gente. No creo que alguien con tu belleza y tu simpatía tenga problemas para eso.

—¡Buf! Musculitos, pijos o intelectuales... Lo siento, no son lo mío.

—¿Y los que practican deportes de riesgo? Los hay muy *apañaos* —bromeó.

Mónica sabía que se refería a sí mismo, pero ignoró la alusión.

—¿Te refieres a los que saltan en paracaídas o hacen *puenting*?

—Entre otras muchas cosas. No tiene por qué ser tan drástico ni hay que tirarse desde ningún sitio. Senderismo, escalada, barranquismo, acampada libre... Te aseguro que despierta la adrenalina y te da un subidón tremendo, además de ponerte en forma.

—Nunca he hecho nada de eso.

—Quizá deberías probar. Yo podría guiarte... si quieres.

Ya no pudo ignorar una invitación tan explícita.

—¿Tú practicas ese tipo de actividades? Creí que habías encauzado tu adicción al riesgo con lo de meterte en edificios en llamas.

—También tratando a gemelas peligrosas, no lo olvides.

Mónica se rio con ganas.

—Pero, de vez en cuando, me voy por esos mundos a hacer locuras, como dice Cristian. En realidad, no es para tanto, me relaja y la verdad es que cuando paso mucho tiempo sin hacer una escapada, lo echo de menos.

Mónica bebió su café, que empezaba a enfriarse. Le gustaba tomarlo caliente, pero se sentía tan a gusto que deseaba prolongar lo máximo posible el encuentro, así que solo dio un pequeño sorbo. César no tenía nada que ver con el resto de los hombres que había tratado en las últimas semanas, y ella no deseaba terminar la conversación y marcharse, sino todo lo contrario. Sentía que, si se dejaba llevar, quizá acabaría enamorándose, pero no era una buena idea, de modo que contuvo su imaginación. No obstante, le apetecía mucho lo que le acababa de proponer.

Él advirtió su vacilación e insistió.

—¿Qué tal un poco de escalada para empezar?

Mónica abrió mucho los ojos.

—¿Escalada? ¿Quieres decir ponerte unos arneses y subir una montaña cortada a pico?

—No, mujer —rio—, para eso hay que estar muy entrenado. Me refería a un rocódromo, que es donde se empieza a practicar. Una pared llena de pequeños apoyos para los pies y, como mucho, de un par de metros. No voy a llevarte a ningún lugar peligroso donde te descalabres y yo tenga que abandonar Madrid huyendo de nuestros respectivos hermanos. Solo te ofrezco la posibilidad de hacer algo diferente a salir de copas o a bailar.

—De acuerdo —aceptó sin siquiera pensárselo. Si lo hacía dejaría pasar la posibilidad de hacer algo que le apetecía mucho, y era ver de nuevo a César Valero fuera del entorno familiar. Solo debía tener presente que era el cuñado de su hermana y el tío de sus sobrinas y no permitir que ningún otro sentimiento se colara entre ambos.

Él buscó en su móvil y le mostró una foto.

—Este es el rocódromo de la Complutense. Es idóneo para principiantes, y ya luego, si te gusta, podremos buscar alguno con más dificultad.

Mónica miró la imagen. A simple vista parecía fácil, se trataba de un muro recto y bajo lleno de apoyos para los pies y, una vez superado este, otro inclinado y de bastante más altura. No creía que el primer nivel le supusiera ninguna dificultad, siempre había sido atlética y practicado algún deporte, aunque generalmente a ras del suelo.

—Creo que podré con ello. Quedamos cuando quieras.

—Dame unos días. Acabo de salir de un turno de veinticuatro horas, descanso cuarenta y ocho y luego entro cuatro días en turno de noche. Después lo organizaré, si te viene bien.

—Claro, me llamas cuando lo tengas todo listo.
—Te va a gustar, estoy seguro. Aunque el rocódromo no es ninguna maravilla, es el primer paso hacia la montaña. Eso sí es impresionante.
—Das por sentado que algún día iremos a la montaña.
Él se encogió de hombros.
—Solo si quieres.
Mónica terminó el café, helado después de tanto rato de charla, con una mueca.
—Ya veremos.
—¿Quieres tomar algo más?
—No, gracias. Si me tomo otro café me pasaré la noche desvelada, y mañana trabajo. Algunas personas tenemos turnos normales, con horario de oficina y de lunes a viernes.
—En ese caso, no te entretengo más. Yo iré a ver a las niñas un rato. ¿Quieres venir? —propuso con la clara intención de no despedirse aún de ella.
Por la mente de Mónica pasó la sonrisa pícara de su hermana si los veía llegar juntos, y decidió no darle carnaza.
—No, tengo cosas que hacer.
—¿Como volver al *sex-shop*?
—No, eso será otro día. Y te agradecería que no le cuentes a Lore los planes para hacer escalada. Se preocuparía.
—No le diré a tu hermana una palabra, dejaré que tú le cuentes lo que quieras.
Mónica supo que no se refería solo a la escalada, sino también a su encuentro. Al parecer, le leía la mente.
—Gracias.
—Tengo el coche cerca. ¿Te dejo en algún sitio?
—No, iré dando un paseo.
—Bien.
César se levantó para pagar las consumiciones y después se dirigieron juntos hacia la salida.
—La próxima vez invito yo.
—Sin problemas.

Una vez en la calle se separaron, cada uno en una dirección. Mónica se dirigió despacio a su casa con la sensación de que haberse tomado un simple café con César Valero le había causado más satisfacción que las salidas de las semanas anteriores a bares de copas y discotecas. Y se convenció a sí misma de que si ambos mantenían su relación en el contexto deportivo no existía ningún riesgo de que los sentimientos se vieran implicados.

3

Rocódromo

Mónica se pellizcó el puente de la nariz. Llevaba toda la mañana cuadrando las cuentas del mes de la empresa, una de las tareas que más le desagradaban. Por fortuna Patrimonio, que solía pagar a noventa días, había ingresado la cantidad correspondiente con puntualidad y no tendrían problemas para acometer nuevos proyectos.

Desde que Lorena había dejado de realizar largas restauraciones fuera de Madrid los ingresos habían menguado de forma considerable, pero la empresa seguía adelante. Ambas estaban de acuerdo en que la vida personal y familiar de su hermana era prioritaria, puesto que también Cristian había renunciado a encargos que lo mantuvieran largo tiempo alejado de «sus chicas», como solía llamarlas.

Desde la hoja Excel cuadró los gastos de las diferentes partidas con los ingresos y estaba a punto de finalizar la tarea cuando vibró el móvil, puesto en silencio sobre la mesa de madera.

Una ojeada a la llamada entrante le bastó para dejarlo todo y responder, mientras una sonrisa iluminaba su rostro.

—¡Hola, César!

—Hola; espero no interrumpir nada importante.

—Tranquilo, nada que no pueda continuar más tarde.

—Pues te llamaba, entre otras cosas, para concretar nuestra salida al rocódromo. Como ya te dije, tengo el fin de semana libre, así que tú decides el día y la hora.

—Soy novata en esto, César, y como bien sabes, tengo libres todos los fines de semana. Elige tú.

—¿El sábado entonces?

—Perfecto. ¿Algo especial que deba llevar?

—Ropa cómoda que te permita moverte con libertad, y el calzado adecuado sería un pie de gato, pero para el rocódromo pueden servirte unas deportivas flexibles. Si algún día decidimos practicar en la montaña, entonces ya necesitarías más equipo.

—Tienes planeado llevarme a la montaña, ¿eh? —preguntó convencida de que esa era su intención, puesto que ya había hecho alusión dos veces a ello.

—Eso lo decidirás tú, si la experiencia te gusta y quieres ir más allá.

Algo en la voz de César le hizo intuir que no solo hablaba de escalada, pero decidió ignorarlo. La idea de hacer algo diferente la atraía demasiado para plantearse implicaciones emocionales. Ni siquiera quiso pensar si lo que la tenía tan eufórica era la aventura de trepar por un muro o la idea de hacerlo en su compañía. No quería plantearse nada, era Lorena quien se pensaba las cosas con minuciosidad; ella era la impulsiva, la que se arrojaba al vacío sin paracaídas. Aunque en esa ocasión se trataba más bien de subir, y no de bajar.

—Es posible que me vuelva adicta.

—Ya seremos dos, entonces. ¿Te recojo, me recoges, o nos vemos en la Complutense?

Mónica lo pensó un segundo. Si se reunían en el rocódromo tenía menos viso de cita.

—Mejor nos vemos allí.

—¿Sobre las cuatro? Es una hora tranquila y habrá poca gente.

—¿Quieres evitar que haga el ridículo?

—Sé que no lo harás.

—Perfecto. A las cuatro.
Colgó tras una breve despedida. No quería que César adivinase la euforia que la había invadido con la conversación, pero no pudo evitarlo. Se sentía feliz y ni siquiera la tabla Excel a la que se enfrentaba logró mermar esa sensación.

El sábado, lo primero que hizo al levantarse fue mirar por la ventana. El sol lucía en todo su esplendor aquel día de octubre, lo que reducía casi a cero la posibilidad de anular la salida con César.

Dedicó la mañana a limpiar la casa, algo que le provocaba mal humor, pero en aquella ocasión, con la música alta y la impaciencia por realizar una actividad diferente, se le hizo muy llevadera.

Sobre las doce la llamó Lorena.
—Hola, Moni.
—Hola. ¿Qué tal va todo?
—Pues bien, aquí, sobreviviendo a mis diablillas un día más. ¿Y tú?
—Sobreviviendo a la limpieza, de modo que peor que tú.

Lorena rio consciente de cuánto aborrecía su hermana las tareas domésticas.
—Te quería preguntar una cosa...
—Dime.
—¿Ejercerías de tía esta tarde o mañana? A Cristian y a mí nos apetece ir al cine a ver algo que tenga personas y no dibujos, para variar. Hay una película en la que estamos interesados.
—Mañana —se apresuró a aceptar—. Hoy no puedo, tengo un compromiso para después de almorzar.

Mónica supo que había hecho saltar las alarmas de su hermana con la vaguedad de su información. No solía tener problemas para contarle cualquier plan que le surgiera, fuese cual fuese. Pero con César era diferente.

—¿Un compromiso? ¿Por la tarde?
—Sí, he quedado con un amigo para dar una vuelta.
—Vale, entiendo. —Se adivinaba la segunda intención en la leve risita de Lorena.

Mónica sacudió la cabeza.
—No, no entiendes. No voy a pasarme la tarde en la cama, si es lo que estás imaginando. ¡Ojalá!
—¿Entonces? Porque tú no paseas...
—He decidido buscar otras diversiones más sanas que salir de noche. Últimamente eso no me llena, ni los tipos que intentan ligar conmigo en los bares, tampoco.
—Sigues en dique seco. —No era una pregunta.
—Bastante.
—Y ese hombre con el que has quedado... ¿es muy amigo?

No pudo contener la carcajada.
—Hemos tomado algún que otro café juntos, nada más.
—Bueno, pues si esta tarde el paseo se alarga y mañana no te puedes quedar con las niñas, avisa. Llamamos a César, a ver si él nos hace el favor.

Mónica se mordió el labio para evitar cualquier sonido que Lorena pudiese interpretar. Era muy lista su gemela y era muy probable que su observación llevara segundas intenciones.
—En caso de que yo no pueda, cosa que dudo mucho, seguro que él estará encantado.
—Entonces nos vemos mañana.
—Hasta mañana, Lore.

Mónica llegó con quince minutos de antelación, algo poco frecuente en ella. Tenía más tendencia al retraso, pero no quería que César pensase que le dejaba plantado después del interés que había mostrado en ofrecerle alternativas a sus ratos de ocio.

Desde el coche, aparcado a escasos metros del monolito que unas cinco o seis personas se afanaban por coronar, paseó la mirada tratando de encontrar al hombre con el que se había citado.

Enseguida le vio acercarse, cargado con una mochila que colgaba de un hombro, vestido con un pantalón de chándal gris y una camiseta blanca que marcaba su complexión atlética y fibrosa. A su mente acudieron las sospechas de Lorena sobre las actividades de la tarde, y lamentó que su gemela no tuviera razón, porque debía de ser una gozada acariciar esos pectorales que se adivinaban bajo la tela de algodón.

Sacudió la cabeza y desechó pensamientos que podrían resultar peligrosos mientras escalaba una pared, por muchas colchonetas que rodearan la construcción.

Descendió del vehículo y se dirigió a César, que le sonrió apenas divisarla.

—¡Hola!

—Hola... ¿Llevo la ropa adecuada?

El pantalón de lycra, ajustado y que le cubría las piernas hasta por debajo de las rodillas, la camiseta negra y los zapatos de deporte de lona fueron objeto de un detenido examen por parte del hombre, que hubiera causado incomodidad en alguien menos curtido que Mónica.

—Estás perfecta; solo le pondría una pega, y es el color. Son las cuatro de la tarde y el sol está pegando fuerte. Te vas a asar vestida de negro.

—Lo tendré en cuenta para la próxima vez. Si no me desnuco antes...

Alzó la mirada hacia la pared que se alzaba frente a ellos. De lejos parecía más baja y los apoyos, más grandes.

—¿Te echas atrás? —preguntó César socarrón.

—¡Ni por asomo! Aunque me he comprometido con Lorena a cuidar a las niñas mañana por la tarde, espero llegar de una pieza.

—Solo tiene tres metros, es para principiantes y, como puedes ver, el suelo está lleno de colchonetas. Si te caes no te harás daño.

—¿Y eso?

En uno de los extremos de la pared más baja y plana se alzaba un pico bastante más alto e inclinado.

—Eso es para expertos; tú, de momento y con ese calzado, te limitarás a esta parte.

—¿Mi calzado no es adecuado?

—Lo ideal para escalada son los pies de gato, pero de momento vamos a probar y, si la experiencia te gusta y quieres continuar, ya te explicaré el equipo que necesitas.

—De acuerdo.

—¿Lista?

—Sí.

—Pues, de momento, voy a subir yo y tú limítate a mirar cómo lo hago. Fíjate bien en los movimientos y en los detalles.

—Bien.

César se despojó de los zapatos deportivos que llevaba y se calzó otros que sacó de la mochila. Tenían un aspecto extraño, con una suela fina y algo curvada hacia abajo.

—Estos son los pies de gato, especiales para escalada, pero muy incómodos para todo lo demás. ¡Vamos allá! Y no pierdas detalle.

«De mil amores, contemplarte es todo un espectáculo.»

Él se dirigió a la pared y comenzó a subir con agilidad. De inmediato, los ojos de Mónica se centraron en el trasero que se marcaba bajo los pantalones de chándal, en los músculos de la espalda que parecían tener vida propia bajo la camiseta y en los fuertes brazos que sostenían el peso del cuerpo. En unos minutos llegó al final de la pared y se volvió hacia ella, que alzó el pulgar en señal de aprobación.

El descenso le llevó algo más de tiempo y, cuando estaba más o menos a un metro, saltó a tierra y se colocó a su lado con unos pocos pasos fuera de la colchoneta.

—¡Bravo!

—¿Te has fijado bien cómo lo he hecho?

—Perfectamente, como un experto.
—Entonces, es tu turno. Tómate tu tiempo, no tenemos prisa ni se trata de batir ningún récord. Y, al principio, no mires hacia abajo.

Mónica se dirigió a la pared, colocó el pie derecho sobre uno de los apoyos y, agarrándose con las manos, se impulsó hacia arriba.

«¿Y ahora qué? —pensó—. Debí fijarme en los pies y no en el trasero.»

—Alza el otro pie —le sugirió César desde abajo—. ¡No, no te sueltes de las manos, debes tener siempre tres puntos de apoyo mientras subes!

Con cuidado, y sintiendo sobre su espalda la mirada fija de él, pensó en si le estaría mirando los pies o haría como ella y sus ojos se centrarían en otras partes de su anatomía. Un pie resbaló antes de estar bien asentado y le llevó unos segundos volver a colocarlo.

—¡Cuidado! Concéntrate, Mónica.

«Eso, concéntrate o acabarás rompiéndote la crisma.»

—Un pie, una mano, ahora el otro... así. No pienses en nada, solo la pared y tú. Siéntelo —aconsejó César desde abajo. «Y tú mirando.»

Respiró hondo y trató de hacerle caso. Le llevó un rato llevar a término el ascenso, pero cuando llegó arriba, se sentó en el borde y se volvió a mirarle, como había hecho él poco antes. Se encontró con una amplia sonrisa.

—¡Muy bien! Ahora baja; es más difícil, así que despacio.

El descenso implicaba menos esfuerzo y más habilidad. El apoyo de los pies era más complicado. Se concentró en hacerlo bien, en no resbalarse, en estar a la altura.

Cuando llegó al suelo recibió la merecida recompensa en forma de elogio y sonrisa chispeante.

—¡Lo has hecho genial! Ahora, aquella esquina; tiene los resaltes más distanciados y conlleva mayor dificultad.

Lo intentó una y otra vez, cada una de ellas buscando mayor separación y dificultad. Cuando ya los brazos y las piernas le ardían por el esfuerzo, se negó a continuar.

—Ya es suficiente, no puedo más.

—¡No irás a decirme que estás cansada!

—¿Y eso lo dices tú, que no has hecho más que mirar?

—Tenía que guiarte para asegurarme de que no hicieras nada incorrecto y te lastimaras.

—¿Y no piensas darme una muestra de tus habilidades? Porque has subido el trozo fácil, el de principiantes.

—¡No quería abrumarte con mi experiencia! —bromeó.

—Oh, oh... eso suena a excusa.

Él lanzó una carcajada.

—De acuerdo, tú lo has querido.

Se dirigió hacia el extremo más alto de la construcción. Tras mirar hacia arriba, Mónica calculó que debería sobrepasar los diez metros de altura y con un grado pronunciado de inclinación. Había unas cuerdas colgando por la cara interna y, sin mirarla siquiera, César agarró una y comenzó a trepar con la misma agilidad que había mostrado antes en la pared lisa donde se había entrenado ella.

Contuvo el aliento al ver que prácticamente subía tumbado boca arriba, debido a la inclinación, y que, si la mano le fallaba, caería y se rompería la espalda, o la cabeza.

Pero no sucedió nada de esto. César trepó por la pared y alcanzó la cima con éxito. Mónica respiró aliviada y decidió que ya se habían terminado las ascensiones por aquella tarde, y que lo que quedaba sería para una agradable charla y una bebida fresca en el bar que divisaba a cierta distancia.

Él bajó por la otra cara, menos difícil, y se reunió al fin con Mónica.

—¿Impresionada? —Rio, secándose una gota de sudor que le resbalaba desde la frente. Abrió la mochila de la que sacó un par de toallas pequeñas. Le tendió una y con la otra se secó cara, cuello y brazos. Mónica hizo lo mismo, aunque no lo necesitaba tanto como él.

—Gracias —musitó—. No se me ha ocurrido traer una.
—Debí haberte avisado, pero lo olvidé.

A continuación, se quitó la camiseta sudada y la reemplazó por una limpia. Mónica miró el torso desnudo sin siquiera tratar de disimular, y un ramalazo de deseo la acometió. Los pectorales cubiertos de ligero vello pedían a gritos una caricia, que ella estaría más que dispuesta a darles. Era consciente de que César se había percatado de su observación, pero no dijo nada. Se limitó a bajar, muy despacio, la camiseta por los marcados abdominales y preguntó:

—¿Qué te apetece hacer ahora? Espero que no quieras irte ya a casa...

—Estoy sedienta. ¡Y no me digas que tienes una botella de agua en esa mochila sin fondo!

—La tengo, pero no lo diré. Hay un bar donde sentarnos a tomar algo fresco.

—Te debo una invitación, de modo que vamos a ese bar.

Mientras caminaban hacia el lugar, Mónica sentía las piernas y los brazos pesados. Se dejó caer en una de las sillas y pidieron unas cañas con que calmar la sed que sentían. El esfuerzo y la cálida tarde de octubre exigían descanso y bebida.

—¿Qué te ha parecido la experiencia?

—Fantástica. —Se masajeó los brazos con cuidado, para aliviar la tensión—. Aunque estoy segura de que mañana no me podré mover. ¡A ver cómo me las apaño con las niñas! Le prometí a Lorena que las cuidaría mientras ella y Cristian iban al cine.

—Si necesitas ayuda, ya sabes, el tito César está libre este fin de semana.

—Creo que podré sola... pero en caso contrario, tendré en cuenta tu ofrecimiento.

—Bien.

—No le he dicho a Lore que he quedado hoy contigo.

—No se enterará por mí, pero ¿puedo preguntarte por qué no deseas que lo sepa? Solo hemos venido a escalar.

—Porque tanto ella como tu hermano parecen pensar que hay algo entre nosotros.

—¡Ah! —exclamó César, alzando las cejas mientras le daba un trago a su cerveza.

—¡No te hagas el sorprendido! Estoy segura de que también a ti te han hecho alguna observación al respecto.

—Sí, mi hermano deja caer insinuaciones de vez en cuando.

Mónica sintió la imperiosa necesidad de saber qué opinaba él.

—¿Y qué le has dicho?

—Nada. Me he limitado a ignorarlas.

—¿No las niegas?

—¿Para qué? Conozco lo suficiente a Cristian para saber que no serviría de nada. Si tiene una idea en la mente, no la va a cambiar aunque yo diga lo contrario, de modo que dejo que piense lo que quiera.

«Tampoco lo convencería, porque tiene razón —pensó, pero se guardó de decirlo en voz alta—. Me gustas mucho, Mónica Rivera.»

—Yo a Lore sí se lo he negado. No quiero que me dé la lata a todas horas con el tema. Por eso prefiero que no sepa que hemos quedado hoy para escalar, por muy inocente que sea la actividad.

—¿Y si volvemos a vernos? No será fácil ocultarlo siempre —preguntó cauteloso—. ¿O te has quedado tan cansada que no piensas repetir la experiencia?

La sola idea de no volver a verle fuera del ámbito familiar se le hizo de pronto insoportable a Mónica.

—Me ha gustado mucho, la verdad, y el cansancio pasará.

—¿Entonces?

—Repetiré encantada, si a ti no te importa, claro. ¡Algún día quiero hacer lo que has hecho al final! Escalar en esa posición debe de ser alucinante.

—Tranquila, para eso aún te falta mucho. Pero iremos poco a poco y no tengo dudas de que lo conseguirás.

—Por supuesto que sí. La próxima vez vendré mejor preparada, con un calzado como el tuyo, toalla, camiseta de repuesto...
—¿Piensas cambiarte la camiseta en medio del césped? Convertirás el rocódromo de la Complutense en el más concurrido de Madrid. Y, por lo que a mí respecta, podemos quedar mañana mismo —bromeó César, aunque la imagen se tornó vívida en su mente y volvió a beber para refrescarse.
—¡Pareces un crío que nunca ha visto unos pechos!
—He visto bastantes, pero no los tuyos. —Le guiñó un ojo con picardía.
Mónica obvió la indirecta y trató de tomárselo a broma.
—¿Y qué tienen los míos de especial?
—Lo sabré si los veo... —Estuvo a punto de decir «cuando los vea», pero se contuvo a tiempo—. Todos los pechos son especiales y diferentes.
—¿En serio?
—Ajá.
—Entonces, les pasa como a los penes.
—Imagino que sí.
—Hablando de penes... ¿Qué le pareció a tu compañera el regalo?
—Pues, para empezar, no nos lo tiró a la cabeza, que ya es mucho. Sonrió, lo guardó y nos dio las gracias. Como comprenderás, no le he preguntado detalles.
—Seguro que le gusta.
—Por tu afirmación tan categórica, intuyo que tú tienes uno y hablas con conocimiento de causa.
Ella rio abiertamente y se encogió de hombros como respuesta.
—Podría ser.
—Y digo yo... ¿No sería mejor un hombre?
—Depende.
—¿De qué?
—Hay hombres muy torpes. Y otros a los que no les inte-

resa lo que nos gusta a las mujeres, van de prepotentes dando muchas cosas por sentado y ni siquiera se molestan en preguntar.

—¿Te ha pasado?

—Algunas veces, sí. Y mi amiguito nunca me deja a medias, siempre termina la faena.

—Eso no habla muy bien de mi sexo.

—No generalizo, también he estado con hombres que me han dejado sin aliento.

—Menos mal.

—Y tú, ¿de qué tipo eres?

—No lo sé, nunca se me han quejado, pero tampoco me ha dicho nadie que la haya dejado sin aliento, si te soy sincero. Tampoco suelo preguntar.

—Deberías hacerlo, a todas las mujeres no nos gusta lo mismo.

—Tomaré nota.

—Eso está bien.

César se mordió los labios para no preguntarle qué le gustaba a ella, pero no quiso ir demasiado lejos. Estaría encantado de hacerle cualquier cosa que le pidiese, pero si ese momento llegaba, no sería aquella tarde. Por lo pronto, la llevaría a escalar, de senderismo y la ayudaría a explorar esa faceta aventurera que acababa de descubrir. Y el tiempo diría.

Mónica apuró su cerveza. El vaso de él ya llevaba un rato vacío, pero no quiso pedir otra, a pesar de la sed, porque los controles de alcoholemia eran muy severos.

Aunque el rocódromo estaría abierto todavía un buen rato, el campus empezaba a quedarse vacío. Las primeras sombras del crepúsculo hicieron su aparición y en el bar solo quedaban ellos, con dos vasos vacíos sobre la mesa.

—Supongo que deberíamos irnos...

—Sí —admitió César—. Tú no te has cambiado de camiseta y se te enfriará el sudor, ahora que empieza a refrescar.

—Voy a pagar —dijo Mónica y se levantó sin ganas. Todos

los músculos del cuerpo protestaron. Se dirigió al bar y regresó minutos después caminando con las piernas rígidas.

—Madre mía, parezco Robocop; mañana no me podré mover. Creo que tendré que tomar agua con azúcar, como nos decían en el colegio, para aliviar las agujetas. ¿Funciona?

—No mucho. Mejor un masaje.

—E imagino que tú te ofreces voluntario...

—Por supuesto, soy un caballero.

—Un caballero de fuego.

Él le lanzó una mirada cargada de intención, y de fuego también.

—Lo decía por tu profesión.

—Ah, claro, mi profesión. En realidad, me dedico a apagar fuegos, no a provocarlos.

—Seguro que alguno has provocado por ahí.

César se echó a reír y, tras colgarse la mochila al hombro, empezó a caminar al lado de Mónica, sin responder a su observación.

Ninguno de los dos deseaba separarse, por lo que caminaron despacio y en silencio. Al llegar al límite del campus se despidieron con un casto beso en la mejilla, apenas un leve roce que les hizo desear mucho más.

Mónica entró en su coche mientras lo miraba alejarse con su paso elástico y acompasado.

«En mí podrías encender toda una hoguera, pero no es buena idea. Me limitaré a disfrutar de tu compañía y de las aventuras que podamos vivir juntos, fuera del terreno sexual. Puedo controlarlo, soy una mujer adulta y sé lo que me conviene.»

Y, con un profundo suspiro, arrancó el coche con la imagen del torso de César en la mente. Sin lugar a dudas, después de la ducha que necesitaba con urgencia, tendría que abrir el cajón de los juguetitos.

4

Un fin de semana diferente

Lorena entró en el despacho de su hermana tras saludar a Adela. No era habitual esa incursión, solían verse en sus respectivos hogares pero, aquel día, la petición que quería hacerle debía quedar entre ellas.

—¡Lore! ¡Qué sorpresa! —exclamó Mónica al ver irrumpir a su gemela.

Tras besarse con efusividad, escrutó en los ojos de la recién llegada y le preguntó a bocajarro:

—¿Qué ocurre?

—¿Por qué piensas que sucede algo?

—Porque nunca vienes por la oficina, salvo que nos convoque Patrimonio para alguna reunión, y ese no es el caso.

Lorena se sentó con una sonrisa.

—Tengo que pedirte un favor, y no quiero que Cristian se entere.

—¡Uy, uy! ¿Andamos con secretitos? Puedes contar conmigo si está en mi mano, ya lo sabes. Porque no estarás embarazada otra vez y pretendes que te crie al vástago sin que el padre lo sepa, ¿verdad?

—¡No, qué va! No queremos más hijos, tenemos suficiente con las dos fieras que están en casa. Se trata de trabajo; me han enviado la invitación para las jornadas que se van a realizar en la Universidad de Baeza, como el año pasado.

—Ya lo comentamos, y dijiste que este año acudirías. ¿Hay algún problema con eso?

—Han adelantado la fecha, y coincide con un encargo que le han hecho a Cristian en Suiza.

—¿Deseas que me quede con las niñas?

—No, prefiero que vayas en mi lugar; de un tiempo a esta parte, las pequeñas están siempre acatarradas y con fiebre y no te voy a cargar con esa responsabilidad sin que su padre o yo estemos en Madrid. El secreto se debe a que él cancelaría su encargo para que yo pueda acudir y está muy ilusionado con el trabajo. Hace bastante que no realiza reportajes en alta montaña y parece un crío antes de Navidad. El evento de Baeza no implica más que una asistencia representativa de la empresa, da igual quién de nosotras acuda.

—Sin problemas. ¿Cuándo es?

—El doce de noviembre, dentro de dos fines de semana. Pensaba salir un día antes y regresar por la noche, puesto que termina a mediodía.

La cara de Mónica se ensombreció por un momento, pero se rehízo a tiempo. Tenía programada una ruta de senderismo con César para ese día, pero no podía fallarle a su hermana.

—Cuenta conmigo. No es que me apetezca demasiado, pero iré a Baeza.

—Gracias, Moni, te debo una.

—No hay de qué. No tenía planes especiales.

—¿Seguro? —inquirió Lorena no del todo convencida. Había detectado por un segundo una vacilación en su gemela, y no sabía el motivo.

—Nada que no pueda posponer una semana.

—En ese caso, te invito a desayunar. Y me pones al día de esos planes, que apenas me cuentas nada de tu vida.

—No hay gran cosa que contar —replicó evasiva—. Pero acepto un café, ya conoces mi adicción.

Juntas salieron en dirección al pequeño bar donde Mónica solía tomar su dosis de cafeína de media mañana.

Una vez instaladas y con sendas tazas de café y té delante, Lorena volvió a la carga.

—¿A qué vas a renunciar para ir a Baeza?

—Había quedado con un amigo, nada importante. Podemos hacerlo en otra ocasión.

—¿Hacer qué?

—No lo que piensas, listilla. Salir, charlar, pasear...

—Muy paseadora estás tú últimamente.

—Ya te he dicho que me estoy aficionando a las actividades sanas.

—Pues la última vez que «paseaste» parecía que te habían echado siete polvos seguidos. Te movías como una abuelita llena de dolores.

Mónica recordó las condiciones en que llegó a casa de su hermana el día después del rocódromo: caminando a pasos cortos por culpa de las agujetas y los calambres musculares de brazos y piernas.

—Estaba llena de dolores. Y nunca me han echado siete polvos seguidos. —Se apresuró a cambiar de tema—. Eso no es más que un mito que los tíos se inventan para darse importancia. No conozco a ninguno que haya ido más allá del segundo, y esos se pueden contar con los dedos de una mano.

Lorena enarcó una ceja.

—¿Qué pasa? ¿A ti sí? ¡¿Siete?!

—Tantos no, mujer, pero más de dos, con alguna frecuencia, sobre todo cuando las niñas pasan la noche contigo o con César.

—Pues tienes mucha suerte, cariño.

—Lo sé. A propósito de César...

—Tema prohibido —cortó Mónica bruscamente, temerosa de que si Lorena le preguntaba por él no fuera capaz de disimular que era el misterioso amigo con quien había hecho planes.

—¿Por qué saltas como si te hubiera picado una avispa? No iba a preguntarte una vez más si te gusta, ya me has dejado claro que no. Solo quería comentarte que estuvo ayer en casa y te manda recuerdos.

—Ah...

Lorena sacudió la cabeza.

—Me dijo también que esperaba coincidir contigo alguna vez. Si quieres, cuando regreses de Baeza organizo una comida o merienda.

—Bueno —aceptó Mónica, consciente de que una negativa tajante haría saltar las alarmas de su hermana.

Habían terminado las bebidas, y Lorena se levantó.

—Tengo que marcharme, quiero trabajar un rato antes de ir a recoger a las niñas. Hoy Cristian tiene una sesión por la mañana.

—Yo también debo regresar.

—Gracias, Moni.

—No se merecen.

Se separaron en la puerta del bar y tomaron caminos diferentes. Mónica contuvo su impaciencia hasta llegar a la oficina y, una vez a salvo de oídos indiscretos en el despacho, llamó a César. Mientras escuchaba los tonos del teléfono se preguntó si se habría precipitado y le sacaría de un sueño reparador tras un turno de trabajo. Él respondió enseguida.

—Hola, Mónica.

—¿Te he despertado?

—No; estoy trabajando, pero de momento no hay aviso para ningún servicio, puedo atender tu llamada. ¿Ocurre algo?

—Solo que debemos cancelar la excursión del día doce. Tengo que asistir a un evento de trabajo en Baeza, han adelantado la fecha y no podrás iniciarme en el senderismo.

Se hizo un breve silencio al otro lado del teléfono.

—No tengo otro fin de semana libre hasta dentro de un mes.

Mónica lo sabía. Después de la tarde del rocódromo César la había llamado para volver a quedar y, con el calendario en la mano, les costó encontrar una fecha que les viniera bien a los dos.

—Lo sé, y de verdad que lo siento. Me apetecía muchísimo esa excursión.

—Podemos arreglarlo, si quieres.
—Claro que quiero.
—Por la zona debe haber alguna ruta interesante. El doce es sábado; si pasamos la noche allí podemos hacer nuestra excursión el domingo y regresar por la tarde.
Mónica contuvo la respiración. Todo un fin de semana para disfrutar de su compañía la tentaba sobremanera.
—De acuerdo —aceptó sin pensarlo—. Tú prepara la ruta y yo me ocupo de reservar el hotel. Habitaciones separadas, por descontado.
—Por descontado.
—¿Algún límite de presupuesto?
—En absoluto. Voy a hacerte sudar tinta, no esperes una ruta fácil, por lo que vas a necesitar una buena cama en la que descansar después.
—Bien. Pues ya nos llamamos. Y gracias por los «recuerdos», Lorena acaba de transmitírmelos.
La risa franca y divertida retumbó en su oído mezclada con las palabras.
—De nada.
—Adiós, César.
—Hasta luego.
Cortó la llamada y permaneció unos minutos con la mirada fija en el móvil, como si así pudiera retener la conversación. ¡Era tan divertido! La naturalidad con que trataba cualquier tema, su risa siempre franca y espontánea le gustaban muchísimo.
Eludiendo las tareas pendientes, se conectó a la página de reservas Booking y buscó un alojamiento adecuado para el fin de semana.
Tras pinchar en varios hoteles se decantó por el que pensó que tenía mejor relación calidad/precio: el hotel Campos de Baeza, un cuatro estrellas con unas vistas espectaculares que estuvo segura de que a César, amante de la naturaleza, le encantarían.

Reservó dos noches y le envió un wasap con el enlace para que lo viera, pero no recibió respuesta de inmediato, por lo que continuó con su trabajo, eso sí, muy eufórica.

La contestación de César llegó unas horas más tarde, después de un servicio, según le informó. El hotel le pareció perfecto y se comprometió a buscar una ruta bonita y asumible por una senderista inexperta.

Los quince días que faltaban para el viaje a Baeza se le hicieron a Mónica muy largos. Los vivió entre trabajo y alguna visita a su hermana, siempre en guardia para que esta no advirtiese su estado de euforia, y al fin llegó el momento de la partida.

Habían decidido ir juntos en el coche de César, después de descartar otras opciones como medio de transporte. El recorrido les llevaría unas tres horas y media, casi siempre por autopista, y él le confesó que le encantaba conducir, aunque prefería las carreteras secundarias.

La recogió en la puerta de su casa a las cinco de la tarde del viernes, después de que ambos salieran a mediodía de sus respectivos trabajos. Ella arrastraba una maleta de buen tamaño desde el portal y César se apresuró a bajar para ayudarla a introducirla en el maletero.

—¿Cuánto tiempo vamos a estar fuera? —preguntó tras comprobar el peso.

—Hasta el domingo, era lo acordado, ¿no? Dos noches.

—Eso habíamos hablado, pero por tu equipaje parece que te mudes a Baeza para siempre.

—¿Qué llevas tú?

Él señaló una pequeña bolsa acomodada en un rincón del maletero en la que no cabrían más de un par de mudas de ropa.

—Acostumbro a viajar ligero de equipaje.

Mónica sacudió la cabeza y afirmó:

—Eres un hombre, no entiendes las cosas que una mujer

ha de llevar cuando sale de casa. Además de que mañana debo asistir a un evento en el que tengo que representar a mi empresa y eso conlleva, maquillaje, secador de pelo, y diversos accesorios añadidos.

Él rio con ganas, con esa risa que se colaba dentro de Mónica y la inundaba de alegría a ella también.

—Vale, lo pillo. Espero que entre esos accesorios añadidos se encuentren las botas de senderismo.

—Es lo primero que guardé. Los zapatos de tacón, lo segundo; el glamur de una mujer comienza en los pies.

Él bajó la vista para comprobar los zapatos cómodos y planos que calzaba para el viaje, pero que no carecían de elegancia.

—Ahora entiendo el tamaño de tu maleta.

Se acomodaron en el coche, uno junto al otro. La sensación de intimidad que les proporcionaba el vehículo caló en Mónica. Habían compartido el coche alguna vez, pero siempre con sus sobrinas sentadas en las sillitas en el asiento trasero. Esa vez era distinto, no se trataba de los tíos que llevan a las niñas de paseo, sino de un hombre y una mujer dispuestos a pasar un fin de semana juntos, aunque fuese en un viaje amistoso y exento de intenciones amorosas o sexuales.

Emprendieron el camino por la A4 en dirección al sur. La conversación surgió fluida entre ellos, como sucedía siempre. Jamás habían tenido un silencio incómodo desde que se conocían, y los dos se esforzaron en mantener la charla dentro de temas sin implicaciones sexuales, ajenos a la atracción que ambos sentían y se esforzaban en ocultar. Sus respectivos trabajos, las niñas y la feliz relación que mantenían Cristian y Lorena, después de las muchas vicisitudes que habían padecido antes de ser pareja, les dieron conversación para todo el trayecto.

Una música suave y en tono bajo para permitir el diálogo los acompañó y ayudó a crear un ambiente agradable dentro del coche. Hubo un momento en que Mónica pensó si se habría precipitado en reservar dos habitaciones y hubieran podido compartir una sin riesgo de que saltasen uno sobre el otro apenas se cerrara la puerta. Porque dentro de aquel coche no existía ni asomo de la tensión sexual que habían experimentado el día del rocódromo y llegó a dudar de que esta hubiera existido fuera de su imaginación.

No obstante, ya estaba hecha la reserva y no le parecía buena idea tocar el tema de nuevo.

Llegaron al hotel a la hora de la cena, después de detenerse a medio camino en un área de servicio para tomar un café y estirar las piernas. Les dieron dos habitaciones contiguas y, tras instalarse, se reunieron para bajar al comedor.

César llevaba la misma ropa que había usado durante el camino, un pantalón vaquero y un jersey azul, pero Mónica se arregló para la cena con esmero. Le gustaba la ropa y también vestir de forma adecuada en cada ocasión. El vestido ajustado y los zapatos de tacón que llevaba estilizaban su cuerpo y la mirada apreciativa de su compañero de viaje se lo confirmó.

—No sabía que había que cambiarse para cenar —se excusó—. Puedo volver a la habitación y solucionarlo, tengo una camisa en la bolsa.

—Solo las chicas —bromeó Mónica—. Tú estás estupendo.

—Y tú, preciosa.

Entraron en la gran sala y se sentaron a una de las mesas. Encargaron una botella de vino y, mientras esperaban que les trajeran la comida, se sirvieron una copa.

—Acabo de llamar a Lorena para decirle que he llegado bien. ¿Y tú? ¿Has hecho lo mismo con tu hermano?

—No le he dicho a nadie que salía de Madrid este fin de semana. Si se lo cuento a Cristian, aunque no le diga que estoy contigo, es posible que en algún momento se lo comente a Lorena y ella no tardará en atar cabos.

—Es verdad.

Mónica dio un sorbo a su copa. El vino era suave y agradable al paladar, como a ella le gustaba.

—Es divertido esto de andar escondiéndonos, ¿verdad?

Él clavó una intensa mirada en los ojos castaños de la chica. El cambio de ropa había hecho tambalearse la actitud amistosa que se había obligado a mantener durante el camino. Las curvas marcadas por el elegante vestido y las piernas estilizadas por los zapatos de tacón le obligaban a verla como la mujer que era, la mujer que le gustaba y no podía mantenerse impasible.

—Tiene su punto, sí. Desde que era un crío no he tenido que esconderle una relación a mi hermano.

—No tenemos una relación, César.

—Ya lo sé, aunque tampoco tengo idea de cómo calificar esto.

—¿Una escapada entre cuñados?

Él negó con la cabeza.

—Yo diría que no.

—No, tienes razón. Una amistad, entonces —puntualizó Mónica.

—Las amistades no se esconden.

—La nuestra sí, porque ellos pensarían que hay algo más.

—¿Y qué importa lo que piensen? Nosotros sabemos que no lo hay.

—Porque mi hermana es una pesada y no me dejaría en paz.

Les trajeron una ensalada para compartir y se dedicaron a comer durante unos minutos, en silencio. Después, César preguntó, clavando en Mónica una mirada intensa:

—Si tanto te agobia que se entere de que nos vemos, a pesar de que no existe más que amistad entre nosotros, ¿por qué quedas conmigo?

—Porque quiero experimentar nuevas actividades de ocio.

—Hay clubes muy buenos de escalada, de senderismo y de todo tipo de actividades deportivas que se desarrollan fuera de un gimnasio, con monitores especializados. ¿Por qué yo?

—Porque eres muy divertido y me lo paso genial cuando quedamos, aunque sea para tomar un café. Tienes una conversación interesante y me estás enseñando un mundo nuevo que me fascina. Un club con actividades organizadas no es lo mismo, ni un monitor especializado estaría aquí cenando conmigo, ¿verdad?

—Cualquier hombre, monitor o no, cenaría contigo si se lo pidieras.

—Tu respuesta me halaga, pero no creo que sea para tanto. Ahora me toca a mí preguntar: ¿por qué malgastas tu tiempo en enseñar a una novata?

—Siempre tuve vocación de profesor, y tú pones tanto empeño en aprender que es un placer instruirte.

Mónica supo que no se refería solo a actividades deportivas. Esa era otra cosa que le gustaba de César Valero, sus frases de doble sentido, con las que nunca sabía a qué atenerse y que le producían un cosquilleo de inseguridad que la llenaba de emoción.

—Tengo que advertirte que estoy fatal, en lo que respecta a condición física.

Él la recorrió con la mirada produciéndole un calor intenso.

—Eso deja que lo diga yo. Cuando lo compruebe, te expresaré mi opinión.

—¿Te refieres a la excursión de senderismo?

—Por supuesto. ¿A qué si no?

La mirada de él bajó de sus ojos y se detuvo en los labios que acababan de dar un sorbo al vino y se veían aún más brillantes, haciéndola tragar con dificultad. El pulso de Mónica se le aceleró y comenzó a latir descompasado.

La llegada del camarero, trayendo los segundos platos, interrumpió el intenso momento y ella se relajó, pero en su fuero interno se alegró de haber reservado habitaciones separadas.

Mientras cortaba el filete, aprovechó para cambiar de tema.

—¿Qué tienes pensado hacer mañana mientras yo estoy en el congreso?

—Dar un paseo, supongo. Porque imagino que el acceso será restringido.

—No lo sé, puedo presentarte como un empleado, pero te vas a aburrir. Hasta yo voy a hacerlo, los ponentes no son muy amenos, según mi experiencia de otras veces.

—Mejor me doy una vuelta y nos vemos cuando termines.

—Acaba a las tres, quedamos para almorzar después. Y, quizá, hacer un recorrido por la ciudad monumental, que es preciosa. ¿La conoces?

—No.

—Así no mentiré cuando le diga a Lorena que he estado paseando.

César rio. De nuevo era el amigo con el que iba a compartir un fin de semana divertido, y respiró tranquila.

Terminaron la cena y se encaminaron hacia las habitaciones.

Había sido un largo día y se despidieron en el corredor, dispuestos a descansar, sin ningún momento tenso que enturbiara la camaradería que habían recuperado al final de la cena.

—Buenas noches.

—Hasta mañana, César.

5

Baeza

La mañana se le hizo a Mónica interminable. Los minutos se arrastraron pesados con ponencias, mesas redondas y breves descansos entre unos y otros. Los temas expuestos se le antojaron aburridos y escasos de contenido interesante, como había temido. La charla obligada con las personas que ya conocía tampoco suscitó en ella el menor interés, más allá de intercambiar unas cuantas frases corteses, mientras su mirada se escapaba una y otra vez al reloj que presidía la pared frontal del salón.

Antes del comienzo había dado un paseo por los alrededores y entrado en el aula donde Antonio Machado impartiera clases a principios del siglo XX, situada en la antigua universidad. Aunque ella no era una apasionada de la poesía, no había podido evitar emocionarse al imaginar en ese lugar al escritor. Sin embargo y a pesar de que la historia se respiraba por los cuatro costados en Baeza, por primera vez en su vida, deseaba escapar de allí lo antes posible.

Al fin, a las dos les sirvieron un bufé frío para que departieran y cambiaran impresiones los asistentes al evento, mientras saciaban el apetito. Mónica, que había esperado escaparse y almorzar con César, le envió un mensaje para que lo hiciera solo y se reuniera con ella a las tres, cuando por fin se vería libre de las obligaciones sociales que la habían llevado al lugar.

Apenas pudo hacerlo sin caer en la descortesía, se despidió de sus compañeros con unas frases amables, pero que no daban opción a realizar ninguna actividad conjunta por la tarde, y salió presurosa. César ya le había avisado mediante un wasap de que estaba en la zona, esperándola, y su impaciencia se volvió difícil de contener.

Le vio paseando por la calle, frente a la puerta de la universidad. Vestía el mismo pantalón vaquero del día anterior, un chaquetón abrigado y unos cómodos zapatos de deporte, y sintió envidia. Ella, en cambio, llevaba un traje de chaqueta que, a pesar de la camiseta térmica que vestía debajo, no era suficiente para calmar el frío que reinaba fuera del recinto. No obstante, no pensaba quejarse porque tenía por delante un día y medio para disfrutar del ocio con aquel hombre tan divertido y tan especial.

—Hola —saludó cuando se encontraron—. ¿Qué tal tu mañana?

—Buena. He estado paseando y buscando nuestra ruta de senderismo. Ya he localizado una que sale del mismo pueblo y que puede ser razonable para ti. ¡No hay que olvidar que eres una novata! —la provocó, consciente de que protestaría.

—¡Pero no inútil! Puedo caminar sin problemas.

—¿Por sitios difíciles y escarpados?

—¡Sin ninguna duda!

Él miró con recelo sus zapatos altos.

—Por descontado que dejaré los tacones en la habitación. Me he comprado unas botas de montaña estupendas.

—¿Sin tacón de aguja?

—No te burles... Me fui a una tienda especializada y pedí consejo al dependiente.

—Me guardaría muy bien de burlarme, debes de ser terrible enfadada.

—Lore dice que sí, pero no es para tanto. Puede que estalle de forma brusca a veces, pero se me pasa rápido con unas carantoñas.

—Bueno es saberlo.
—¿Por qué? ¿Piensas hacerme enfadar?
—No de forma intencionada, pero nunca se sabe. Por lo pronto, hoy quiero tenerte contenta —dijo con un guiño—. ¿Qué te apetece hacer?
—Recorrer el recinto monumental, ya te lo dije ayer. Lo poco que he visto esta mañana es precioso y, como licenciada en Historia del Arte, no puedo perder la ocasión de verlo con detenimiento. Si no te aburre mucho, claro.
—En absoluto. Mañana me toca a mí, hoy el día es todo tuyo. Pero no sé si llevas los zapatos adecuados para caminar sobre este tipo de suelo.
Mónica sabía que no los llevaba, pero no iba a reconocerlo.
—Nací sobre unos tacones, puedo caminar con ellos por cualquier sitio.
—En ese caso...
—Y siempre puedo apoyarme en un bombero cachas y caballeroso, si me encuentro con alguno.
César le ofreció el brazo, al que Mónica se agarró con fuerza. A través del tejido acolchado sintió el calor que él transmitía y lo agradeció, porque el traje de chaqueta no la abrigaba lo suficiente. La temperatura había descendido bastante desde aquella mañana. Una fría neblina empezaba a caer sobre ellos, mientras caminaban por las estrechas y tortuosas calles que formaban el recinto, y la humedad se calaba bajo la ropa.
—¿Tienes frío? —preguntó César.
—No, no... —negó, aunque no sabía si le convencería de ello.
—Puedo darte mi anorak, es muy abrigado y yo llevo un jersey grueso.
—¡No, gracias! Parecería un adefesio, me debe de quedar enorme.
—Imaginaba que dirías algo así. En ese caso, supongo que prefieres un poco de calor humano, ¿no?

Sin esperar su repuesta alzó el brazo y la rodeó con él para acercarla a su cuerpo. No solo fue el calor externo que le transmitió lo que hizo elevar la temperatura de Mónica, sino el saberlo tan cerca. El magnetismo que desprendía y que conseguía alterarla. Sucumbió a él y, con un suspiro, se abrazó a su cintura.

Caminaron despacio y enlazados por las calles solitarias. Aquella tarde Baeza parecía una ciudad fantasma en la que solo se encontraban ellos, dos locos que desafiaban al frío y a la humedad reinante.

Mónica disfrutó mientras reconocía y explicaba a su mudo acompañante los diferentes estilos arquitectónicos que encontraban en su deambular, sin dejar de observarle para detectar cualquier signo de aburrimiento en su rostro. Lo último que deseaba era que la considerase una pedante y se cansara de su disertación, por mucho que ella estuviera entusiasmada.

A medida que transcurría la tarde sin que el frío cediera, ni el abrazo entre ambos se relajara, el cuerpo de Mónica empezó a acusar la ausencia de cafeína.

—Mataría por un café —susurró mientras giraban una esquina y contemplaban otra calle más sin un bar o restaurante donde saciar su deseo.

—Pues no he visto ni siquiera un mísero establecimiento donde tomar un café en la zona monumental. Para hacerlo deberemos salir a la parte exterior.

—Ya me he dado cuenta.

Empezaba a experimentar un fuerte dolor de pies, causado por la caminata sobre las calles asfaltadas con adoquines y piedrecitas. Si salía del recinto no volvería a entrar y dejaría de ver una de las zonas más interesantes, de modo que decidió prescindir del café.

—No importa, por una tarde podré soportarlo

Al desembocar en una plaza, descubrieron en la puerta de un edificio varias personas con vasos de plástico llenos de lo que parecía ser café humeante en las manos. César le dio un ligero apretón en el hombro.

—Ahí tienes tu merienda.

—¡César, eso no es un bar ni un restaurante!

—No, creo que es un congreso o algo parecido, pero hay café.

—¡No pensarás que entremos ahí!

—¿Por qué no? En esos eventos no se conocen todos los asistentes. ¿Tú conocías a todos los que estaban esta mañana en el tuyo?

—No.

Él se encogió de hombros.

—Entramos, nos tomamos un café y nos marchamos.

—¿De verdad propones que nos colemos en un congreso?

Él la miró alzando una ceja con picardía y retándola con la mirada.

—¿No te atreves? ¿Tu afán de aventura no llega a tanto?

Fue más que suficiente.

—Por supuesto que sí. ¡Vamos!

Con paso rápido se acercaron a la puerta y entraron con decisión. Por fortuna no había demasiada luz, y las personas que circulaban por el lugar habían formado grupos que charlaban animadamente. Nadie reparó en ellos.

Unas mesas altas estaban repartidas por la estancia; en cada una de ellas había una cafetera, una cesta con sobrecillos de azúcar y una bandeja de pastas. César cogió dos vasos de plástico del montón que había junto a la cafetera y los llenó.

Mónica miraba algo nerviosa a su alrededor, esperando escuchar en cualquier momento: «¿Quiénes son ustedes? Salgan de aquí», o algo similar, pero nadie parecía percatarse del engaño.

Como si tuviera todo el derecho del mundo de estar allí, él comenzó a beber con calma, cogió una pasta y la mordió con deleite.

—Coge una, están deliciosas.

Ella le imitó, con algo de reserva, sin dejar de observar a las personas que pasaban a su lado. Un hombre vestido con un traje gris les saludó con la cabeza, como si los conociera, y César le devolvió el gesto.

—¿Le conoces? —susurró Mónica en su oído.
—No... ¿Y tú?
Ella trató de contener la risa, y negó con la cabeza.
Comieron un par de pastas más, rellenaron de nuevo sus vasos de café y, después, despacio, como si salieran a tomar el aire, abandonaron el recinto.
Aguantaron el tipo hasta que doblaron la esquina, y después estallaron en carcajadas.
—¡No puedo creer lo que hemos hecho!
—Hemos merendado.
—¡Gratis! —Rio Mónica. Lástima que no pudiera contarle aquello a su hermana, Lorena se quedaría boquiabierta.
—Hubiéramos pagado de haber encontrado un bar. Seguro que el evento no se arruinará por dos cafés y unas pastas, que seguramente tirarán cuando haya finalizado.
—¿Qué habrías hecho si nos hubiesen descubierto?
—Sacar la cartera y pagar la consumición. No nos habrían mandado al cuartelillo por dos cafés, aunque tampoco me habría importado compartir celda contigo —añadió César.
—¿Has hecho esto más veces?
—No.
—Pues se te veía con mucha soltura.
—En cambio, tú estabas tensa.
—Un poco —admitió ella.
—Pues relájate; ya nadie nos va a llamar la atención ni a denunciarnos por... ¿robo de cafés?, ¿apropiación indebida de pastas? Continuemos la visita, queda poco rato de luz, y no vas lo bastante abrigada para el frío que hará más tarde.
—Vamos.
En esa ocasión Mónica se colgó de su brazo y echaron de nuevo a andar por las calles solitarias. No les quedaba mucho

por ver y, después de terminar el recorrido, salieron del recinto monumental.

Nada más entrar en el coche, César encendió la calefacción y ella se deshizo de los zapatos de tacón y apoyó las plantas doloridas sobre la alfombrilla.

—Has aguantado —observó él—. Yo creía que no soportarías la caminata con esa monstruosidad.

—¡No son una monstruosidad! Son elegantes y estilizan las piernas de una mujer.

—Eso no te lo voy a negar, pero destrozan la espalda.

—Estoy acostumbrada. Y de algo hay que morir...

Él arrancó despacio y dirigió el vehículo hacia el hotel.

Cuando se reunieron de nuevo para la cena, vestía una camisa sobre un pantalón negro. Mónica sonrió al comprobar que se había arreglado para la ocasión.

—¡Qué elegante!

—Es lo menos que puedo hacer para igualar tus tacones.

Bajó la vista hacia las piernas, bonitas y estilizadas por los zapatos. La falda corta las mostraba en todo su esplendor; unas piernas dignas de lucir y de contemplar.

—Vamos a cenar, me muero de hambre. Las tres pastitas del congreso apenas han calmado mi apetito —aseguró ella mientras se dirigía hacia el comedor.

César la siguió, contemplando el bonito trasero que se balanceaba ante sus ojos debajo de la tela. Sacudió la cabeza preguntándose cuándo se querría dar cuenta Mónica de la atracción y la chispa que había entre ambos. Porque por muy hambriento que estuviera, que lo estaba, se saltaría gustoso la cena para llevársela a la habitación y demostrarle que una noche con él estaba muy por encima de cualquier juguetito sexual, fuera del color que fuese.

Cuando ella se detuvo ante una mesa para dos, recompuso su rostro para mostrar el del simple amigo que estaba muy lejos de ser.

A la mañana siguiente, se encontraron de nuevo en el comedor, ataviados con ropa deportiva. Mónica alzó un pie para mostrar los zapatos, aptos para caminar por terreno abrupto, que se había comprado para la ocasión.

—¿Qué te parecen? ¿Cuentan con tu aprobación?
—Ajá; son perfectos.
—¿Y el resto? —Se dio una vuelta, coqueta, para que la contemplase a placer.
—También apruebo el resto.
—Me refería a la ropa —comentó ella con picardía.
—Yo también.
—¿Qué debe tomar un deportista que va a realizar una ruta larga y difícil?
—Un poco de todo. Azúcar, hidratos, fruta y, conociéndote, café.
—Pues vamos a llenar la bandeja. Hoy puedo pasarme, ¿no? Lo voy a quemar todo.
—Te aseguro que sí.

Comieron con deleite y, tras preparar las mochilas con líquido, fruta y algunos alimentos energéticos, emprendieron la marcha.

Al principio el camino era llano, ancho y rodeado de un paisaje bonito. Mónica lo inició con energía, a grandes zancadas y respirando en profundidad.

—Calma, preciosa. El camino es largo y debes reservar tus energías, porque a medida que avanza va subiendo en pendiente. Son siete kilómetros de ida y otros tantos de vuelta y hay que dosificar las fuerzas. Ni que decir tiene que, si en algún momento no puedes continuar, damos media vuelta y regresamos.

Ella giró la cabeza y se enfrentó a los ojos verde oscuro que la miraban divertidos.

—¿Me ves rindiéndome? —preguntó desafiante.
—No, pero puedes hacerlo. Ya sabes que esta excursión es secreta y solo me enteraré yo.

—Más que suficiente.
César lanzó una sonora carcajada.
—¿Siempre te estás riendo?
Él negó con la cabeza.
—No, solo cuando estoy a gusto o alguien dice cosas divertidas. Te aseguro que, en medio de un fuego, estoy muy serio. Debe de ser por eso que me encanta reír siempre que puedo.
—¿Me estás diciendo que te encuentras a gusto conmigo?
César ahondó en sus ojos.
—¿Necesitas preguntarlo?
La chispa que brotó en los del hombre la distrajeron por un momento y tropezó con una raíz que sobresalía del camino. La mano de él, rápida, la sujetó del brazo e impidió que se cayera.
—¡Cuidado! Esto no es la acera de tu calle, debes estar pendiente.
—Gracias, lo tendré en cuenta.
Caminaron durante un rato uno junto al otro. Después de un par de kilómetros, el camino se hizo estrecho y muy abrupto. Desniveles de piedra sustituyeron el camino liso del principio. César tomó la delantera y, tras afianzar los pies, se volvía para comprobar si Mónica necesitaba ayuda para salvar el escollo, pero ella, con más voluntad que pericia, negaba con la mano y lograba subir por sus propios medios. Él no pudo más que admirar a esa mujer fuerte y voluntariosa que estaba seguro de que lograría alcanzar cualquier meta que se propusiera. Con mayor razón una ruta de senderismo, por muy dura que fuese. Y la que estaban cubriendo resultaba ser bastante más ardua de lo que había imaginado cuando la eligió. En absoluto era para una principiante que, además, no estaba demasiado en forma.
Cruzado el trozo difícil, de casi un kilómetro, el camino se ensanchó y pudieron caminar de nuevo uno junto al otro. Sin embargo, la pendiente era empinada y continua, e incluso él comenzó a acusar el esfuerzo. Ambos jadeaban y se tuvie-

ron que detener en varias ocasiones a tomar agua y recuperar el resuello.

—¿Volvemos? —preguntó César, observando la cara de la chica perlada de sudor y cómo su pecho subía y bajaba al ritmo de la respiración agitada.

—¿El señor deportista no puede con la ruta? —bromeó Mónica maliciosa, ignorando la mirada que él acababa de lanzarle a sus senos, cubiertos por una camiseta ceñida tras haberse quitado el forro polar un rato antes.

También él se había despojado de la ropa de abrigo y mostraba su cuerpo marcado por una prenda térmica ajustada. Mónica sintió por un momento ganas de dejarse llevar y disfrutar de ese ejemplar masculino, que, estaba segura, estaría más que dispuesto.

—¡Seguimos! —lanzó el reto, sacudiéndose otras ideas de la mente.

Cuando llegaron al final, a Mónica le temblaban las piernas por el esfuerzo y se prometió a sí misma que mejoraría su forma física para la siguiente ocasión.

Se sentaron a reponer fuerzas sobre unas rocas, al final del sendero y comieron parte de los alimentos que llevaban en las mochilas. Después emprendieron el regreso, menos cansado, pero no más fácil porque la fuerte pendiente hacía complicado evitar los resbalones sobre la tierra suelta del sendero.

Cuando ya estaban llegando a Baeza, el móvil de César comenzó a vibrar y al mirarlo comprobó que tenía varias llamadas perdidas de su hermano a lo largo del día. Preocupado, le telefoneó a su vez.

—¡Hola, Cristian!

—¿Dónde te metes? ¿De nuevo vagabundeando por esos mundos, alejado de la civilización?

—Estoy haciendo una ruta de senderismo con escasa cobertura.

—¿Solo?

César rio con ganas.

—¿No crees que soy ya muy mayor para que me preguntes eso?

—No me meto en tu vida sentimental, pero comprende que me preocupe porque te puedas caer y nadie te socorra.

—No, no he venido solo, quédate tranquilo. Si me caigo, me socorrerán.

—Bien, me basta con eso. No preguntaré nada más.

—¿Ocurre algo para que me hayas llamado?

—Solo quería charlar contigo y quizá invitarte a cenar esta noche en casa.

—¿Tú no estabas en Suiza?

—He vuelto ya. He trabajado como un burro para regresar junto a mis chicas lo antes posible, las echo muchísimo de menos.

—¡Quién te ha visto y quién te ve!

—Hay mujeres adictivas y la mía es una de ellas.

César desvió la mirada hacia la chica que caminaba delante con un andar acompasado y sexi, a pesar de los muchos kilómetros que llevaban recorridos y el cansancio que debía de experimentar. Mónica Rivera no perdería su sensualidad ni su atractivo aunque estuviera arrastrándose de agotamiento o cubierta de barro.

—Lo sé.

—¿Lo sabes?

—Quiero decir que lo imagino, por cómo te ha cambiado. Y lamento no aceptar tu invitación a cenar, pero llegaré tarde y muy cansado.

—Otra vez será.

—Seguro. Ya te llamo esta semana.

Cortó la comunicación y volvió a clavar los ojos en el perfecto trasero que se movía ante él.

«A mí me vas a contar lo adictivas que son las chicas Rivera.»

Mónica se detuvo para beber un sorbo de agua y, después de colocar la botella de nuevo en su mochila, le preguntó:

—¿Era Cristian?
—Sí. Quería invitarme a cenar esta noche.
—¿Ha regresado ya?
—Eso parece.

Mónica no le había contado a César que estaba sustituyendo a su hermana en el congreso. No se arrepentía, estaba resultando memorable y no lo olvidaría con facilidad.

—Continuemos, cuando te enfríes te van a doler hasta las pestañas.
—Ya solo queda la parte más fácil, ¿no?
—En efecto. ¡Ánimo, señorita Rivera, que tú puedes!
—Por supuesto que puedo. No sé si mañana seré capaz de levantarme sin una grúa, pero hoy llegaré hasta el final.
—¡Así me gusta! Si necesitas ayuda para salir de la cama, yo estaré encantado de proporcionártela, solo me das un telefonazo y acudiré raudo.
—Lo lograré sola, no te preocupes —aseguró, y César no tuvo ninguna duda, aunque le hubiera encantado recibir la llamada.

Apenas una hora después entraban en el coche, aparcado a pocos metros del inicio de la ruta. Tenían el equipaje dentro del maletero para partir lo antes posible.

Mónica se dejó caer en el asiento, exhausta. Eran las ocho de la tarde y en su vida se había sentido tan cansada. Le temblaban los gemelos y la espalda también acusaba el esfuerzo. Aún les quedaban tres horas de camino, pero por fortuna lo harían sentados.

—¿Balance del fin de semana? —preguntó César mientras enfilaba la autopista que los llevaría hasta Madrid.
—¡Maravilloso!
—¿No me odias por hacerte sudar con una ruta complicada?
—Por supuesto que no. He disfrutado muchísimo y, aunque apenas me puedo mover, me siento genial.

—Es por las endorfinas.
—¿Las endorfinas? —preguntó con una mueca escéptica.
—Son unas sustancias que libera nuestro cerebro cuando practicamos ejercicio y nos hacen sentir bien.
—Sé lo que son, pero te aseguro que durante una época iba al gimnasio y nunca me sentí así.
—Quizá la compañía tenga algo que ver.
—Quizá —dijo con un aire de misterio. Ella estaba segura.
—Entonces, ¿querrás repetir?
—¿Otra ruta de senderismo? Por supuesto.
—¿Y si te propongo algo diferente?
—¿Como qué? —Sintió agitarse toda una bandada de mariposas en su estómago
—Una aventura... algo que te suba la adrenalina.
—Si piensas tirarme de un avión en paracaídas, olvídalo. La idea de saltar al vacío me aterra.
—¿Aunque nos lancemos juntos?
Él contemplaba la carretera ya oscura ante ellos. Las sombras poblaban el coche y Mónica no supo discernir por la expresión inescrutable de su rostro si hablaba de paracaidismo o de cualquier otro salto al vacío. El salto que le gustaría dar con él era el que más la aterraba, por lo que no se dio por aludida.
—Nada de saltos —admitió César ante su silencio—. Pero... ¿Qué tal una excursión diferente?
—De acuerdo.
—Organizaré algo que te haga subir la adrenalina... a ras de tierra.
—¿Cómo qué?
—Será una sorpresa. ¿Confías en mí?
—Ciegamente.
—Bien.
La sonrisa ladina que esbozó su boca volvió a agitar las mariposas que se habían instalado en el estómago de Mónica.

Aún no había acabado el fin de semana juntos en Baeza y ya estaba deseando que llegara el siguiente.

—¿Cuándo será?

—No antes de un mes, me temo. No tengo un fin de semana libre hasta entonces.

—De acuerdo. En un mes tendré la oportunidad de ponerme un poco en forma. ¿Lo necesitaré?

—Siempre es bueno estar en forma para cualquier cosa que hagas conmigo.

—No vas a decirme nada más, ¿verdad?

—No. Ya te lo he dicho, será una sorpresa.

—De acuerdo.

Mónica se recostó en el asiento y contempló pensativa los postes de telefonía que pasaban veloces al lado del vehículo, mientras por su mente desfilaban una y otra idea a cuál más estrambótica sobre la que sería su siguiente excursión con César Valero.

Él no propició ninguna conversación, para dejarla imaginar y elucubrar sin interrupciones.

El camino se les hizo muy corto a pesar del cansancio; ninguno de los dos deseaba llegar y poner fin a aquel fantástico fin de semana.

Por último, al filo ya de la medianoche, y tras prometer que se llamarían pronto, Mónica se bajó del coche y de nuevo sintió dolor en músculos que nunca había ejercitado antes.

Antes de entrar en el portal, se giró y lo saludó con la mano, gesto al que él correspondió lanzándole un beso. Después arrancó el coche, mientras se estrujaba el cerebro pensando cómo sorprenderla en su siguiente cita.

6

Merienda

Mónica no tenía ninguna duda de que su hermana la llamaría el lunes a primera hora de la mañana para preguntarle por su fin de semana en Baeza. El escueto mensaje de wasap que le había enviado al llegar a casa, comunicándole su regreso, no era bastante para la mente inquisitiva de su gemela. Estaba segura de que querría un informe completo, tanto del congreso como del tiempo transcurrido desde el final de este hasta su vuelta. Puesto que estaba preparada, no tendría ninguna vacilación a la hora de responder a sus preguntas, sin faltar a la verdad, pero tampoco sin contarla del todo.

Había necesitado una dosis doble de café para enfrentarse a la mañana, aún envuelta en la euforia del viaje y en los dolores musculares que sentía.

Nada más sentarse en la cama supo que sería un día difícil. La espalda, y sobre todo las piernas, protestaron en cuanto se levantó. La ducha caliente la revitalizó un poco y la taza de café bien cargado terminó de despertarla.

Se vistió con un pantalón ancho, que ocultase los zapatos planos que tendría que usar aquel día si quería caminar con algo de elegancia, porque sus doloridas piernas no le permitirían el uso de sus habituales tacones de aguja, sin parecer un pato mareado. Mientras se calzaba, inclinándose con esfuerzo hacia los pies, pensó que César se reiría de ella si la viese en esa tesitura.

Trató de apartar al hombre de su mente y continuar con su rutina de cada día, consciente de que no lo vería en un mes, y también de que él preparaba algo especial para ese momento.

Apenas se instaló en su despacho, llegó la llamada que esperaba.

—Hola, Lore —saludó al comprobar el nombre de su hermana en la pantalla.

Esta no se anduvo por las ramas, lo que originó una enorme diversión en su gemela.

—¿Qué tal?

—Muy bien; Cristian llegó ayer.

A punto estuvo de decir que ya lo sabía, pero se contuvo a tiempo.

—Y lo habrás celebrado por todo lo alto, ¿no?

—Y por todos los bajos también. —Rio—. No lo esperaba tan pronto y ha sido una grata sorpresa. ¿Qué tal tu viaje?

—Genial.

—¿Interesante el congreso?

—No mucho, la verdad. Pero se trataba más de dejarse ver que de otra cosa.

—Claro. ¿Y después?

—Me dediqué a hacer turismo por la zona. Es un lugar precioso, merece la pena verlo. El año próximo, si se vuelve a celebrar, te vas con Cristian y yo me ocupo de las enanas.

—Lamento que tuvieras que cambiar tus planes. Si hubiera sabido que él regresaría tan pronto no te hubiera pedido que me sustituyeses.

—No te preocupes, me lo he pasado muy bien en Baeza. Encontré gente maja con quien pasar el rato después del congreso.

—Me alegro muchísimo. Y los planes que has perdido... ¿Los podrás recuperar?

Ahogó una risita.

—¡Y quién sabe si hasta mejorar! —exclamó.

—Estupendo. No vas a decirme nada más, ¿verdad?

—Verdad.
—En ese caso, pasemos a otro tema. ¿Qué día te viene bien para merendar? Recuerda que hablamos de organizar algo para que César y tú coincidierais. Me dijo que tenía ganas de verte.
—A mí me da igual, ya sabes que salgo a las siete todos los días; es él quien tiene turnos complicados. Dime cuándo y allí estaré.
—De acuerdo. Ya te llamo entonces.
—Adiós, Lore. Dale un beso a las niñas de mi parte.
—Por supuesto.

Dos días después, cuando llegó a casa de su hermana para merendar, ya había superado sus dolores musculares y volvía a usar los zapatos habituales. Aun así, vestía pantalones porque estaba segura de que en algún momento acabaría tirada en la alfombra.

Antes de llegar se había detenido en el gimnasio que quedaba cerca de la oficina para inscribirse. Pensaba entrenarse en serio, no quería que César dudase nunca más de su capacidad física y, sobre todo, iba a estar a la altura planeara lo que planeara en futuras salidas.

Cuando Cristian le abrió la puerta, sus sobrinas le salieron al encuentro corriendo y se abrazaron a sus piernas, haciendo peligrar su estabilidad.

Se agachó para achucharlas a su vez y, a la altura del suelo, vio unos zapatos de deporte que conocía muy bien.

Alzó la vista y se encontró con César en toda su estatura.
—¡Hola, Mónica! —saludó él.
—Hola...

«Si dice que hace mucho que no nos vemos no voy a poder evitar reírme», pensó. Pero César se limitó a un ambiguo:
—¿Cómo estás?
—Muy bien. ¿Y tú?

—También.

Lorena le salió al encuentro cuando Mónica se levantó y la besó en la mejilla.

—César ha traído unas pastas para merendar. Dice que no hay nada mejor para acompañar el café.

Mónica tuvo que morderse la cara interna de la mejilla para no soltar una carcajada.

—Me encanta el café con pastas, sobre todo si no las pago yo.

Los ojos de César se iluminaron con un brillo travieso, aunque el resto de sus facciones permanecieron inmutables.

Lorena intervino.

—¿Te has vuelto avara de repente?

—No, claro que no. Pero me gusta que me inviten de vez en cuando.

—Te invito a pastas siempre que quieras —ofreció César con lo que a todos les pareció solo un gesto caballeroso.

Lorena sirvió café para su hermana y también para Cristian y César, leche para sus hijas y té para ella. Después se sentaron a merendar.

—¿Cómo te ha ido por Suiza? —preguntó Mónica a su cuñado.

—Muy bien, aquello es precioso. He tomado unas fotos de montaña increíbles. Pero estaba loco por volver, estas enanillas —dijo revolviendo el pelo a sus hijas, sentadas cada una a un lado— me tienen completamente hechizado.

—La próxima vez te las llevas.

—¡Tendría que atarlas con cuerdas para que no se despeñasen por un barranco! No paran quietas ni un segundo. Maite, sobre todo, es una aventurera sin miedo a nada. Adicta al peligro, como su tío César. Siempre lanzándose al vacío sin pensar en las consecuencias.

El aludido levantó una ceja en actitud filosófica y clavó los ojos fugazmente en la preciosa mujer que se sentaba enfrente.

—No me importa afrontar las consecuencias de algo si antes lo he disfrutado. Sí, me gusta el riesgo, le da sabor a la vida. Y eso vale para todo: cruzar un río tumultuoso, escalar una montaña o conquistar a una mujer que se resiste. No me importa mojarme, desollarme las manos o terminar con el corazón roto, si antes ha valido la pena.

Mónica empezó a ponerse nerviosa ante la evidente alusión. Trató de encontrar un tema de conversación diferente, pero no lo consiguió. Las palabras de César resonaban en su mente, clavándose en ella.

Lorena acudió en su ayuda, consciente de la incomodidad de su hermana.

—Mónica también ha estado de viaje este fin de semana —comentó.

—He ido a un congreso a Baeza, por motivos de trabajo —se apresuró a aclarar—. Nada importante.

Por el rabillo del ojo vio cómo César cogía una pasta y la mordisqueaba despacio, saboreándola. La mente de la mujer se disparó hacia el momento en que él la había invitado a probar las del congreso. Lo estaba haciendo adrede para ponerla nerviosa, y Mónica no sabía si eso la enfurecía o le agradaba la complicidad que se estaba creando entre ellos, al margen de Lorena y Cristian. Cogió una pasta a su vez y la comió con evidente deleite.

—Ha sido entonces un fin de semana divertido para todos. Yo estuve haciendo senderismo el domingo —comentó César a su vez.

—¡No me deis envidia! Yo solo he estado administrando jarabe para la tos metida en casa.

—¡Pídele a Cristian que te lleve a algún sitio el próximo fin de semana! Yo me quedo con las niñas.

—¿No tenías planes? —preguntó Lorena a su hermana—. Dijiste que mejorarías los que has tenido que anular por el congreso.

Mónica hubiera matado a su gemela en aquel momento,

sobre todo porque sintió la mirada de César clavarse burlona sobre ella.

—No para el próximo. Los planes son para más adelante, este lo tengo libre.

—¿No tienes que «pasear»? —El sarcasmo de su hermana era evidente, y la sonrisa irónica y divertida que adivinaba la tenía sumamente incómoda.

—Este sábado no. Puedo ejercer de niñera sin problemas.

—No es mala idea hacer una escapada nosotros también —comentó Cristian, deseoso de pasar un par de noches con Lorena sin interrupciones. Y añadió dirigiéndose a su hermano—: Quizá tú podrías echarle una mano a Mónica con las niñas si lo necesita.

—Lo siento, trabajo en un turno de cuarenta y ocho horas de viernes a domingo.

—¡Vaya!

Mónica se dirigió a sus sobrinas tratando de desviar la atención del fin de semana siguiente.

—¿Os gustaría quedaros con la tita a dormir el sábado?

—Síííí —respondieron al unísono.

—Decidido entonces. Haremos maratón de películas de dibujos y nos lo pasaremos bomba.

—Y nosotros también, te lo puedo asegurar —bromeó Cristian.

Lorena le dio un codazo con disimulo haciéndole lanzar una risita.

La merienda continuó en medio de una charla entretenida y Mónica se relajó lo suficiente para no estar pensando con cuidado todo lo que decía.

Después, cuando llevaban a la cocina los platos y tazas usados, César y ella coincidieron un momento a solas.

—¿Cómo llevas las agujetas? —preguntó él en un susurro mientras colocaban la vajilla en el fregadero.

—Bastante bien.

—Pensaba llamarte para sugerir un masaje, pero he tenido

unos días complicados en el trabajo. Y tampoco estaba seguro de que lo hubieras aceptado.

—No ha sido necesario, lo he superado sin problemas. Unos pasos que se acercaban les hizo cambiar de tema.

—No sabes cómo lamento no unirme a ese maratón de películas, pero no saldré del Parque en dos días seguidos.

—No te preocupes. Será una reunión de chicas; en otra ocasión.

—Eso ni lo dudes. Me muero por ver dibujos durante horas.

Lorena, que había entrado en la cocina, comentó:

—Debe de ser terrible trabajar cuarenta y ocho horas seguidas.

—Pues no te voy a decir lo contrario. Cuando se trata de un turno con muchas incidencias, resulta agotador y, si es tranquilo, aburridísimo. Pero es lo que tiene este trabajo. Como contrapartida, en ocasiones disfruto de cuatro días seguidos de descanso, como sucederá la próxima vez que tenga un fin de semana libre.

Clavó en Mónica una mirada inexpresiva, pero que ella interpretó a la perfección. Sintió de nuevo aletear mariposas en el estómago ante la idea de que él quisiera que los pasaran juntos. Era imposible, por supuesto, porque su trabajo la obligaba a permanecer en la oficina de lunes a viernes y, solo en raras ocasiones, podía delegar en Adela para que se ocupase de la oficina, como había sucedido el fin de semana anterior.

—Es la ventaja de tener turnos raros. Lorena y Cristian también pueden organizarse los días libres a su antojo; en cambio, yo estoy atada al horario de oficina.

—Pero seguro que en alguna ocasión podrás escaparte —sugirió César.

—Muy de tarde en tarde, y solo por motivos de trabajo.

—Si alguna vez quieres hacerlo, yo te cubro —ofreció su hermana—. ¡Te debo tantas...!

—Prefiero no alterar mis horarios, Lore. Salvo en ocasiones especiales.

—Como quieras, pero el ofrecimiento está ahí. Y ahora, dejadme que recoja esto y vosotros sentaos un ratito a disfrutar de las niñas.

—Lo siento, yo debo irme. Trabajo de noche y antes tengo unos asuntos que resolver —se excusó César.

—Yo sí voy a disfrutar de mis sobrinas. —Mónica se giró hacia el hombre y le dedicó una sonrisa amistosa—. Hasta otro rato, César.

—Adiós, hasta otra.

Él se marchó y Mónica se escabulló con las gemelas a su habitación para jugar en la casa de muñecas en la que convivían princesas, piratas y robots. Quería a toda costa escapar de la mirada observadora de Lorena. No estaba segura de si la perspicacia de esta había detectado la velada invitación escondida en las palabras de su cuñado.

7

El fantasma

Durante todo el mes Mónica aguardó una llamada de César, pero esta no se produjo. No sabía a qué podía deberse, si a que estuviera muy ocupado o a que hubiese malinterpretado sus palabras respecto a coger cuatro días libres. Repasaba una y otra vez la conversación en su mente tratando de recordar si había dado la impresión de que no aceptaba la propuesta.

Estuvo tentada de telefonearle ella, pero decidió no hacerlo. Si él esperaba algo más de lo que podía darle, y sus palabras en la merienda así parecían indicarlo, quizá fuese mejor dejar las cosas como estaban. En unos buenos ratos compartidos que recordar y nada más.

Se resignó a no saber qué actividad había pensado César para impresionarla, y a pasar los días con una mezcla de alivio y decepción. Nunca debían haber saltado la línea de quedar al margen de la relación familiar, se repetía una y otra vez mientras trataba de no mirar el móvil a cada rato para ver los mensajes. Era mejor así. No más mentiras a Lorena ni subterfugios para encontrarse. Tampoco más miradas ni sonrisas que le levantasen mariposas en el estómago, eran demasiado peligrosas.

Continuó con su rutina de trabajo, sus sesiones en el gimnasio a las que no había renunciado, decidida a ponerse en forma, aunque no fuera a realizar las actividades esperadas.

Y sobre todo trató de contener las ganas de preguntar a Lorena por su cuñado cada vez que hablaban.

Aquella noche llegó a casa después de una intensa sesión de zumba y se disponía a prepararse la cena cuando sonó el móvil, colocado sobre la barra que separaba la cocina del salón. Ver el nombre de César en la pantalla iluminada hizo que casi se rebanase un dedo con el cuchillo con el que cortaba verduras para una sopa.

—¡Mierda! —masculló mientras la hoja resbalaba peligrosamente cerca de la carne. Soltándolo todo se apresuró a responder sin poder evitar que la euforia inundase su voz—. ¡Hola!

—¡Hola! Veo que te pillo en un buen momento, pareces muy alegre.

—Acabo de bailar zumba durante una hora, tengo las endorfinas a tope.

—De modo que las endorfinas... Yo pensaba que era por nuestra actividad del fin de semana.

Mónica sintió que le brincaba el corazón en el pecho.

—¿Sigue en pie?

—Pues claro... Salvo que tú tengas otros planes.

—En absoluto, pero como no me has llamado en todo este tiempo, pensé que no habrías podido organizarlo.

—Ha sido un periodo complicado. Se acercan las Navidades y todo el equipo está planeando las vacaciones. He doblado turnos y he estado bastante ocupado.

—¿Apagando el fuego de chicas preciosas? —No pudo evitar preguntarle, aludiendo al mensaje que había escuchado en su contestador mucho tiempo atrás.

—Y cuidando de Rickon. Ha estado enfermo y he tenido que llevarlo al veterinario varias veces.

—Es cierto, siempre olvido que tienes un gato.

—No lo tengo, es de las niñas, pero vive en mi casa mientras no convenzamos a Lorena para que lo acepte en la suya.

—Tienes un gato «en acogida».

—Algo así.

A medida que transcurría la conversación, el corazón de Mónica se expandía. Volvían a tener la complicidad de siempre, la charla chispeante que tanto había echado de menos.

—Entonces, ¿te recojo mañana por la noche sobre las once?

—¿Una salida nocturna?

—Ajá.

—¿Dónde me vas a llevar? ¿Debo vestirme elegante?

—Sorpresa. Y el atuendo, oscuro, cómodo y por supuesto sin tacones. Que te permita libertad de movimientos

—Eso suena muy misterioso, y también de lo más interesante.

—Creo que te va a gustar. Es un tipo de actividad que he disfrutado mucho, aunque hace ya algún tiempo que no la practico.

—¿Muy cansada?

—No demasiado, yo la calificaría más bien como inquietante y un poco peligrosa.

—Hum..., eso promete.

La risa del hombre al otro lado del teléfono la hizo sentir muy bien. Demasiado bien.

—Me alegra que hayas llamado —confesó.

—¿Pensabas que no lo haría?

—No estaba segura. Creí que habías perdido el interés en realizar actividades con una novata.

—Para ser novata te defiendes muy bien. Además, ya te dije que tengo alma de profesor. Pero, aunque no fuera así, siempre querré realizar actividades contigo, a pesar de que no seas una experta.

—¡Vaya! Estoy segura de que en algo sí lo seré, no vas a ser tú el que siempre enseñe.

—Eso espero.

La voz de César se había vuelto ligeramente ronca y a Mónica le llegó cargada de tinte sexual. Respiró hondo y trató de no pensar en lo que le gustaría enseñarle a ese hombre sexi y divertido.

—Nos vemos mañana, entonces. ¿Alguna recomendación más?

—Sí, cena antes. No tendremos ocasión de hacerlo más tarde, pero no tomes nada muy pesado.

—¿Se me puede cortar la digestión? ¿Vamos a bañarnos en aguas heladas o algo así?

—En otra ocasión, ahora estamos en diciembre.

—Te tomo la palabra.

—Hasta mañana, Mónica.

—Hasta mañana. Que sepas que me tienes muy intrigada.

La risa de él fue lo último que escuchó antes de que la llamada se cortase.

Miró el móvil y lo puso sobre la barra de la cocina de nuevo, sonriendo como una niña la víspera de Reyes. Llena de emoción y expectativas. Después, se dispuso a continuar preparando la cena.

El viernes por la noche después de tomar una ensalada y un yogur, se vistió para la tan ansiada excursión nocturna. Se cambió dos veces de ropa, sin estar segura de qué sería lo más adecuado para lo que César tuviera en mente. Un cosquilleo de impaciencia la carcomía desde hacía rato, y al final se asomó al amplio ventanal para observar la calle, incapaz de sentarse a esperar.

Un poco antes de las once, vio el coche detenerse ante su puerta y se apresuró a reunirse con él.

—¿Preparada para la aventura?

—Por supuesto. ¿Voy vestida de forma adecuada?

César miró con aprobación el chándal azul oscuro y el anorak del mismo color. A pesar de llevar ropa deportiva, iba conjuntada, como siempre.

—Sí, perfecta.

Mónica comprobó que todo el atuendo de él era negro, como la noche sin luna que los rodeaba. Vaqueros, sudadera y el grueso chaquetón.

El coche salió de la ciudad y enfiló una carretera secundaria. La expectación de la chica aumentó. El camino era tortuoso y se encontraba desierto.

—¿Aún no me vas a decir dónde vamos?

—A colarnos en una casa abandonada.

El estómago de Mónica se encogió.

—¿Eso se puede hacer?

—No se debe, pero claro que se puede. Basta con encontrar un cristal roto, un punto de acceso y no dejar que te descubran.

—¿Tú lo haces a menudo?

—Antes sí, pero dejé de practicar estas experiencias cuando entré en el cuerpo. Se supone que apagar fuegos es lo bastante arriesgado para no necesitar otras emociones fuertes. Pero colarme en edificios abandonados es de las cosas que más han disparado mi adrenalina. —Se volvió a mirarla—. Aunque si no quieres lo dejamos.

—¡Qué va! ¡Claro que quiero! ¿Hay fantasmas?

—No creo en los fantasmas, pero sí hay oscuridad, misterio, y la sensación de estar haciendo algo prohibido.

Detuvo el coche en una zona boscosa y, tras colocarse en la espalda una mochila no muy pesada, se adentraron con cautela en un camino de tierra. La noche era oscura como boca de lobo y César la agarró de la mano para evitar que tropezara.

—Tengo una linterna, pero no quiero llamar la atención por si hay alguien en los alrededores.

—¿Qué pasará si nos pillan?

—Puesto que es una edificación particular, es probable que tengamos que pagar una multa; no creo que nos lleven a la cárcel.

Mónica se encogió y apretó la mano que la conducía.

—Estoy bromeando, me he informado antes de hacerlo. Una simple multa. Pero no nos van a pillar —aseguró.

De repente, una mole siniestra se perfiló contra el cielo sin estrellas.

—Ahí está la casa. Busquemos un acceso.

El corazón se le aceleró ante la inminencia de la acción.

A medida que se acercaban vieron una pared de ladrillo oscuro y cuatro ventanas de cristales emplomados, situadas a la altura de sus cabezas. César la soltó y comenzó a tantear los marcos en busca de alguno que no encajase bien.

—Aquí parece que hay uno medio suelto...

—Ten cuidado —susurró Mónica—. No vayas a hacerte daño.

—Mis manos están acostumbradas a todo, son fuertes.

Mónica no pudo evitar mirarlas, y tampoco tuvo dudas de que decía la verdad. Los dedos largos y ágiles se enfrentaban al obstáculo con pericia y en lo único que pudo pensar fue en lo que podrían despertar en el cuerpo de una mujer. En el suyo, en concreto.

Después de tantear un rato, logró empujar la hoja de la ventana y desplazarla un poco, dejando un espacio estrecho en todo lo alto del hueco.

—Tendremos que colarnos por aquí.

—¿No es demasiado angosto?

—Estás delgada, no será un problema.

Dejó la mochila en el suelo y se impulsó con las manos hasta alzarse lo suficiente para acceder a la estrecha abertura. Con habilidad, se contorsionó hasta introducir primero el cuerpo y después las piernas.

Cuando lo vio desaparecer dentro del edificio, Mónica sintió una punzada de pánico. Si pretendía hacerle sentir la adrenalina a tope, lo estaba consiguiendo. Tras unos minutos que se le hicieron eternos, él alargó la mano para que le pasase la mochila y la animó a seguirle.

—Ahora tú.

No se lo pensó. Imitó los movimientos que le había visto realizar a él y se encontró metiendo la cabeza y el torso por la estrecha abertura de la ventana. Los brazos de César la recibieron al otro lado y, agarrándola por la cintura, la ayudó a pasar al interior.

Un intenso olor a humedad y a cerrado le asaltó las fosas nasales. Tardó unos minutos en acomodar la vista a la oscuridad reinante. La noche era cerrada, sin un atisbo de luz en el cielo, y eso impedía ver más que unas pocas formas borrosas en el interior de la casa. Casi a tientas, César sacó una linterna de poca potencia de la mochila y un tenue haz de luz, que dirigió al suelo, les permitió hacerse una idea del entorno. Una escalera de madera medio carcomida llevaba hasta una planta superior, varias ventanas más rodeaban la estancia y una puerta que colgaba de los goznes se adivinaba al fondo. Volvió a tomarla de la mano y empezaron su exploración. El misterio los envolvía, el aire espeso y viciado les hacía respirar con dificultad y la sensación de estar en otro mundo, y quizá en otra época, era muy intensa. Mónica jamás había experimentado nada semejante.

La puerta del fondo los llevó a una anticuada cocina, envuelta en telarañas y herrumbre, con algunos muebles desvencijados y cubiertos de polvo.

—Nos vamos a poner perdidos —susurró ella, alegrándose de no llevar ninguna de sus prendas de marca.

—Solo es polvo, saldrá sin problemas.

—Tengo la sensación de estar invadiendo la intimidad de otras personas.

—De eso se trata. Pero no hace falta que susurres, aquí no te puede escuchar nadie más que yo.

—Me siento muy extraña.

—¿Se te ha disparado la adrenalina?

—A tope.

—¡Bien!

César hurgó en los muebles, donde encontró restos de latas

oxidadas y trapos deshechos por el paso del tiempo, mientras que Mónica no dejaba de mirar por encima del hombro como si temiera ver aparecer a alguien que les recriminase su presencia y curiosidad.

Después se encaminaron hacia la escalera. Comenzaron a subir tanteando los escalones que crujían con sus pasos. César iluminaba con la linterna cada peldaño antes de subirlo. Mónica contenía la respiración. En la oscuridad, la presencia del hombre a su lado era más intensa, más cercana. De repente, un ruido seco la sobresaltó y ahogó un gemido. Los brazos fuertes la rodearon al instante.

—¿Qué ha sido eso? —preguntó en un susurro.

—El fantasma de la mansión.

La voz sonó muy cerca de su oído, demasiado para mantener la serenidad.

—¡No te burles! Alguien ha debido provocar ese ruido.

—Hemos entrado en una casa que lleva treinta años cerrada. Algo habremos alterado a nuestro paso sin darnos cuenta.

—¿Algo como qué?

—Una tabla del suelo, un escalón, o quizá la ventana ha vuelto a cerrarse. No tengas miedo, aquí solo estamos nosotros.

—¿Seguro?

—Seguro.

La voz se alejó de su oído y sintió el aliento rozar la mejilla y acercarse a su boca. Cuando los labios de César acariciaron los suyos, la recorrió un escalofrío. El abrazo se hizo más intenso. Mónica se sintió alzada en vilo hasta el escalón superior y sus cuerpos se acoplaron uno al otro a la perfección. Las bocas se abrieron para dar intensidad al beso, las lenguas se buscaron ávidas y perdieron la noción de lo que los rodeaba.

Se besaron sin aliento, como si no hubiera un mañana. Como si lo llevaran deseando mucho tiempo. En la oscuridad, puesto que la linterna se había caído de la mano de César al abrazarla, las sensaciones eran más intensas, más íntimas.

Las lenguas se buscaron, se exploraron y se enredaron en una danza primitiva y sensual. No se separaron hasta que les faltó el aliento, y permanecieron abrazados, jadeantes.

—César...

—No te preocupes, tu caballero de fuego te protegerá de cualquier cosa —aseguró, mientras la apretaba contra su cuerpo.

«Menos de ti.»

—Ya lo sé, pero el beso...

Sintió el aliento contra su mejilla, cálido y susurrante.

—¿Qué beso?

—Eh... ejem...

—Quizá sí hay un fantasma en la casa, porque yo no sé nada de ningún beso.

Mónica cerró los ojos y se recostó contra él unos minutos más. Luego, se separó despacio.

César se agachó a recoger la linterna y descubrió que su pie había desplazado una tabla suelta de la escalera, que había golpeado contra la barandilla. La enfocó con el débil flujo de luz.

—Ahí tienes el ruido de antes.

—El fantasma.

—Exacto.

Ella respiró hondo y durante unos minutos se sostuvieron la mirada. Luego, continuaron el ascenso, esa vez sin agarrarse de la mano.

La planta superior presentaba peor estado que la de abajo. En una de las habitaciones el agua de la lluvia se había filtrado por el techo y el revestimiento de escayola de este se había derrumbado sobre el suelo, y lo había llenado de cascotes.

—Será mejor que no entremos aquí, el riesgo de derrumbe puede persistir. —La voz experta la detuvo en el umbral. La contemplaron desde la puerta, una hermosa habitación arruinada por el paso del tiempo y el olvido.

Las otras estancias presentaban mejor aspecto, las inclemencias meteorológicas las habían respetado más y tampoco tenían el aire siniestro de la planta baja.

Tras finalizar el recorrido, salieron por la misma ventana que habían usado para entrar. César saltó al exterior con agilidad y, alargando la mano, tiró de Mónica, que aterrizó a su lado trastabillando. Los brazos de él volvieron a sostenerla pero, apenas recuperado el equilibrio, ella se apartó y comenzó a sacudirse el polvo de la ropa. Alargó el brazo para quitar una telaraña del cabello revuelto del hombre y ambos se miraron durante unos largos segundos con un brillo en los ojos difícil de ocultar.

—¿No te dan miedo las arañas?

Mónica negó con la cabeza.

—Soy una chica valiente. No me asusta lo que veo, solo lo que no.

—Eso está bien. Pero no habrás pasado miedo ahí dentro...

—Miedo no, pero ha sido una experiencia inquietante.

—Era lo que pretendía al traerte. Que vivieras algo nuevo y distinto.

—Desde luego, nunca me había besado un fantasma.

La sonrisa divertida se extendió hasta los ojos de César.

—Y el fantasma... ¿ha estado a la altura?

—Hum... bastante, para ser un cuerpo etéreo y sin materia —bromeó ella al recordar la potente erección que se había acoplado a su pelvis mientras se besaban.

Seguían allí parados, mirándose con intensidad, delante de una casa abandonada y cubiertos de polvo.

—¿Y ahora? ¿Ya se ha acabado la salida nocturna? —preguntó, deseando una respuesta negativa.

—Ahora lo que tú quieras. Son las dos de la madrugada, aún queda mucha noche por delante. Podemos buscar un sitio donde tomar algo, quedarnos en el coche charlando y tomando un poco de café que tengo en un termo, o puedo llevarte de regreso.

—No quiero ir a casa todavía. Si encuentras algún sitio donde nos admitan con estas pintas —dijo, señalando la ropa cubierta de polvo—, me gustaría comer algo. Cené poco y temprano.

—Veré qué puedo hacer. Hay un sitio no muy lejos con una chimenea y donde los comensales no suelen estar muy arreglados. Si nos sacudimos el polvo, seguro que nos admiten. Tengo unos paños en el coche, nos servirán para adecentarnos un poco.

Recorrieron el camino por el sendero hasta el vehículo, de cuyo maletero César sacó una garrafa de agua y algunos trapos limpios. Humedeció uno de ellos y se lo tendió a Mónica, que se lavó cara y manos. Él la imitó y después se sacudieron la ropa hasta dejarla aceptable.

—Si se lo contase a Lore no lo creería. Yo siempre he sido de baño de burbujas.

—En alguna ocasión te dejaré que me lleves a tu terreno y nos damos un baño de burbujas. A mí también me gusta la buena vida.

—¿Estoy presentable?

—Estás preciosa, como siempre.

—Vamos entonces, tengo hambre.

Entraron en el coche y César salió a la carretera general. Tras recorrer unos kilómetros volvió a desviarse hasta llegar a un pueblo pequeño. Se detuvo ante lo que parecía una casa típica y, tras apearse del coche e invitar a Mónica a hacer lo mismo, llamó a la puerta.

Les abrió una mujer entrada en carnes, vestida de oscuro y con aspecto de ama de casa. Mónica pensó que se habían equivocado y habían molestado a una familia que pasaba con tranquilidad la velada en su hogar.

—Buenas noches —saludó César—. Sé que es un poco tarde, pero ¿sería posible comer algo todavía?

La mujer asintió.

—La cocina ya está cerrada, pero puedo prepararles algo sencillo.

Mónica miró a su alrededor con extrañeza. Un zaguán iluminado por una lámpara adosada a la pared junto a un perchero con algunas prendas de abrigo, un estrecho corredor y nada que indicase que se encontraban en un restaurante.

César se quitó el chaquetón y la instó a hacer lo mismo y colgarlo en una de las perchas vacías. Después siguieron a la señora, que los condujo hasta una habitación amplia presidida por una chimenea en la que crepitaba un cálido fuego. Estaba salpicada de mesas redondas cubiertas con faldas de camilla, alrededor de las cuales se repartían una quincena de personas que tomaban copas. Otros consumían café o infusiones, acompañados de unos trozos enormes de tartas con un aspecto delicioso.

Se acomodaron en una de las mesas más cercanas y al momento Mónica sintió un agradable calor que salía de debajo de la misma.

—¿Es un brasero lo que hay debajo?

—Así es.

—Creí que ya no se fabricaban.

—Este es un sitio muy especial. No es refinado ni elegante, pero he comido de forma espectacular aquí.

—¿Cómo lo has conocido?

—Nos trajo un compañero de vuelta de un turno en un incendio forestal. Estábamos muertos de hambre, pero nuestro aspecto cubiertos de hollín y apestando a humo nos hacía reticentes a entrar en un restaurante. Aquí puedes venir con un cactus en la cabeza que nadie te mirará mal.

Mónica paseó la vista alrededor. César tenía razón, nadie había reparado en ellos y, si lo había hecho, no les había dedicado una segunda mirada.

La mujer que les abrió la puerta reapareció con una bandeja en la que llevaba dos copas y una jarra de barro con un vino de olor intenso. Colocó asimismo sobre la mesa una tortilla de patatas, un plato con chacina y queso y una cesta con pan. Después, desapareció de nuevo.

—¿Hemos pedido esto? —preguntó Mónica a su acompañante.

—No, pero te lo sirven siempre, como aperitivo. Igual que en otros lugares te ponen unas aceitunas o unas patatas fritas mientras decides qué pedir.

La chica abrió mucho los ojos.

—¿Tenemos que pedir más comida?

—Ajá.

—Si con esto cenamos...

—Hay que encargar algo, y espero que tengas bastante apetito. Son las normas de la casa, después de la tortilla y la chacina, hay que consumir.

La mujer se les acercó de nuevo con una pequeña libreta en la mano.

—¿Qué quieren tomar? Nada muy complicado; ya les he dicho que la cocina está cerrada.

—No se preocupe, señora, con esto es suficiente.

—¿Solo esto?

César intervino.

—Tráiganos lo que le parezca oportuno.

—¿Unos pimientos fritos? ¿Unas croquetas caseras?

—Perfecto. Y luego unos trozos de esas tartas que tan buen aspecto tienen.

La mujer se marchó con una sonrisa.

—¿Estás loco? No podremos con toda esa comida.

Sin inmutarse, él sirvió el vino en las copas.

—Cuando lo pruebes ya me dirás si podemos con todo o no. Es comida casera, sabrosa y contundente, algo que ya se encuentra poco. ¿No te abre el apetito solo verlo?

—Lo cierto es que sí.

—Y no te preocupes por la línea, ya me encargaré yo de que quemes todas las calorías de más que puedas consumir.

Ella le miró a los ojos.

—¿Tienes algo en mente?

Los ojos de César se oscurecieron alcanzando un tono verde más intenso.

—Muchas cosas, pero te las iré contando poco a poco... para no asustarte.

Por la mente de Mónica pasaron imágenes tórridas de ambos en la cama. Posturas increíbles y escenas de sexo desenfrenado, como hacía mucho tiempo que no vivía. No dudaba, después del beso que habían intercambiado, de que el sexo con él sería fabuloso, y por eso mismo debía controlarse. Porque después querría más, y más... Mónica se conocía lo suficiente a sí misma para reconocer el principio de un enamoramiento, como ya había sentido demasiadas veces en el pasado, y todas con el mismo final desastroso. No, no podía estropear aquella relación de amistad tan fantástica con sexo ni con amoríos.

Fue a darle un sorbo a la copa de vino, pero César alzó la suya y propuso un brindis.

—Por las noches divertidas con gemelas peligrosas.

—Por aventuras con caballeros de fuego —respondió a su vez. Y a continuación bebió un largo trago, mientras que su acompañante solo se mojó los labios.

—¿No bebes? ¿Temes acaso perder el control?

—Temo perder el carné, si me pilla la policía en estado de embriaguez. Debo hacer durar esta copa toda la noche. Pero tú puedes hacer los honores a este vino tan delicioso, puesto que no tienes que conducir. Y descontrolarte, si lo deseas.

—No cuentes con ello; no lo hago con facilidad, y menos con el alcohol. Lo resisto bastante bien, y siempre sé cuándo parar. Soy arriesgada para algunas cosas, pero nunca con la bebida; me gusta conservar el control de mi cuerpo y de mi mente.

—Eres una mujer con las ideas claras.

—Clarísimas.

—Por si te sirve de algo, no pensaba aprovecharme de ti si te emborrachases, recuerda que soy un caballero.
—No pensaba que lo hicieras.
—Cuando estoy con una mujer, me gusta que responda con los cinco sentidos. Y que al día siguiente recuerde cada minuto que pasó conmigo.

Mónica no tenía ninguna duda de que sería difícil olvidar una noche con César Valero. Empezó a comer para cortar una conversación que se estaba volviendo demasiado íntima, y también para acallar esa vocecita que le decía: «prueba una vez, una sola».

La comida estaba deliciosa, no solo lo que tenían sobre la mesa, sino también lo que les sirvieron a continuación. Lo remataron todo con café y dos suculentos trozos de tarta casera.

—Voy a estallar... hace años que no como de forma tan bestial —dijo Mónica con la mano sobre el estómago.

—Tengo todo el fin de semana libre... te hago quemarlo si quieres.

El estómago se le encogió y se le secó la boca. ¿Le había hecho una proposición? Hasta el momento se había limitado a sugerencias veladas, pero no estaba segura de si eso era otra cosa.

—Me refiero al rocódromo —aclaró él—. ¿Te apetece si volvemos mañana otra vez? Si quieres que te muestre la escalada en la montaña, primero debes coger soltura en él.

—¡Claro!

No pudo evitar que su voz sonara eufórica y César se rio. Le había leído el pensamiento, pero Mónica no sabía que cuando llegase el momento no tenía intención de pedírselo. Esperaría a que estuviera preparada, e iría a por todas, como había hecho al besarla en la escalera de la casa.

—En ese caso, será mejor que nos marchemos. Aún nos quedan algunas horas para dormir, y mañana debemos estar descansados. Ya no eres una novata y voy a ser un profesor muy duro y exigente. Te prometo que estarás preparada cuando llegue la primavera.

—Te tomo la palabra.

Se levantaron y, tras pagar la cena a medias ante la insistencia de Mónica, regresaron a Madrid.

8

Navidades en familia

César y Mónica continuaron viéndose en el rocódromo siempre que él tenía un rato libre. La promesa que le había hecho de llevarla a escalar a la montaña cuando pasara el invierno había calado en ella y la hacía esforzarse al máximo en aprender y en ponerse en forma para cuando llegara ese momento.

En pocos días había abandonado la pared baja y recta para atreverse con la otra, inclinada y bastante más alta. La sonrisa de aprobación de su «profesor» la animaba a asumir cada vez mayor dificultad y a esforzarse en el gimnasio para mejorar su estado físico de cara a futuros retos.

El «beso del fantasma» quedó olvidado, pero no así la atracción evidente y palpable que ambos sentían, y Mónica sabía en su interior que solo era cuestión de tiempo que volvieran a vivir un momento íntimo. Sin embargo, cada vez que se veían y la salida finalizaba sin que este se produjera, sentía alivio porque eso le hacía suponer que ella controlaba la situación. Aunque se muriera por volver a probar los labios del bombero, y por sentir su cuerpo duro y fibroso contra el suyo, como había sucedido en la escalera de la casa abandonada.

Porque si algo no deseaba era dejar de ver a César, no sentir sobre ella su mirada acariciadora. Las frases de doble sentido que ambos intercambiaban en sus conversaciones suponían un reto y no quería prescindir de ellas.

Y llegaron las Navidades. Mónica pasaría la Nochebuena en casa de su hermana, sin César, porque este tenía guardia en el Parque. Sin embargo, se les uniría en Nochevieja, ocasión en que celebrarían la entrada del año todos juntos.

La cena en familia de Nochebuena fue tranquila y reposada. Una comida suculenta, una charla agradable en compañía de Lorena y Cristian una vez que las niñas se hubieron dormido y después Mónica se retiró a su casa. Antes de sentarse a la mesa todos habían intercambiado unas felicitaciones telefónicas con César, que los había llamado desde el Parque, donde estaban disfrutando de una cena sin alcohol.

Escuchar su voz la alegró y trató de fingir una naturalidad que no sentía. Le echaba de menos, la silla que solía ocupar cuando estaba en la casa se le antojaba demasiado vacía y esperaba con verdaderas ganas que llegase Nochevieja y pudiera compartir con ellos la cena y la entrada de año.

La noche del treinta de diciembre, César la llamó. Hacía días que no tenía noticias suyas, algunos compañeros estaban de vacaciones y el resto debía cubrirlos para disfrutar a su vez de unos días de asueto cuando les correspondiera.

—Hola, César.

—Hola.

—Nos vemos mañana, ¿verdad? Vendrás a cenar con nosotros.

—Por supuesto. Te llamo por eso, y también porque quería preguntarte una cosa.

—Dime.

—¿Tienes planes para después de las doce?

El corazón de Mónica empezó a latir más deprisa. Adela, la chica que trabajaba con ella, la había invitado a unirse a su grupo de amigos en un local donde realizarían una fiesta privada, pero no le había asegurado que asistiera. No si César le proponía alguna otra cosa.

—Nada en concreto —respondió, conteniendo el aliento—. ¿Por qué?

—He estado mirando algo especial para comenzar el año y hay una posible lluvia de estrellas esta noche. Bueno, en realidad hasta el día seis, y he pensado si te apetecería que nos diéramos una vuelta por algún lugar poco contaminado lumínicamente para tratar de verlas.

—¿En serio?

—Si no te apetece... Sé que es una actividad muy atípica para realizar en Nochevieja; también podríamos ir a tomar una simple copa. Algunos de mis compañeros se reúnen en un bar cercano al trabajo.

—¿Cómo me presentarías a tus compañeros? —preguntó llena de curiosidad.

—Pues como una simple amiga, no eres la primera que conocen. O también como la cuñada de mi hermano con la que he coincidido en la cena familiar y que se ha quedado sin planes. Ninguno de ellos va a ir a chivarse a Lorena de que hemos estado juntos en Nochevieja.

Mónica lo tenía muy claro, y así se lo hizo saber.

—Prefiero la lluvia de estrellas.

—¿Porque es más fácil de ocultar a tu hermana?

—No, porque es algo diferente y porque cualquier actividad que realizo contigo se convierte en una experiencia inolvidable, por muy sencilla que sea.

Era justo lo que César deseaba escuchar.

—En ese caso, y como imagino que te arreglarás para la cena y te pondrás tus imprescindibles zapatos de tacón, coge algo de ropa cómoda y abrigada para después.

—De acuerdo. Hasta mañana.

—Hasta mañana, Mónica. Trataré de que el comienzo del 2018 sea inolvidable para los dos.

Las mariposas aletearon con tanta fuerza dentro de ella que no fue capaz de responder. Cuando se quiso dar cuenta, César había cortado la llamada.

Llegó a casa de su hermana con su mejor ropa. Un vestido verde, corto y entallado, que le hacía un cuerpo espectacular y mostraba las piernas hasta medio muslo. Unas piernas que habían ganado mucho desde que hacía ejercicio. Y sus inevitables tacones de aguja.

—¡Qué guapa! —exclamó Cristian en cuanto le abrió la puerta—. ¿Pretendes impresionar a alguien?

—Siempre quiero impresionar a alguien —admitió ella, risueña—, y voy a salir después de tomar las uvas.

—¿Con tu amigo misterioso?

—No tengo ningún amigo misterioso.

—Lorena dice que sí.

—Lorena tiene mucha imaginación.

Entró en el salón y su mirada buscó la figura que deseaba encontrar, pero solo vio a su hermana dando de comer a las niñas. Quiso preguntar por el invitado que faltaba, pero se contuvo.

Cristian le sirvió una copa de vino mientras aguardaban y la conversación giró en torno a los progresos de sus sobrinas en la guardería. Los minutos pasaban y César no hacía acto de presencia. Mónica no dejaba de pensar en la bolsa de ropa alternativa que guardaba en el maletero para su posterior excursión nocturna.

Al fin, el timbre de la puerta les hizo saber que había llegado, con un considerable retraso. Era muy extraño, porque solía ser muy puntual. De forma inconsciente se atusó el pelo y alisó una arruga inexistente en el vestido ante la mirada socarrona de su hermana. Clavó la vista en la puerta del salón en la que apareció un César muy diferente al que estaba habituada a ver. Vestía traje y corbata y contuvo el aliento al contemplar lo bien que le sentaba ese atuendo. Tras saludar a Cristian y a Lorena y besar a las niñas, al final se acercó a ella, que esperaba impaciente su saludo.

—Hola. —Se inclinó y rozó su mejilla con un beso fraternal y rápido.

—Hola, César. ¡Qué elegante! —Era la primera vez que lo veía vestido de esa guisa.

—He quedado con una chica, que estoy seguro se va a arreglar mucho, y no quiero desentonar.

Ocultó una sonrisa, mientras Lorena la miraba de soslayo tratando de adivinar su reacción.

—Podrías haberle dicho que viniera a cenar —comentó Cristian.

—Ella cena con su familia. Nos veremos luego.

—¿Te sirvo algo mientras acostamos a las niñas?

—No te preocupes, sé dónde está la cocina.

Se dirigió a la habitación contigua y Mónica no pudo evitar seguirle. Mientras hurgaba en el frigorífico en busca de una cerveza, esta comentó en voz baja:

—Pensaba que los planes para luego implicaban ropa cómoda.

—Así es. Pero ahora estás preciosa —le lanzó una apreciativa mirada que, si no fuera una mujer de mundo, le habría provocado un sonrojo—, y no quería desentonar.

—¿Todo este despliegue es por mí?

—Por supuesto; y por una entrada de año diferente y memorable.

—También tú estás cañón —admitió, recorriéndolo con los ojos de la misma forma descarada.

Él dio un trago a su cerveza y sonrió. Cristian y Lorena entraron en la cocina interrumpiendo el coqueteo y se dispusieron a organizar la cena. A continuación, los anfitriones se arreglaron a su vez y los cuatro se sentaron a la mesa.

Lorena observaba a su hermana, que no parecía molesta porque César hubiera quedado con otra mujer, y pensó si se estaría equivocando al imaginar una atracción entre Mónica y su cuñado.

La conversación transcurrió fluida y amistosa entre plato

y plato. César rehusó el vino que Lorena le ofreció aduciendo que tenía que conducir y Mónica recordó la noche que habían cenado en el mesón rural en que había hecho lo mismo. Tenía quitada la chaqueta y aflojada la corbata y ella pensó que jamás le había visto tan atractivo como esa noche.

De vez en cuando sus miradas se encontraban por encima de la mesa y, a pesar de fingir indiferencia, sus ojos se iluminaban con el contacto y la complicidad. Si alguna vez le hubiesen dicho a Mónica que estaría impaciente por terminar la cena de Nochevieja para irse a un lugar perdido de la mano de Dios a ver una lluvia de estrellas, se hubiera tronchado de risa.

—¿Qué es eso tan divertido en lo que estás pensando? —le preguntó su hermana.

—Nada concreto.

—Seguramente en lo bien que se lo va a pasar esta noche, cuando salga de aquí —insinuó Cristian—. Por lo mucho que se ha arreglado debe tener planes muy especiales.

—¡Ni te imaginas cuánto! —admitió Mónica mientras saboreaba el postre, y no aclaró nada más.

Terminada la cena, y sin apenas sobremesa, Cristian y César prepararon unos cuencos con las tradicionales doce uvas, mientras las dos hermanas permanecían sentadas y relajándose en el sofá.

—¿Vas a alguna fiesta?

—Más o menos.

—¿Con tu amigo?

—Sí.

—¿Me lo vas a presentar pronto?

—No creo. Lore, es un amigo; no conoces a todas mis amistades.

—Pero te acuestas con él.

—Aunque no te lo creas, no.

—¿En serio? ¿Cuánto tiempo lleváis viéndoos?

—Unos meses —respondió evasiva.

—¿Y no te lo has llevado a la cama?

Mónica negó de nuevo.

—¿Es un callo?

La imagen de César con su traje se materializó en su mente e iluminó su mirada, algo que Lorena captó al instante.

—Ya veo que no. ¿Gay?

—Tampoco.

—¡Entonces no lo entiendo!

—Ya te lo he dicho muchas veces, Lore, somos amigos.

—No es la primera vez que te llevas a un amigo a la cama.

—A este no.

—¿Ni siquiera para celebrar el Año Nuevo?

Un leve carraspeo a sus espaldas les hizo mirar por encima del hombro.

Cristian y César entraban en el salón con los cuencos de uvas en las manos, y una mirada socarrona en los ojos del bombero le hizo comprender a Mónica que él estaría más que dispuesto a celebrar la entrada de año de esa forma.

Se sentaron junto a ellas sin la menor alusión a la charla interrumpida, pero ella estaba segura de que habían escuchado más de lo que debían.

La conversación se centró en lo que visualizaban en la pantalla del televisor: los presentadores que se disponían a retransmitir las campanadas, el frío que debía de hacer en la Puerta del Sol madrileña, y al fin se concentraron en tomar correctamente las doce uvas que les aportarían buena suerte a lo largo del año.

Después, los besos de rigor. Sin saber cómo, Mónica se encontró estrujada en un abrazo fuerte y cálido, y unos labios apretaban su mejilla en un beso fraternal, que se demoró un poco más de la cuenta.

—Feliz 2018.

—Feliz año, César.

Miró a su hermana, enredada con Cristian en un beso apasionado, y deseó dejarse llevar del mismo modo. Pero su acompañante la soltó pronto para abrazar a Lorena a su vez, mientras ella felicitaba a su cuñado.

Una copa de cava, de la que César solo probó el sorbo necesario para brindar, puso fin al ritual de entrada del año. Después se miraron y se apresuraron a despedirse.

Mónica miró el reloj de pared y comentó:

—Tengo que irme ya; me esperan.

—¿Te recoge aquí? —preguntó Lorena con la intención de averiguar más de la cita secreta de su hermana.

—No, en otro lugar. ¡No le vas a echar un vistazo!

Esta se echó a reír.

—Llama un taxi, Moni. Has bebido y, aunque no lo suficiente para que te afecte a la conducción, sí te puedes encontrar con una multa.

—¡Mi hermanita la prudente!

—Por supuesto.

—Si me dices dónde has quedado, puedo acercarte —se ofreció César—. Yo no he bebido.

—De acuerdo. —Se volvió a su hermana—. ¿Te quedas más tranquila?

—Pues sí.

—Piensa que todavía tengo doce años, cometo todo tipo de locuras... y me enrollo con hombres poco aconsejables.

—¿Y no lo haces? —bromeó él con chispas en los ojos.

—Por supuesto que no. El amigo con el que he quedado esta noche es un hombre respetable, con su trabajo fijo, y muy responsable. —Estuvo a punto de añadir que nunca bebía si tenía que conducir, pero se calló a tiempo—. Y no me voy a enrollar con él, porque solo somos buenos amigos.

Sin añadir nada más, se dirigió a la entrada, donde había dejado el bolso y el abrigo. Todos les siguieron para despedirse, y pocos minutos más tarde ambos salían al porche.

Mónica aguardó hasta estar segura de que Lorena y Cristian no les observaban, para abrir el maletero y sacar la mochila donde había guardado la ropa alternativa: un pantalón de pana, un jersey grueso de cuello vuelto y un polar abrigado. A continuación, subió al coche de César y se acomodó a su lado.

—¡Dispuesta para la aventura!

El vehículo enfiló la salida de la urbanización y después la carretera en dirección a la sierra.

—Me detendré en una estación de servicio para cambiarnos de ropa. Con esto nos moriremos de frío, se esperan varios grados bajo cero en la zona a la que nos dirigimos.

—¡Estamos locos! —dijo Mónica algo achispada por las copas ingeridas.

—Creí que no hacías locuras.

—Solo cuando estoy contigo. Eres mi loco maravilloso.

—¿Y dónde queda lo de responsable, respetable, etcétera, etcétera...?

—También lo eres, ¿no?

—No cuando estoy contigo.

La voz se le había vuelto un poco ronca, y Mónica cambió de tema intuyendo lo que podría decir a continuación.

—¿Dónde vamos?

—A la sierra, en busca de un lugar oscuro como boca de lobo donde se pueda ver la lluvia de estrellas.

—¿Crees que veremos muchas?

—Es muy posible que ninguna, pero lo divertido es intentarlo, ¿no te parece?

—A varios grados bajo cero.

—Exacto. Ahí tenemos un área de servicio para cambiarnos.

Desvió el coche y, una vez aparcado en la zona lateral, entraron en los servicios, donde se deshicieron de la ropa elegante y la sustituyeron por la que llevaban en el maletero.

Cómoda y abrigada, calzando unas botas planas compradas exprofeso para sus correrías con César, Mónica se reunió con él.

—¿Quieres un café antes de continuar? Nos vendrá bien tomar algo caliente.

—Yo siempre quiero un café, ya deberías conocerme.

Se sentaron a una de las mesas del área de servicio y pidieron un café bien caliente.

La mirada del hombre se posó traviesa en Mónica.

—Nunca terminaré de conocerte, y creo que me gustaría.

—¿En qué sentido?

Sabía que no debería preguntar eso, que estaba llevando la conversación a un terreno peligroso, pero el vino ingerido la volvía traviesa y la mirada cálida del hombre llenaba su cuerpo de expectación. Ella también deseaba conocerle mejor, perderse en esos ojos verde oscuro y dejarse llevar.

—En todos los sentidos.

La respiración se le hizo pesada, un cosquilleo se extendió por sus pechos hasta su vientre y el calor que la invadió nada tenía que ver con el café que estaba tomando.

Por un momento se sostuvieron la mirada, el deseo brillaba en los ojos de ambos y Mónica comprendió que aquella no iba a ser una noche más.

Apuró su taza antes de que el líquido se enfriase, y César hizo lo mismo. Luego, se levantó decidida y se dirigió a la barra para pagar las consumiciones.

—¿Vamos?

Él la siguió.

En silencio, subieron al coche y enfilaron la carretera comarcal que los llevaría hasta donde César había pensado detenerse. Al fin del mundo iría con él esa noche. Se condenaría al infierno por volver a saborear esa boca que solo había besado durante unos breves minutos en la casona abandonada.

La atmósfera del interior del vehículo era tensa, ambos pensaban en lo mismo y los dos lo sabían.

Llegaron a un claro, la noche era negra como boca de lobo, ninguna luz en muchos kilómetros rompía la oscuridad una vez que se apagaron los faros del coche. Permanecieron dentro del mismo, callados, mirando el cielo que se extendía al otro lado del parabrisas esperando esa estrella fugaz que daría sentido a su presencia allí, en medio del campo la primera noche del año. Era algo absurdo, si lo pensaban con frialdad, recorrer un buen número de kilómetros con la esperanza de ver una estrella cruzando el cielo. Cuando César se lo propuso, a Mónica le pareció una idea divertida, pero en aquel momento se le antojó surrealista la situación. No quería ver estrellas fugaces, al menos no en el cielo.

Sin dejar de mirar hacia delante, él rompió el silencio.

—Si ves una estrella, tienes que pedir un deseo.

—Lo sé. ¿Sabes tú que vas a pedir?

—Lo tengo muy claro, sí. —La voz le salió enronquecida, cargada de deseo—. ¿Y tú?

—También.

Con dedos ágiles soltó el cinturón de seguridad y se volvió hacia Mónica, que acababa de hacer lo mismo. Se encontraron a medio camino, las bocas se unieron, los labios se abrieron y las lenguas se enredaron en una danza primitiva y sensual.

Una de las manos de César se afianzó en la nuca de Mónica para evitar que pudiera separarse, arrepentida. Esa noche no iba a permitirle negar lo que existía entre ambos, esa atracción cargada de electricidad que se empeñaba en ignorar desde que se conocían, y sobre todo desde que habían empezado a verse a solas. Pero Mónica no tenía intención de hacerlo; iba a darse un festín con esa boca que la tentaba cada vez más y ya solucionaría al día siguiente lo que pudiera ocurrir entre ellos.

Al beso, ardiente y explosivo, siguió otro, y otro más. Cada vez más intensos, más apasionados. Las manos se perdieron dentro de la ropa, apartando capas y capas de tela, que, en vez de generar calor, en aquel momento solo estorbaban.

Cuando Mónica sintió al fin la mano de él sobre su pecho desnudo, se estremeció de pies a cabeza. Como si fuera una joven virginal a la que nunca hubieran tocado y no una mujer adulta que había tenido un buen número de amantes. La mano acunó el seno, lo rodeó y lo sopesó, mientras el beso se tornaba más apasionado, más salvaje. El pulgar presionó el pezón arrancando un gemido que él absorbió con su boca y Mónica supo que habían cruzado el punto de no retorno.

Alargó la mano buscando la bragueta de los pantalones, tensa por la potente erección, y con dificultad abrió la cremallera y el botón. Introdujo la mano y rodeó el pene, y esta vez fue ella quien ahogó el gemido de placer que exhaló César. Lo acarició con movimientos lentos, precisos y acompasados, consciente de las sensaciones que despertaba en él.

Se removió inquieta, deseando sentir contra ella la erección que acariciaba, pero cuando fue a retirar la mano para sentarse sobre su regazo, él sujetó el brazo impidiéndoselo. Ella separó al fin su boca de la de él, y susurró:

—Quiero...

—Aquí no. No en un coche y de cualquier manera. —La miró a los ojos y Mónica leyó en ellos una determinación firme y que no admitía negativas—. ¿Tu casa o la mía?

Ella sonrió.

—La que esté más cerca.

César se acomodó en el asiento, y colocó brevemente la mano sobre la de Mónica que aún acariciaba su pene hinchado.

—Deja la mano ahí, ni se te ocurra moverla.

Ella tragó saliva, pero le obedeció. Eso sí, ralentizando los movimientos, dispuesta a alargar la tortura hasta llegar a su destino.

Él condujo despacio, tomando con cuidado las curvas de la carretera secundaria por la que circulaban, tratando de mantener en segundo plano los dedos que se movían sobre él y las sensaciones que le provocaban. Por fortuna, la sierra de Madrid no era el lugar más elegido por los madrileños para celebrar el comienzo del año y, hasta estar cerca de la capital, no se cruzaron con ningún otro vehículo. Cuando a lo lejos vieron las luces de un control de alcoholemia, Mónica apartó la mano y cerró la cremallera de los vaqueros, con pesar.

Llegaron a su casa pocos minutos después, y dejaron el coche en la plaza de garaje, puesto que el de Mónica estaba aparcado delante de la vivienda de Lorena.

Salieron con precipitación y entraron en el ascensor. Apenas las puertas de este se cerraron, y sin mediar palabra, se lanzaron uno contra otro para enredarse de nuevo en un beso apasionado. Se sintieron centímetro a centímetro, con la pared del ascensor en la espalda de César. Mónica se frotó contra él como una gata en celo, una vez liberadas todas sus reticencias. El elevador llegó a su destino sin que se dieran cuenta y solo cuando las puertas se abrieron se decidieron a separarse.

Salieron a trompicones y llegaron a la puerta, que Mónica abrió con mano temblorosa. Hacía mucho que no estaba tan impaciente por tener una noche de sexo, quizá hacía demasiado tiempo de la última vez, o quizá aquel hombre le gustaba más de la cuenta.

Entraron en el *loft*, donde otras veces habían jugado con sus sobrinas, besándose con desesperación. Apenas la puerta se cerró tras ellos, empezaron a quitarse la ropa. Los jerséis de ambos cayeron en medio del salón, los zapatos al pie de la escalera y deshacerse de los pantalones casi les hizo rodar por esta. Todo ello sin separar las bocas más de unos pocos segundos.

Cuando llegaron arriba, donde Mónica tenía situado su dormitorio, abierto a la planta baja en una de las paredes, solo llevaban la ropa interior. Ella se alegró de haberse puesto uno de sus conjuntos más sexis, verde oscuro y compuesto de un sujetador que realzaba sus ya generosos pechos y un *culotte*, ambos de encaje. La expresión de su acompañante al contemplarla le hizo saber que había acertado con la elección. César vestía un bóxer gris de cintura baja, que marcaba un paquete más que desarrollado y dejaba al descubierto el ligero vello del vientre, que se perdía bajo el elástico.

De nuevo se enredaron en un beso apasionado, mientras las manos de ambos luchaban por terminar de desnudarse.

Cuando al fin se sintieron piel con piel, todo el mundo alrededor se desdibujó y solo fueron conscientes de la presencia del otro, y de lo mucho que habían deseado estar así, desnudos y ardiendo de deseo, desde hacía meses.

Se dejaron caer en la cama, sobre el edredón, la espalda de César contra el colchón y Mónica encima. El beso ávido y frenético cesó de repente y ella alzó la cabeza preguntando con la mirada.

—¿Qué ocurre?

—Que vamos muy rápido —jadeó él.

—¿Muy rápido? Llevo aguantándome las ganas desde hace casi dos horas... no puedo más. Estoy más que a punto.

—Pero yo no. Tengo que averiguar qué te gusta... No he preguntado aún.

Mónica recordó fugazmente una conversación que habían mantenido sobre el tema, y lamentó no haberse mordido la lengua.

—Joder, César... no me vengas ahora con esas...

Una sonrisa malvada ladeó los labios masculinos.

—Lo siento... estoy decidido a superar con nota a esos aparatitos que tanto te gustan.

Se giró con brusquedad y la hizo caer sobre la cama, cambiando de posiciones.

—Ahora vamos a jugar, preciosa.

El bajo vientre de Mónica se contrajo de expectación ante las palabras, pero sobre todo ante la mirada que prometía placeres largo tiempo deseados.

Las fuertes manos de él agarraron las de Mónica y las elevaron por encima de su cabeza.

—¿Te gusta que te aten?

—No lo sé. Y a ti, ¿te gusta atar?

—Tampoco lo sé.

Él colocó ambas manos sobre el cabecero y le hizo aferrar con fuerza los barrotes.

—Estás atada... no puedes soltarte, ni tocarme, por muchas ganas que tengas.

Ella tragó una bocanada de aire y en realidad se sintió como si sus manos estuvieran impedidas de todo movimiento. Él, arrodillado a horcajadas sobre sus caderas, comenzó a deslizar un dedo sobre su vientre, apenas un ligero roce que lanzó punzadas de deseo entre sus piernas.

—Quiero tocarte —pidió ella con un jadeo. Era una mujer muy participativa y la idea de no poder acariciar ese pecho ligeramente velludo que se alzaba ante ella la estaba martirizando, casi tanto como las leves caricias de César.

—Aún no. Dime cómo te sientes.

—Ardiendo.

—Bien. ¿Y qué quieres?

—Eres bombero... y yo soy una chica preciosa. Quiero que apagues mi fuego.

—No dudes que lo haré, pero antes tengo que encenderlo aún más.

—Dudo que eso sea posible.

Una sonrisa traviesa se dibujó en su boca y se agachó hasta rozar un pezón con los labios, apenas un segundo, para volver a retirarse. Mónica estuvo a punto de soltar el cabecero, pero la fuerte mano de él la sujetó con firmeza.

—No puedes, recuerda que estás atada.

Volvió a agachar la cabeza y esa vez la lengua rodeó el contorno del pecho, muy despacio.

—El pezón... por favor.

Hizo lo que le pedía. Le dio toques leves con la punta de la lengua.

—Fuerte... chúpalo... —jadeó. Jamás en su vida se había sentido tan excitada. El vientre le ardía y el pene hinchado que rozaba su piel como al descuido, con los movimientos de él, aumentaba la necesidad.

—Quiero sentirte dentro.
César introdujo un dedo, solo un poco, abriéndola. No era suficiente y lo sabía. El rostro torturado de Mónica, la forma en que se mordía los labios, era la prueba evidente. Ella apoyó los talones y trató de alzar las caderas hacia su mano. Él introdujo el dedo otro par de centímetros.

—Más —exigió ella.

—¿Más qué?

—Más dedos, y más adentro.

La obedeció sin dudar. Tres dedos se deslizaron en su interior llenándola y buscando el punto justo donde frotar. Mónica lanzó un gemido cuando lo encontraron. César se inclinó y la besó en la boca, imprimiendo a su lengua el mismo ritmo que marcaba su mano.

Cuando la sintió al borde del orgasmo, sacó la mano dejándola vacía, y cubierta de un sudor helado por todo el cuerpo.

—¡No irás a dejarme así!

—Dime qué quieres ahora —jadeó él a su vez. Si para Mónica estaba siendo difícil aguantar, él estaba viviendo un auténtico suplicio.

—¿Y lo harás?

—Lo haré. —La mirada turbia de él le dijo que así sería.

—Quiero... tu jodida manguera dentro de mí hasta el fondo... y que me lo hagas tan fuerte que me dejes sin aliento.

César se colocó un preservativo, apoyó las manos a ambos lados de la cabeza de Mónica y se hundió en ella con una fuerte embestida.

—¿Así?

—Más fuerte... más...

Él empujó sin control, una y otra vez, hundiéndose y volviendo a salir casi del todo. Los gritos de ambos resonaron por la habitación. Mónica olvidó que estaba atada y le agarró con fuerza los hombros, clavando las uñas en la carne sin piedad. La tensión aumentaba con cada embestida, un fuego líquido quemaba su interior hasta que al fin estalló en un orgasmo explosivo que la dejó sin aliento. César se dejó ir a su vez, incapaz de seguir controlándose; los brazos le temblaban por el esfuerzo, la respiración errática le quemaba los pulmones y el placer le nublaba la vista. Se dejó caer a un lado de la cama, incapaz de no derrumbar su cuerpo, pesado y laxo, sobre la mujer que aún temblaba a su lado. Se cubrió los ojos con un brazo, para asimilar algo que siempre había sabido. Que Mónica Rivera era especial y que aquella noche supondría un antes y un después en su existencia. También sabía que no iba a ser fácil convencerla de ello.

La voz suave lo trajo de nuevo a la realidad.

—¿Tan terrible ha sido que temes abrir los ojos? —El tono de broma era evidente.

César se giró y enfrentó la mirada castaña, que brillaba con intensidad. Sonrió con picardía.

—Estoy esperando aterrado el veredicto.

—¿Qué veredicto?

—Si estoy por encima o por debajo de tus juguetitos.

Mónica abrió mucho los ojos, y le siguió el juego.

—¿Estabas compitiendo?

—Solo estaba intentando darte algo que un trozo de goma no puede proporcionar. —Acercó la cara y la besó con suavidad. Un beso lento y dulce, nada parecido a los que habían intercambiado un rato antes. Un beso que la asustó por los sentimientos que despertó en ella. Trató de bromear.

—¿Salvaría tu ego de machito si te digo que la puntuación es de César diez, consolador seis?

—Hum... cuatro puntos por encima. Sí, lo salva.

—¿Y yo? ¿He cumplido tus expectativas?

«Tú me has terminado de enamorar.» Pero en vez de expresar sus pensamientos, como quería, se limitó a hacer una mueca. Conquistar a Mónica de la forma en que deseaba, era una carrera de fondo que no había hecho más que empezar.

—No has estado mal...

Ella saltó como un resorte, incorporándose sobre un codo.

—¿Cómo que no he estado mal? —protestó enérgica, sin estar segura de si bromeaba o hablaba en serio—. ¿Tienes alguna queja?

—Ajá.

Abrió los ojos como platos. Nunca, jamás, un hombre le había puesto ninguna pega en la cama.

—¿En qué?

—No me has preguntado qué me gusta a mí.

—Acabo de comprobar qué te gusta... torturar a las mujeres volviéndolas locas de deseo.

—Eso no vale, tienes que preguntar... es lo justo.

—¿Estás tratando de decirme que tenemos que repetir?

—No sabía si la idea le producía placer o terror, pero era evidente que la excitaba y mucho.

—Me debes la revancha.

—César...

—Sé lo que vas a decir... que no es buena idea. Que esto tenía que pasar porque los dos llevamos mucho tiempo sufriendo una intensa atracción y un deseo que debíamos satisfacer para seguir siendo amigos. Pero que repetir es peligroso.

—Eso es, no has podido expresarlo mejor.

—Bueno, vamos a darnos esta noche, la de entrada del año, en la que se suelen hacer locuras, para solucionar esa atracción. Y mañana, seguimos como siempre, disimulando delante de nuestros hermanos que nos vemos de vez en cuando, y nos volvemos a encontrar en el rocódromo, y entrenamos para ir a la montaña en primavera.

Mónica entrecerró los ojos con una mirada malévola.

—De acuerdo, pero lo del rocódromo mañana... no va a ser posible.

—¿Tienes otros planes?

—Yo no, pero tú vas a pasarte el día durmiendo. No te podrás mover después de lo que voy a hacer esta noche contigo... ¡No tienes ni idea de lo que es desafiar a Mónica Rivera, la gemela peligrosa!

Él abrió los brazos y dijo con la sonrisa más traviesa que le había visto nunca:

—Demuéstramelo.

9

Un nuevo año

Mónica se desperezó con lentitud y sintió cada uno de los músculos de su cuerpo. La cama desprendía un leve olor a sudor y sexo, las sábanas revueltas y arrancadas de la parte baja del colchón daban indicios de la intensidad de la noche.

César se había marchado hacía rato, lo había sentido levantarse y darle un beso de despedida en la mejilla aduciendo algo sobre trabajo, que en su somnolencia no consiguió entender bien. A juzgar por el tono oscuro del cielo, debía de haberse ido muy temprano, porque aún no había amanecido.

Remoloneó un rato antes de levantarse y darse una buena ducha, pero el sonido del móvil que vibraba con insistencia dentro del bolso, que él debía haber rescatado del suelo y colocado sobre la silla, la hizo poner fin a su relax matutino para levantarse y responder a la llamada.

La cara de Lorena iluminaba la pantalla.

—Buenos días. ¿Ocurre algo? —No era propio de su hermana llamarla tan temprano.

—Eso te pregunto yo. —La voz alterada de su gemela la hizo preocuparse—. Te he llamado un montón de veces, estaba a punto de presentarme en tu casa a ver si te encontrabas allí.

—¿Qué pasa? —volvió a preguntar.

—No pasa nada, salvo que llevo todo el día tratando de hablar contigo y no respondes a mis llamadas.

—¿Qué día?
—Moni, ¿has tomado algo? ¿Cómo que qué día? El día uno de enero, Año Nuevo.
—Espera... ¿Tratas de decirme que he dormido todo el día? Está a punto de amanecer, ¿no?
—De anochecer.
Mónica lanzó una sonora carcajada.
—Pues disculpa si te he preocupado. Al parecer he dormido como una marmota durante muchas horas, pero estaba agotada.
—¿Una Nochevieja intensa?
—Mucho. —Rio eufórica.
Las imágenes la asaltaron con fuerza y se tocó los pechos aún sensibles.
—Y no de bailar...
—Vale, Lore, no hace falta que indagues más, confieso... Sí, he follado durante toda la noche como si no hubiera un mañana.
—Con tu amigo misterioso.
—Ajá. —Después de decirlo se dio cuenta de que había empleado una palabra que César usaba a menudo.
—¿Y qué tal?
—No voy a darte detalles.
La risa de Lorena se escuchó con fuerza al otro lado del aparato.
—No hace falta, has dormido todo el día.
—Tampoco te lo voy a presentar, si es lo que vas a decir a continuación, porque no hay nada entre nosotros más allá de algunos polvos. Que no se van a repetir.
—Vais a dejar de veros.
—No, seguiremos con «los paseos».
—Entonces, se repetirá. Hay vivencias que no se olvidan, Moni, por mucho que lo intentemos. Créeme, sé de lo que hablo.
Mónica recordó que durante mucho tiempo su hermana ha-

bía luchado por olvidar la primera noche que Cristian y ella habían pasado juntos, con escaso éxito.

—Esto es diferente. Nos emborrachamos un poco —mintió—, y nos enrollamos. No hay nada entre nosotros, ya lo hemos hablado y quedó todo claro.

—Si tú lo dices... Por cierto, ¿cómo se llama? Porque imagino que tiene nombre.

—Eh... no. —En aquel momento era incapaz de encontrar uno que no fuera el verdadero.

—¡¿No tiene nombre?!

—Claro que tiene... Juan.

Fue lo primero que se le vino a la mente, y nada más pronunciar la palabra se percató del desliz.

—¿Cómo Cristian en nuestra primera noche?

—No, Juan José... Juanjo para los amigos.

—Vale, aceptamos Juanjo. —Rio, consciente de que no era cierto—. ¿Sigue ahí todavía?

—No, se marchó hace rato. No hay nada entre nosotros —repitió Mónica.

—Eso ya lo has dicho.

—Porque es la verdad.

—¡Vale, vale! No insisto más. Te dejo descansar, solo quería asegurarme de que estabas bien.

—Voy a darme una ducha y a cenar algo. Y lamento si te he preocupado.

—No pasa nada. Ya hablamos.

César entró en el Parque para un largo turno de cuarenta y ocho horas y apenas había podido descansar, a pesar de que era consciente de que sería una jornada difícil. El exceso de alcohol que se ingería en aquellas fechas provocaba descuidos, accidentes y diversos problemas que requerían la presencia del cuerpo de bomberos. Y si pensaba en cuerpos, no podía apartar de su mente el de Mónica, tendida en la cama unas veces, a horcajadas sobre él otras, seduciéndolo, acariciándolo y llevándolo al límite como ninguna otra mujer había hecho antes.

Se había marchado de su casa a media mañana, mientras ella seguía sumida en un profundo sueño, y tras una larga ducha había intentado dormir también un rato. Resultó un esfuerzo inútil, por mucho que su agotado cuerpo le pidiera unas horas de descanso. Lo que este le pedía, su mente se lo negaba.

Sabía que después de lo ocurrido, Mónica se replegaría y trataría de volver a la relación amistosa que tenían antes, pero eso era imposible. No había sido una noche más para ninguno de los dos, aunque ella quisiera creer lo contrario. Y no era ningún estratega, no sabía qué hacer para convencerla por muchas vueltas que le hubiera dado al asunto desde que se separó de ella el día anterior. Tendría que limitarse a dejar pasar el tiempo en espera de que se produjese otro momento especial que los arrojase uno en brazos del otro. Estaba seguro de que si demostraba insistencia ella desaparecería de su vida, y solo podría verla de forma ocasional en casa de su hermano, rodeada de familia.

No la había llamado, pero había esperado que ella lo hiciese, aunque solo fuera para preguntarle cualquier bobada o afirmar de nuevo que lo ocurrido no había supuesto ningún cambio en su amistad. Se moría por escuchar su voz, pero decidió darle el espacio que al parecer necesitaba para asimilar lo ocurrido.

Entró en el vestuario, desierto, para cambiarse. En el cuello lucía las marcas que ella le había dejado y, aunque no era ningún mojigato, trató de ocultarlas con la camisa, para evitar las bromas jocosas de sus compañeros. No lo consiguió del todo y, de esa guisa, salió a la sala común dispuesto a afrontar una jornada de trabajo.

—Buenos días.

Varios rostros se alzaron hacia él.

—Hola, César, buenos días.

—Al final no te pasaste a tomar una copa con nosotros —recriminó un colega.
—No, se me enredaron los planes.
—Di mejor que te enredaste tú. —Rio otro.
César le siguió la corriente.
—Muy enredado.
—¿Algo serio?
—¿Qué pregunta es esa? ¿Acaso estás interesado? —Era una broma habitual entre ellos, en los vestuarios.
—¡Quita, quita! Eres demasiado alto para mi gusto. —Luego el compañero se puso serio—. Pero me pareció que Sandra se sintió decepcionada cuando no apareciste.
César sacudió la cabeza.
—¿Sandra? ¡No puede ser!
—¿No te has percatado de cómo te mira?
No se había dado cuenta de nada. Para él Sandra era una compañera que cada día se jugaba la vida junto a ellos y, aunque la admiraba por su valentía y arrojo, nunca la había visto como mujer. Se mesó los cabellos con pesar, lo último que deseaba era ese tipo de problemas en el trabajo. Suficientes quebraderos de cabeza le daba Mónica para además tener interesada en él a una compañera por la que solo sentía aprecio y respeto.

Decidió ignorar las palabras de su colega y estar más pendiente para averiguar por sí mismo si era cierto lo que insinuaban. Si lo era, debería desengañarla, porque para él no había en aquel momento más mujer que Mónica Rivera.

—Ella es para mí una compañera, a la que admiro muchísimo, pero nada más. Espero que estés equivocado, no me gustaría hacerle daño; ya ha sufrido bastante.

—A lo mejor solo ve en ti a un tío *buenorro*, el único soltero del equipo con el que echar un par de *kikis*.

—Espero que ni siquiera eso.

—Ahí llega —susurró otro de los compañeros, que había asistido a la conversación sin participar en ella.

Se hizo un brusco silencio, demasiado brusco para resultar natural.

—Buenos días.

Todos respondieron al saludo que la mujer había expresado. César la observó con detenimiento tratando de averiguar cuánto había de verdad en lo que acababan de insinuar.

La mirada de Sandra se detuvo en su cuello y no pareció afectada por el hecho de que tuviera algún chupetón. De todas formas, no pudo evitar sentirse un poco incómodo.

—¿Alguien quiere un café? —preguntó para salir un momento de la sala común donde esperaban las llamadas.

—No, gracias.

Ante la negativa de todos los presentes, salió hasta la máquina situada en el corredor y sacó un café, que bebió sin muchas ganas tras regresar a la sala. Estaba flojo y apenas templado, y eso le hizo recordar cómo le gustaba a Mónica, fuerte y caliente, y la cara de asco que pondría si tomase aquel.

Solo pensar en ella le animó al instante y, como si le leyese el pensamiento, el teléfono vibró en el bolsillo trasero de su pantalón y el nombre de la chica ocupaba la pantalla cuando lo miró.

Por un momento pensó salir para responder, pero al final lo hizo allí, delante de todos, para dejar claro a Sandra, que había una mujer en su vida.

—¡Hola, Mónica, buenos días!

—Hola... ¿Sigues vivo?

—Lo poco que dejaste de mí.

La carcajada alegre le hizo saber que la noche de Año Nuevo no era tema tabú entre ellos, lo que le alegró sobremanera. Por el rabillo del ojo miró a Sandra, que parecía ocupada con unos pasatiempos.

—Yo tuve que soportar un tercer grado por parte de Lorena, pero creo que logré despistarla.

—Algún día lo va a descubrir, no te quepa duda. Vamos a tener un desliz y tu hermana no tiene un pelo de tonta.

—Ya cruzaremos ese puente, si llega. En realidad, te llamaba para quedar esta tarde. No quiero que pienses que lo sucedido cambiará nada.

—Me alegro mucho de oír eso, pero imposible lo de quedar hoy; trabajo hasta mañana por la noche.

—¡Pobrecito! En ese caso, llámame tú cuando estés libre.

—No dudes de que lo haré; tengo que darte tu regalo de Reyes.

—Hum... ¿Se te ha ocurrido algo original?

—Tan original como tú. Ya lo verás.

—¿Alguna pista?

—Habrás de esperar al día seis.

—Llevo fatal eso de esperar.

—Ya me he dado cuenta, pero no tendrás más remedio.

El aviso de una llamada que debían atender le hizo despedirse a toda prisa.

—Tenemos un aviso, Mónica, debo dejarte. Ya te llamaré.

—Adiós... y ten cuidado.

Colgó y se apresuró junto con sus compañeros a prepararse para la inminente salida. Su compañera lo miró socarrona, a la vez que le preguntaba:

—¿Estás liado con dos hermanas? Perdona, pero no he podido evitar oír tus palabras, no has sido muy discreto.

—Solo con una, pero esta pretende ocultárselo a la otra.

—¿Te quiere para ella sola?

—No se trata de eso, es más complicado.

—Menuda pieza estás hecho —bromeó Sandra sin el menor asomo de tristeza o pesar en sus palabras.

César respiró tranquilo, seguro de que sus compañeros se equivocaban respecto a los sentimientos de ella. A toda prisa subió al camión para enfrentarse a la primera salida del año. Vería a Mónica el día de Reyes, para darle en privado su regalo, y para eso aún faltaban cuatro días, que se le iban a hacer muy largos.

10

Día de Reyes

No se habían visto desde Nochevieja, aunque sí habían hablado dos veces por teléfono desde entonces. Por eso, el día de Reyes ambos acudieron tan ilusionados como críos a casa de Cristian y Lorena para intercambiar los regalos, no solo los de las niñas.

Aunque hacía tiempo que se había empezado a instaurar la costumbre de regalar en Nochebuena, Lorena era acérrima defensora de la tradición y mantenía el día de Reyes Magos como algo especial.

Mónica, perezosa por naturaleza, en aquella ocasión se levantó temprano, impaciente por llegar a casa de su hermana y entregar sus regalos a las pequeñas. Y a los mayores.

Una tormenta interior la asaltaba ante la idea de ver de nuevo a César, de perderse en sus ojos chispeantes y comprobar si, después de la noche que pasaron juntos, podrían ser los mismos y volver a limitar su relación a la que tenían hacía solo una semana.

Cargada de paquetes llegó al revuelto salón de Lorena. Trozos de papel de regalo estaban desperdigados por doquier, las niñas y César sentados en el suelo montando un circuito de coches de considerables proporciones y su hermana y su cuñado intentando poner un poco de orden en la caótica habitación.

—Ya veo que han pasado por aquí los Reyes Magos...
—Sííí, tita, sí.
—Hemos sido muy buenas, nos han traído muchas cosas.
—También en mi casa han dejado algunas —dijo con los brazos cargados de paquetes.
—¡Por favor, dime que son cosas pequeñas! —rogó su hermana en voz baja—. César ha traído un tobogán enorme que hemos instalado en el jardín, para que lo disfruten más tarde, cuando haga menos frío. Si lo ven ahora será imposible contenerlas.

El aludido alzó una ceja, con aire culpable.
—Hay de todo.

Comenzó a repartir paquetes, primero a las pequeñas que desgarraron con impaciencia los envoltorios dejando esparcidos más restos de papel roto. Lorena volvió a inclinarse con un suspiro para continuar su tarea de ordenar.

Mónica contemplaba divertida a sus sobrinas celebrar con pequeñas exclamaciones los diversos regalos que les había traído. Unos patines infantiles, con sus correspondientes protecciones y cascos, y una caja de mediano tamaño, que deberían compartir.

—Más trabajo para el tito César —advirtió Mónica mientras Cristian ayudaba a sus hijas a abrir el paquete—. Hay que montarla.

Se encontró con la mirada del aludido clavada en ella con una intensidad nueva. Desvió la vista, nerviosa.

—Solo si cuento con la ayuda de la culpable.
—Se intentará, pero yo no soy muy hábil con estas cosas.
—No hay nada que no se pueda aprender, si se ponen ganas.
—¿Qué demonios le has regalado a mis hijas? —interrumpió Lorena, antes de que la caja mostrase el contenido.
—Un *tipi* indio para que se metan dentro.
—Maite se lo tirará encima, seguro.
—Para evitarlo contamos con el tito, que seguro lo deja bien

firme. Y para finalizar, aquí hay dos disfraces que les harán sentirse auténticas pieles rojas.

Lorena dedicó a su hermana y a su cuñado una mirada que pretendía ser de enfado, pero sin conseguirlo.

—¿No podrían los Reyes haber traído unos juegos educativos que se pudiesen guardar en una estantería?

—Imposible, con las hijas que tienes.

—¡¡¡Una casa!!! —exclamó Ángela, viendo al fin la imagen de la tienda montada en el lateral de la caja.

—Aquí sí puede vivir Rickon con nosotras, ¿verdad, mami?

—De eso nada. Rickon sigue viviendo con el tito, que está muy solo y le hace falta compañía.

El aludido se encogió de hombros.

—Siempre es bienvenida la compañía. ¿Queréis esta tarde venir a casa a ver a Rickon? Podemos invitar a la tita y enseñárselo, que no lo conoce.

—Sí, sí... el gatito.

—¡El gatito dicen! ¡Es un tigre! —suspiró Lorena.

—Me parece genial que las lleves esta tarde a ver a Rickon —asintió Cristian—. De ese modo Lorena y yo podremos recoger este desastre con calma.

—Sí, sí... recoger...

La risa franca de Lorena les dejó claro que tampoco ella pensaba en guardar juguetes precisamente.

—Primero vamos a hacer la casa, tito.

—No, Maite. Primero tenemos que darle a la tita lo que han dejado aquí los Reyes Magos para ella.

Lorena se acercó hasta una mesa sobre la que quedaban algunos paquetes. Le entregó a Mónica un par de ellos, de cuyo interior sacó un conjunto de pantalón y jersey muy elegantes.

—Estoy segura de haber acertado con la talla —bromeó—, pero si el modelo no te gusta, lo puedes cambiar.

A pesar de haber dado a luz a las gemelas, Lorena mantenía el tipo de antes de quedarse embarazada, el mismo de Mónica, y sin lugar a dudas se había probado el conjunto. Nunca intercambiaban la ropa porque sus gustos sí eran diferentes, pero Lorena había acertado con el regalo. Conocía muy bien a su hermana.

—Es perfecto —comentó esta, poniéndoselo por encima para contemplarse en el cristal del mueble que reflejaba su imagen. A través de este, vio la cara de César que la miraba sin ningún disimulo, con expresión embelesada. Si no andaba con cuidado, los iban a descubrir.

Se giró a su vez y cogió los regalos que había traído para los adultos. Una mochila especial para guardar las cámaras para su cuñado, lencería sexi para su hermana, que sin duda Cristian disfrutaría tanto como ella, y al fin se volvió hacia César con un paquete en la mano. Él le entregó otro, con una sonrisa. Una caja alargada, que no pesaba demasiado.

Aunque se moría de curiosidad, esperó a que él sacara del envoltorio la sudadera negra y abrigada que le había comprado. Tuvo que recurrir a Cristian para acertar con la talla, porque en las tiendas toda la ropa le hacía dudar debido a la altura del destinatario. La prenda era una clara alusión a su deseo de seguir teniendo con él aventuras nocturnas, al margen del sexo.

Al fin se decidió a abrir su paquete. Bajo el envoltorio de regalo, una caja de una conocida zapatería deportiva. Sacó unos «pies de gato» de color negro, suaves y flexibles.

Sonrió al ver que ambos habían pensado en el mismo tipo de obsequio.

—¿Qué es eso? —preguntó Lorena extrañada por la singularidad del calzado.

—Son unos «pies de gato» —explicó su hermana—. Un calzado que se usa de forma específica para escalar.

—¡¿Tú escalas?!

—Aún no, pero me gustaría cuando esté preparada.

Lorena se volvió hacia su cuñado, con el ceño fruncido y todas las alertas desplegadas.

—¿Y tú como lo sabías? Porque para mí es algo nuevo.

Pero él esperaba la pregunta y tenía preparada una respuesta convincente.

—Suelo ir al rocódromo a veces, y en una ocasión me encontré a Mónica allí con unos amigos. Me fijé en que el calzado que llevaba no era el más adecuado y se me ocurrió regalarle este. No hay ningún misterio.

—Entiendo.

Ya su hermana se estaba probando el obsequio, que le quedaba a la perfección. Lorena no quiso preguntar cómo César había acertado con el número, segura de que le daría alguna explicación convincente, pero no se había creído ni por asomo lo del encuentro «fortuito». Además, esa mañana detectaba una complicidad diferente entre su hermana y su cuñado. Él la observaba sin disimulo, comiéndosela con los ojos y ella, de reojo, cuando pensaba que nadie la veía, recorriéndolo con la vista con la seguridad de saber qué había debajo de la ropa que lo cubría. Por mucho que fingieran, ya no la engañaban en absoluto. César era el amigo misterioso de su gemela, el hombre con el que la noche de fin de año había, según palabras textuales, «follado como si no hubiera un mañana». Lo que no comprendía era por qué lo mantenían en secreto.

La voz de su hija Maite interrumpió sus pensamientos. La pequeña tiraba de la mano de Mónica con cara apesadumbrada.

—Tita, ¿has sido mala?

«Muy mala», tuvo intención de decir, pero se arrodilló junto a la pequeña y negó con énfasis.

—No, cariño. ¿Por qué piensas eso?

—Porque los Reyes Magos te han traído unos zapatos muy feos y ropa. Ningún juguete. No vas a poder jugar en tu casa.

—Cuando quiera jugar vendré aquí y vosotras me prestaréis los vuestros, ¿de acuerdo?

—¡Vale! ¿Te vienes a vivir con nosotras a la casita de los indios, cuando el tito la haga?

—Yo vivo en mi casa, pero luego, si queréis, entro un ratito con vosotras.

—Luego vamos a ir a jugar con Rickon.

—Yo también. Y ahora... ¿Alguien me ofrece un trozo de roscón? Apenas he desayunado.

—Ven a la cocina; el roscón de nata, las niñas y el sofá son una combinación muy peligrosa.

Siguió a su hermana con el ligero temor de que esta volviera a realizar preguntas incómodas, pero no fue así. Lorena se limitó a servirle un trozo de roscón y un poco de café de un termo, y luego regresó al caos del salón.

Degustó con placer el dulce y se lamió con deleite las yemas de los dedos manchadas de nata, mientras imaginaba todo el juego que eso podría dar en un encuentro sexual. Ya lo había probado alguna vez, pero estaba segura de que con el hombre que montaba un *tipi* en aquel momento sabría muchísimo mejor.

Luchó por apartar de su mente las imágenes que se le colaban sin permiso, y salió después de colocar plato y taza dentro del lavavajillas.

César no estaba en el salón.

—El tito está haciendo pipí —anunció su sobrina.

Más imágenes indeseadas; realmente estaba siendo un día complicado. Deseaba que pasara el almuerzo para poder irse con César y las niñas a jugar con el gato, lejos de la mirada inquisidora de Lorena.

Sintió vibrar el móvil dentro del bolso y se apresuró a leer el wasap que acababa de entrarle. Intuía de quién era, pero no pudo evitar apartarse un poco para verlo al completo.

«Quizá no hayas sido tan mala como piensa Maite. Aún falta un regalo, que te daré esta tarde, fuera de miradas inquisidoras.»

El mensaje iba acompañado de una foto, que mostraba una caja cuadrada envuelta en un discreto papel azul oscuro.

Un estremecimiento de impaciencia la recorrió entera. Intuía que el regalo de César sería algo prohibido, algo que podrían disfrutar juntos, si ella quisiera.

Se tiró en la alfombra dispuesta a ayudar a montar el *tipi* y a dejar pasar el tiempo.

Cuando estuvo listo, y tras un breve rato dentro del mismo, las niñas salieron al jardín a probar el tobogán.

Después del almuerzo, subieron al coche de Lorena, en cuyo asiento trasero estaban instaladas las sillitas para niños y que ella había ofrecido para evitar el molesto traslado de estas a otro vehículo, y se dirigieron a casa de César con la excusa de jugar con el gato.

Mónica solo había estado en ella una o dos veces, cuando las niñas eran muy pequeñas y Cristian se encontraba aún en África. No recordaba algunos de los elementos decorativos que se esparcían por el salón.

Un gato grande, atigrado, con un pelaje gris y espeso, los miró desde su puesto de observación en el alféizar de la ventana.

—¡Rickon!

—Gatito, gatito...

Llamaron las gemelas a la vez, pero el animal las obsequió con su indiferencia.

—Tito... no quiere venir a jugar

—Vamos al frigorífico, veréis cómo se acerca.

César entró en la cocina e, inmediatamente, el enorme animal saltó con una agilidad impropia de su envergadura y se acercó a ellos. Se restregó contra las piernas de su dueño y le miró implorante.

—¡Ha venido!

—Hola, Rickon. —Le acarició Ángela el lomo, pero el animal la ignoró—. No me quiere.

—Verás como ahora sí. Vamos a darle de comer su menú favorito.

El hombre cogió un sobre de un mueble alto y se lo dio a su sobrina. El gato cambió el objeto de su atención y se acercó a la niña. Alzó la pata y maulló en tono suplicante.

—Te está pidiendo la comida. Vamos a echársela en su bol.

—Y yo le doy agua —añadió Maite.

Mónica observó cómo tío y sobrinas alimentaban al animal, que perdió sus reticencias hacia las recién llegadas. Comió su ración y, magnánimamente, permitió a sus pequeñas visitantes que le acariciasen y le lanzaran un pequeño juguete que de vez en cuando les devolvía sin mucho entusiasmo.

Mientras contemplaba a las niñas, que jugaban, César se acercó a Mónica con la misteriosa caja envuelta en papel azul en la mano.

—Ábrelo ahora que están distraídas —sugirió—. Yo prepararé café mientras.

Desapareció en la cocina y ella se sentó en el sofá, dispuesta a desenvolver su regalo. Un gran dildo transparente con una buena variedad de funciones y accesorios. Bajo el mismo, unas esposas de piel suave completaban el kit.

—Lo siento, no lo encontré morado. —La voz a su lado sonó divertida—. Pero espero que te dé «mucho juego». Con un poco de suerte superará el seis, aunque confío en que no llegue al diez.

Mónica alzó la mirada para enfrentar los chispeantes ojos verdes de su interlocutor.

—Parece que sí voy a jugar hoy cuando llegue a casa... Me muero por probarlo.

—Espero que sea el modelo adecuado. En esta ocasión no he tenido asesoramiento, pero me pareció que este artilugio aunaba las características de los dos que me hacían dudar cuando elegí el de Sandra: tamaño y versatilidad.

Mónica cerró la tapa al comprobar que sus sobrinas se acercaban.

—Tito, queremos jugar en el sofá raro.

—¿Sofá raro? —preguntó Mónica sin comprender.

—Bueno, pero solo un momento. Luego vamos a merendar.

Las precedió al dormitorio y abrió la puerta. Lo primero

que Mónica vio fue una cama enorme con un cabecero al que se podrían sujetar sin problemas un par de esposas y apretó la caja con las dos manos. Luego siguió con la mirada a sus sobrinas que se dirigían al otro extremo de la habitación, hacia un sillón de cuero negro lleno de ondulaciones.

—¡No me lo puedo creer! Eso es...

—Un sillón *tantra*, sí. No eres la única a la que le gusta jugar.

Las gemelas se encaramaron en el sillón deslizándose por el mismo como si fuese un tobogán.

Mónica comenzó a sentir un intenso calor apoderarse de ella. Su mente indómita forjó imágenes tórridas sobre todo lo que ella y César podrían hacer en aquel sillón... y con el juguete que tenía en las manos.

—¿Lo usas mucho? —No pudo evitar preguntarle.

—Cuando surge la ocasión. No a todas las mujeres les gusta innovar, algunas prefieren la cama y el misionero.

—¿En serio?

—Ajá. Pero en él se pueden realizar posturas increíbles.

Se había acercado por detrás, susurrándole al oído, rozándola con su erección en el trasero. Mónica no era la única que se había excitado ante la vista del sillón del amor.

—¿Quieres saber cuál es mi favorita?

Ella asintió, con la boca seca.

—La chica de pie, inclinada sobre la curva más alta del respaldo y hacérselo desde atrás.

Se frotó con fuerza contra ella, que no se separó un ápice, sino que le acercó el trasero. César continuó en susurros.

—Fuerte, fuerte y hasta el fondo... como les gusta a algunas mujeres.

El aliento de sus palabras le quemaba en la sien, el cuerpo le ardía por dentro y por fuera. Aquel hombre sabía cómo excitar a una mujer y cómo satisfacerla también, aunque en ese momento fuera imposible.

—Yo prefiero él sentado y la mujer encima, dominando y

volviéndolo loco de deseo antes de llevarlo al mejor orgasmo de su vida. Cuestión de gustos.

—También probaría esa —admitió César, dándole un pequeño mordisco en la oreja.

La conversación en susurros pasaba desapercibida para las niñas, que continuaban jugando ajenas a lo que sucedía entre los adultos. Mónica sentía las bragas mojadas mientras la erección seguía frotándose levemente contra su espalda. Se mordió los labios para contener cualquier sonido, el aliento de César en su cuello y las manos que sujetaban sus caderas para que no se apartase la estaban llevando a un grado de excitación que pocas veces había alcanzado fuera de la cama. Se moría por probar aquel sillón, por ver el cuerpo de él recostado lánguidamente mientras lo cabalgaba como una amazona salvaje, con la mirada verde clavada en su rostro.

Cuando Maite saltó bruscamente del sillón pidiendo la merienda, César ahogó un suspiro de frustración y se separó con rapidez, dejándola sumida en el mismo estado de excitación insatisfecha que sentía él.

—Vamos a prepararla.

Agarró la mano de la pequeña, a la que siguió su hermana, y se dirigieron a la cocina. La pregunta de Mónica le llegó por sorpresa.

—¿Puedo usar tu cuarto de baño?

—Claro. Es esa puerta de ahí.

Contuvo la respiración al darse cuenta de que ella tenía la caja de su regalo en la mano y no la soltó al entrar en el lavabo.

Se esforzó por preparar una merienda decente, porque su mente se iba una y otra vez al cuarto de baño y a la imagen de Mónica probando en su cuerpo el regalo que le había hecho. Las voces de las niñas que le hablaban del gato, de la leche con galletas y no sabía de cuántas cosas más apenas entraban en su consciencia. Sabía que la había excitado sobremanera, que ella estaba al límite y no era una mujer que se quedase a medias, y menos con un consolador de respetables dimensiones a su alcance.

Trató de relajarse para no correrse en los pantalones como un crío que no se controla, pero con Mónica le resultaba muy difícil hacerlo. Su olor, el calor de su cuerpo, su simple presencia, lo volvían loco.

Ella se les unió en la cocina apenas un cuarto de hora más tarde, con los ojos brillantes, las mejillas sonrosadas y una expresión traviesa en el rostro. Colocó la caja misteriosa dentro de su bolso y se dispuso a tomar un café.

César se pasó toda la tarde sin conseguir bajar la erección y Mónica fue consciente de ello. Cuando Lorena le envió un mensaje anunciando que «ya podían llevar a las niñas de vuelta» se puso al volante ofreciendo a César la posibilidad de quedarse en su casa e ir a recoger su coche al día siguiente. Él aceptó, deseoso de entrar a su vez en el baño para darse una ducha lo más fría posible.

11

Incendio forestal

Después del día de Reyes, Mónica se esforzó en volver a ver a César como el amigo que compartía con ella aventuras y situaciones divertidas, y no como el amante de Nochevieja ni el hombre que tenía un sillón *tantra* en su dormitorio. Por mucho que le apeteciera probar este en su compañía.

Desde muy joven había sido una mujer muy activa sexualmente, y no siempre encontraba un compañero de cama a su altura, imaginativo y juguetón, capaz de excitarla hasta límites insospechados con solo mirar un sillón y susurrarle al oído lo que le gustaría hacer en él.

Cuando llegó a su casa aquella noche, volvió a jugar con su regalo, esa vez tranquila y sin prisas, y tentada estuvo de enviarle un mensaje para darle las gracias por la elección pero, tras pensarlo con detenimiento, decidió no hacerlo. La relación entre ambos se había disparado en las dos últimas ocasiones en que se habían visto, y había que enfriar las cosas o acabarían en una tórrida relación, que se terminaría en poco tiempo. Eso solo crearía situaciones incómodas para ellos y para sus hermanos, además de poner fin a una serie de actividades que estaba disfrutando muchísimo.

Se volvieron a ver en el rocódromo una semana después, y Mónica estrenó sus nuevos «pies de gato» que le facilitaron la ascensión de manera sorprendente.

César le sugería cada vez nuevos retos y dificultades, con el objeto de prepararla para el gran momento en el que, cuando llegase la primavera, pudieran escalar en plena naturaleza. Mónica los aceptaba todos, como la alumna aventajada que era, y descubría cada vez más el espíritu aventurero que ignoraba que tenía, hasta que un bombero adicto al riesgo se lo mostró.

Durante todo un mes se vieron en el rocódromo, tratando de acallar de nuevo la atracción y el deseo que no se habían aplacado en absoluto con la noche que pasaron juntos. Ambos eludían con cuidado cualquier roce, cualquier gesto que los disparase de nuevo. Después de cada sesión, agotadora y excitante, se tomaban algo en un bar cercano y cada uno subía a su coche y se marchaban por separado, evitando incluso estar en el mismo sitio cerrado y a solas. Luchando con todas sus fuerzas por dormir de nuevo al monstruo que habían despertado.

Habían quedado aquella tarde de mediados de febrero para visitar un nuevo rocódromo, con un grado de dificultad mayor que los escalados hasta entonces, y Mónica se preparaba para ello cuando el teléfono la sobresaltó. Al ver el nombre de César en la pantalla, se apresuró a responder esperando alguna indicación sobre la actividad que realizarían en un rato.

—Hola, César.

—Hola, Mónica. Lamento decirte que tenemos que cancelar nuestra escalada de esta tarde.

Trató de que la decepción no fuera muy evidente.

—¡Vaya! ¿Ocurre algo?

—Pues el incendio forestal que se ha declarado esta mañana en la Sierra de Gredos. ¿Lo has visto en las noticias?

—No, apenas he puesto la televisión hoy.

—Está descontrolado y necesitan todos los refuerzos posibles. Nos han cancelado los permisos y nos han convocado a todos, de modo que en un rato partimos hacia allá.

Por la mente de Mónica pasaron imágenes de otros incendios que había visto con anterioridad en los telediarios. Paredes de llamas rodeando a las personas que intentaban desesperadamente apagarlas, humo que se colaba en los pulmones y caos por todas partes. Por primera vez fue consciente del peligro que entrañaba la profesión de él, y sintió miedo, auténtico terror a que resultara herido... a que no volviera.

—¿Mónica?

—Sí, estoy aquí.

—Lo lamento muchísimo, tenía muchas ganas de verte esta tarde. El nuevo rocódromo supone un reto muy interesante.

—No te preocupes, ya iremos en otra ocasión.

—Por supuesto, queda pendiente nuestra cita. Ahora debo irme, no tengo mucho tiempo para prepararme.

Se le hizo un nudo en la garganta.

—Ten cuidado... por favor... ten mucho cuidado.

—Lo tendré, no te preocupes.

Cuando se cortó la llamada, a Mónica solo le quedó una profunda sensación de vacío y un terror helado que le oprimía las entrañas. Solo había sentido algo similar durante el rato que Lorena había pasado en el quirófano mientras le practicaban una cesárea de emergencia por complicaciones en el parto de las gemelas.

Encendió el televisor y buscó un canal de noticias de veinticuatro horas donde dieran información sobre el incendio. Las imágenes se le antojaron terroríficas y la sola idea de imaginar a César en medio de aquel infierno le pareció insoportable. Las llamas se extendían por doquier, mientras decenas de personas se afanaban por sofocarlas, por evitar que invadieran casas y montes.

Se preparó un café y trató de leer un libro, pero no conseguía concentrarse en la lectura. Iban a ser unas horas muy largas hasta que volviera a tener noticias de César, era consciente de ello, por lo que decidió agotar su cuerpo para facilitarle el descanso. Preparó la mochila y se fue al gimnasio, dispuesta a descargar en él la preocupación y los temores que sentía.

Pasó la tarde entre bicicletas estáticas, cintas andadoras, elípticas y demás máquinas capaces de hacerle quemar la tensión que acumulaba, y regresó a casa con el cuerpo agotado y la mente tan activa como antes.

Cuando llegó al lugar del fuego, César se encontró un auténtico infierno. Ya había estado con anterioridad en otros incendios forestales, pero ninguno se comparaba con aquel. Las llamas amenazaban con devorar las primeras casas de un pueblo, y los vecinos, inexpertos pero desesperados, luchaban contra ellas a riesgo de sus vidas. El fuerte viento soplaba con intensidad y hacía avanzar el fuego con rapidez. César conocía el peligro que entrañaba, era una de las primeras cosas que les enseñaban en los cursos de formación, a estar preparados para los cambios en la dirección del viento a fin de no quedar atrapados por las llamas. A su lado se afanaban personas sin experiencia, manos necesarias ante la magnitud del incendio, pero que a la vez podían suponer un peligro si no actuaban correctamente.

Le encargaron que coordinase un grupo de voluntarios y se dedicó a ello con tesón. Las horas fueron transcurriendo agotadoras, con escasa recompensa. El viento cambiante volvía a reavivar el fuego en zonas que ya creían controladas. Las ropas ignífugas representaban una pobre protección ante llamas de doce metros de altura.

A la tarde le sucedió la noche, las fuerzas mermaban sin siquiera hacer una parada para comer, las gargantas ardían, los ojos escocían por el humo y los pulmones acusaban la falta de aire limpio.

El subidón de adrenalina hacía horas que había pasado y solo quedaba agotamiento, hambre, sed y desesperanza al ver que los esfuerzos no daban el suficiente resultado. Las primeras casas del pueblo habían sido alcanzadas y uno de sus compañeros había resultado herido mientras rescataba a un voluntario atrapado por un cambio brusco de viento.

Cuando un grupo de relevo le permitió retirarse a descansar un poco, se dejó caer en uno de los vehículos situados fuera de la línea de fuego, se quitó el casco y la pesada mochila táctica. La espalda le dolía por el peso y por la tensión. Estaba agotado y lo único que le apetecía en aquel momento era escuchar la voz de Mónica, su risa fresca y alguna de sus frases de doble sentido.

Sandra se dejó caer a su lado, tan agotada como él. Miró desolada hacia el incendio, a la vez que respiraba una bocanada de aire enrarecido.

—¿Crees que lo controlaremos? —le preguntó. Nunca había estado en un incendio forestal y acusaba la impresión que estos producían la primera vez que se enfrentaban a uno.

—Por supuesto, pero no antes de que arrase con muchas más hectáreas. El viento no ayuda, y solo un milagro en forma de lluvia hará que se detenga en breve.

—Debo confesarte que he pasado miedo en algunos momentos.

—Yo también. Por mí y por esas personas que trataban de evitar que llegara a sus casas. Comprendo su desesperación por perder todo lo que tienen, pero han arriesgado en demasía. He tenido que apartar a una mujer cargándola para evitar que pereciera delante de su vivienda.

—Es terrible. Nosotros, cuando terminemos aquí regresaremos a nuestras casas, nos daremos una buena ducha y nos olvidaremos de este horror. Pero algunas de estas personas no tendrán casa a la que volver.

—Una casa se puede volver a construir, Sandra. La vida no.

—Eso es cierto.

Compartieron una cantimplora de agua, recalentada a pesar de tenerla apartada del incendio. Comieron un sándwich que alguien les dio y, tras dos escasas horas de descanso, regresaron a su ardua tarea. César instó a su compañera, inexperta en la extinción de incendios en el monte, a mantenerse cerca de él y a seguir sus consejos.

Después de dos días sin noticias de César, Mónica estaba histérica. En varias ocasiones no pudo evitar llamarle para obtener la misma respuesta: que el teléfono estaba apagado o sin cobertura. Su fértil imaginación lo veía caer inerte y ser pasto de las llamas, sin que nadie se percatase ni le echara de menos. Seguía con avidez la evolución del incendio en las noticias, por ellas sabía que había dos muertos y varios heridos, sin que se diese más información.

Cuando ya no pudo contenerse más, hizo lo que trataba de evitar y, a pesar de ponerse en evidencia, telefoneó a Cristian. Era la noche del lunes y desde el sábado no tenía noticias de César.

—Hola, Mónica.

—Cristian —le espetó a bocajarro, sin siquiera un saludo—. ¿Sabes algo de tu hermano?

Por un momento se hizo el silencio al otro lado y el corazón de Mónica se encogió, temiendo algún desenlace fatal.

—Está entre los efectivos que luchan contra el incendio de la Sierra de Gredos.

—Eso ya lo sé; desde el sábado.

—Sí —admitió él.

—Mira, no preguntes, pero estoy muerta de angustia. ¿Sabes si está bien?

—No sé nada desde que se marchó. Y si no me han comunicado lo contrario, debemos suponer que sí lo está.

Mónica tragó aire.

—Vale... te preguntarás...

—Mónica, Lorena y yo sabemos que hay algo entre vosotros. No vamos a preguntar qué, no es de nuestra incumbencia, pero no somos tontos. Os coméis con los ojos cuando estáis cerca.

—¿Nos comemos con los ojos?
—Absolutamente. —Rio.
—Eso no es cierto. Nos hemos visto alguna vez para hacer escalada, eso es todo —dijo, tratando de engañarse a sí misma—. Habíamos quedado el sábado, pero me llamó para decirme que le habían revocado el permiso y que se marchaba a ayudar con el fuego. Desde entonces no sé nada. Le he telefoneado varias veces, pero no responde.
—Suele dejar el teléfono en el Parque, no les está permitido llevar móviles en los servicios.
—Es de suponer que aún se encuentra allí, entonces.
—Me llamará en cuanto pueda, y seguramente a ti también. Lorena y yo estamos tan preocupados como tú, pero solo podemos esperar. César es un profesional y sabe lo que hace, así que trata de mantenerte tranquila y ocupada.
—Eso intento.
—Te llamamos si sabemos algo, ¿de acuerdo?
—Sí, gracias, Cristian.
—¿Quieres que te pase con tu hermana?
—No, en este momento no estoy preparada para hablar con ella de lo que hay entre César y yo. —Sabía que, aunque Lorena no hiciera mención al asunto, entre las dos estaría latente la frase: «En ningún momento me has engañado»—. Que no es más que amistad, aunque los dos creáis lo contrario.
—Como quieras. El primero que tenga noticias informa, ¿de acuerdo?
—De acuerdo.
Colgó sintiéndose un poco más tranquila. Si su hermano no sabía nada, seguro que estaba bien. Él sería el primero a quien informarían en caso de alguna desgracia.
Cenó y se acostó algo más calmada. Apenas había conseguido coger el sueño, la despertó el pitido de un mensaje entrante. Dio un respingo y se incorporó en la cama para leerlo. Era de su cuñado.
«Hola, Mónica. Hemos recibido una llamada de César des-

de un hostal cercano al lugar del incendio. Se encuentra bien. Ha entrado un grupo de refresco para que puedan descansar una noche los efectivos que trabajan desde el sábado, porque están agotados. Dormirá allí esta noche y, si el incendio sigue controlado, regresará mañana. En caso contrario volverán a las labores de extinción.»

Tecleó un «Gracias» como respuesta y trató de dormir un poco, pero estaba desvelada. Se moría de ganas de ver la cara risueña de su compañero de aventuras. ¿Y por qué negarlo? También de darle un abrazo que calmase la preocupación que había sentido por él esos días.

César se dejó caer en la cama, exhausto, después de una larga ducha caliente para quitarse la mugre y el olor a humo, que ya tenía metido en las fosas nasales. En la cama contigua estaba Sandra. Todo el equipo se había alojado en el hostal, además de otros miembros del grupo de extinción, y fue necesario compartir las habitaciones. Sandra se había negado a hacerlo con otro que no fuera él.

Le había cedido de forma caballerosa el primer turno de ducha y había aprovechado para llamar a su hermano desde el teléfono del hostal. Le apetecía también escuchar la voz de Mónica, pero era demasiado tarde y la presencia de su compañera en la habitación no le permitiría una conversación íntima. Después de ducharse, se dispuso a disfrutar de un sueño reparador. Aunque el incendio estaba controlado, no tenían asegurado el regreso al día siguiente.

Ambos habían salido del cuarto de baño envueltos solo en la toalla, que se quitaron al meterse en la cama. La ropa interior la habían lavado y colgado a secar en un toallero térmico para usarla al día siguiente.

Pero, aunque hubiera preferido encontrarla dormida, Sandra le contemplaba risueña. Demasiado risueña y tapada hasta la barbilla.

Él se metió en la cama a su vez y se quitó la toalla que llevaba anudada a la cintura. Los ojos de la mujer le habían seguido con interés y le hicieron sentir muy incómodo.

—Buenas noches —le deseó dispuesto a dormir.
—¿No vas a preguntarme por qué?
—¿Por qué, qué?
—No he querido compartir habitación más que contigo.

César suspiró agobiado. Estaba demasiado cansado para enfrentar aquello que intuía iba a escuchar.

—Supongo que porque te fías de mí.
—Pues sí. Ni loca me metería con uno de esos en la misma habitación teniendo que dormir desnuda.

Respiró aliviado.

—Sé que no me vas a saltar encima en cuanto cierre los ojos —continuó ella—, o quizá es que si lo haces no me importaría.

—Eso no va a pasar, Sandra. Estoy con alguien —dijo más brusco de lo que pretendía. Debía cortar cualquier expectativa por parte de la mujer en aquel momento o se les haría muy difícil seguir trabajando juntos.

—Con una de dos hermanas, ya me lo dijiste. Y me alegra que seas de los que se toman la fidelidad en serio. Solo quiero decirte que, si la cosa no funciona con ella y lo dejáis, y quieres echar un polvo sin compromiso, yo estoy dispuesta.

—Sandra, estoy demasiado cansado para esta conversación. ¿No podríamos tenerla en otro momento?

—No, vamos a terminarla ahora y no volveremos a ella. No quiero que pienses que estoy enamorada de ti ni nada parecido, aunque sé que se comenta entre los compañeros que ando loca por tus huesos. Solo quiero echar un polvo con un tío bueno por una vez en mi vida. Mi ex estaba de pena y la tenía tan pequeña que apenas la notaba. Lo compensaba haciéndolo con brusquedad a lo que añadía celos sin fundamento. Tú tienes todo el aspecto de estar bien dotado y por eso lo de hacerlo contigo, no es nada personal. Bueno, eso y que no eres un mierda que iría jactándose de ello por todo el Parque de bomberos. Hay muchos que han intentado meterse en mi cama desde que me separé, pero de ahora en adelante, yo elijo con quién y cómo.

—Gracias por tener esa opinión de mí, Sandra.

—No digo nada que no sea verdad, la prueba es que estoy acostada en la cama a tu lado, desnuda, y en lugar de aceptar mi ofrecimiento me hablas de tu chica.

—Tampoco creo que se me levantara, estoy agotado —bromeó para aliviar la tensión.

—En ese caso, te dejo dormir. También yo estoy muerta y ni siquiera estamos seguros de volver a casa mañana.

César se durmió de inmediato. Su mente ignoró la conversación que acababa de mantener con Sandra y se sumió en un sueño profundo que necesitaba con desesperación. Como bien le había dicho la mujer, era probable que al día siguiente tuviesen que volver a las tareas de extinción si durante la noche el incendio se volvía a reactivar.

No fue así. Cuando se levantaron, el jefe de su equipo les comunicó que podían regresar a casa, que los bomberos de la zona terminarían la tarea. Durante el camino de regreso, en el coche del cuerpo que les había trasladado hasta allí, observó con detenimiento a su compañera, comprobando con alivio que esta se comportaba con él igual que siempre. Incluso rebatió con humor algún que otro comentario sobre el hecho de que habían dormido juntos. Como si la conversación que habían mantenido la noche anterior nunca hubiera tenido lugar.

12

El sillón *tantra*

Mónica recibió la llamada que esperaba con impaciencia a la una de la tarde. Estaba aún en el despacho, barajando presupuestos para un trabajo que Lorena no podía acometer. Desde que tuvo a las niñas, no realizaba encargos que la obligaran a desplazarse de Madrid durante largos periodos de tiempo. Después de estudiarlos se los pasaría a su hermana y juntas decidirían a quién dar el trabajo.

Sin embargo, no conseguía concentrarse. Contra su costumbre había activado el sonido del móvil que solía mantener en silencio cuando trabajaba, y a pesar de ello miraba la pantalla con frecuencia.

Cuando esta se iluminó al fin con el nombre que esperaba, se apresuró a responder.

—¡Hola! ¡Si es mi bombero favorito! —saludó jovial y sin asomo en la voz de la preocupación que la había consumido.

—Hola. Al menos lo que queda de mí.

—¿Qué te ocurre? ¿Estás bien? —preguntó inquieta.

—Todo lo bien que se puede estar después de casi tres días de trabajo intensivo, sin descansar, sin apenas comer y, lo que es peor, sin una buena ducha.

—¡Ah, pensaba que estabas herido!

—Estoy bien, salvo alguna quemadura leve en el dorso de las manos, algo habitual en este tipo de incendios. No siempre los guantes protegen lo suficiente. Nada que una simple crema no cure.

—¿Dónde estás?

—En el Parque; acabo de recuperar mi móvil y he visto varias llamadas perdidas tuyas. También Cristian me dijo que le llamaste para preguntar por mí.

—Sí —se disculpó—. Estaba preocupada, no sabía nada de ti desde que te marchaste. Espero que no te moleste que le haya preguntado.

—En absoluto. Eres tú la que no quiere que nuestros hermanos sepan que nos vemos de vez en cuando.

—Creo que mi interés en ocultarlo no ha servido de mucho porque ambos lo saben.

César rio con ganas. Pues claro que lo sabían, desde el primer momento habían saltado chispas entre ellos y ni Cristian ni Lorena eran tontos.

—Un problema menos del que preocuparnos, ¿no te parece?

Mónica no estaba de acuerdo. El hecho de ocultarlo la mantenía a ella a salvo de lanzarse de cabeza a algo que no tenía futuro y que en algún momento debía frenar. Pero no ese día; lo había pasado demasiado mal sabiéndolo en peligro y las ganas de verle y cerciorarse de que las quemaduras que sufría no revestían importancia eran demasiado fuertes. Sin ser consciente de ello, se sorprendió preguntándole:

—¿Hasta qué hora trabajas hoy?

—No trabajo, he venido al Parque a recoger mi ropa y lo que tengo en la taquilla. Me marcho en cuanto termine de hablar contigo.

Mónica miró el reloj de sobremesa, era casi la una y media, justo la hora de comer.

—¿Qué te parece si te invito a almorzar? Seguro que estás famélico.

—Lo estoy, y acepto tu invitación siempre que sea en mi casa. Rickon lleva solo varios días y, aunque le dejé comida y agua suficientes, no sé qué ha podido hacer en mi ausencia. Además, necesito cambiarme de ropa y estoy cansado.

—De acuerdo, voy a tu casa cuando termine aquí. Y no te preocupes por la comida, yo la llevo.

—Estupendo, te espero.

Cortó la comunicación y buscó en su móvil la aplicación de comida para llevar. Llamó y encargó un almuerzo suculento, que pasaría a recoger de camino a casa de César. Después, se dio prisa en terminar lo que tenía entre manos.

Llamó a la puerta cargada con una gran bolsa térmica donde había guardado las viandas. Siempre la llevaba en el coche porque a menudo recurría a platos preparados que recogía al salir del trabajo.

Él tardó en responder y por un momento temió que, en su impaciencia, no le hubiera dado tiempo a llegar. Cuando escuchó la voz agradable y bien timbrada a través del portero electrónico y el clic que abrió la puerta, subió a toda prisa.

Él le sonreía en el umbral, vestido con un pantalón vaquero y nada más. El pelo húmedo de la reciente ducha dejaba unas gotas salpicadas por el pecho, que resultaban muy eróticas.

Mónica entró y cerró la puerta a su espalda. Colocó la bolsa de la comida en el mueble de la entrada, junto al cuenco de las llaves y se precipitó sobre él, abrazándole. El olor del champú le inundó los sentidos, la humedad de su pecho le empapó la camisa de lino que llevaba y la mejilla recién afeitada le acarició la piel cuando la rozó con la suya.

Buscó su boca, ávida, y se enredaron en un beso apasionado y salvaje en el que desahogar la tensión que ambos habían acumulado en los últimos días. Los brazos de él la rodearon con fuerza y la apretaron contra su cuerpo mientras su lengua buscaba la de Mónica, acariciando el interior de su boca, hurgando en cada rincón. Los dientes magullaron sus labios en un beso desesperado y hambriento.

Jadeantes, se separaron, se miraron a los ojos y, sin decir palabras, decidieron que la comida podía esperar, que otra hambre mucho más urgente y apremiante debía ser satisfecha primero.

Ignorando la protesta de sus brazos doloridos y cansados, César la levantó en vilo y, sin dejar de besarla, la llevó hasta el dormitorio. La dejó caer con cuidado sobre el sillón *tantra* y, ante la mirada ávida de la mujer, se apresuró a quitarse los pantalones, única prenda que llevaba puesta. Mónica le observaba extasiada, contemplando cada centímetro de su cuerpo fibroso y sin un gramo de grasa. Empezó a desvestirse a su vez, despacio. Primero la camisa, después el pantalón. Cuando fue a quitarse el sujetador, César la detuvo. La quería con la ropa interior de encaje negro que llevaba y los zapatos de tacón. La hizo levantarse y colocarse de pie detrás del respaldo del sillón, con el pecho volcado sobre el mismo, como le había susurrado la última vez que se vieron. Introdujo la mano por un lado del tanga, apartándolo, y a continuación hundió dos dedos hasta el fondo, mientras se frotaba contra su cadera. Ella gimió al sentir la invasión y la boca de César recorriendo su cuello y su nuca, la lengua trazando un camino de fuego en la piel desnuda. Se apretó contra él para sentirle mejor.

—No es suficiente —le susurró.

Él entendió y sacó los dedos muy, muy despacio. Le excitaba muchísimo que ella le pidiera lo que deseaba con esa voz ronca cargada de pasión.

—¿Qué quieres? —preguntó, colocando el glande justo en la abertura y sin hacer el más mínimo intento de entrar.

—Ya lo sabes... fuerte, fuerte y hasta el fondo, como sugeriste el día de Reyes.

César le dio un ligero mordisco en la base del cuello, tan leve que ni siquiera dejó huella, y la penetró con fuerza desde atrás. Mónica se estremeció contra el respaldo y se aferró con las manos a ambos lados. Sentía la invasión en toda su longitud, llenándola, casi levantándola del suelo con cada embestida. Clavó los dientes en el cuero negro, y ahogó un grito. Las manos de César sujetaban sus caderas, entraba y salía de su cuerpo con ímpetu, volviéndola loca también con los movimientos de su boca, su lengua y sus dientes en el costado del cuello.

De repente él ralentizó los movimientos; iban directos al orgasmo en cuestión de segundos y quiso alargarlo. O que ella le pidiera más.

—¡No te pares! Sigue.

César apresuró los movimientos solo un poco. Estaba a punto de correrse, y necesitaba distraer la mente. La piel se deslizaba resbaladiza en su interior, el calor de Mónica lo estaba volviendo loco y el mes que llevaba deseándola y guardando las distancias le hacían muy difícil contenerse. Trató de pensar en los días vividos, en el fuego y el peligro afrontado para ganar unos minutos.

Ella se inclinó más y alzó el trasero. El movimiento dio al traste con sus buenas intenciones de resistir.

—¿Qué quieres? —jadeó, aunque lo sabía.

—Que te corras ya. Que me lleves al mejor orgasmo de mi vida...

—Aún no...

—¡Ya! —exigió.

Él se detuvo por completo.

—¡Muévete!

—Solo si me prometes una cosa.

—¿Qué?

—Que este no va a ser el único polvo de esta tarde.

Las entrañas de Mónica lanzaron un poco más de fuego ante la perspectiva.

—Prometido.

Y entonces él comenzó a moverse de forma frenética, entrando y saliendo cada vez más rápido, más hondo, hasta un punto en que temió hacerle daño. Pero Mónica, aferrada con fuerza a ambos lados del sillón, con la frente apoyada contra el borde superior del mismo le salía al encuentro de cada embestida con la misma intensidad con que él empujaba. Comenzó a jadear convulsa, y al fin a gritar cuando los espasmos de un violento orgasmo la sacudieron. César aguantó la necesidad de dejarse ir, y el temblor de las piernas que amenazaban con dejar de sostenerle. Continuó moviéndose cuando ella terminó, ralentizando de nuevo los movimientos.

—¿Tú no...?
—Calla... —jadeó—. Todavía no hemos terminado.
—Las piernas no me sostienen.
—Tendrán que hacerlo, no seas blandengue.

Mónica se aferró con más fuerza aún al sillón para mantenerse de pie, mientras él continuaba moviéndose en su interior. No sabía de dónde sacaba las energías, porque a ella le comenzaban a fallar.

Quiso decirle que no era una blandengue, pero las palabras no le salieron. El comienzo de un nuevo orgasmo la asaltó, y sintió que también él estaba a punto de correrse. Cuando adelantó una de las manos para alcanzar el clítoris y presionó con fuerza, no hubo forma de detenerlo y se dejaron ir la vez. Entre jadeos entrecortados y gritos que causaron el maullido asustado de Rickon al otro lado de la puerta.

Se separaron y a duras penas dieron la vuelta al sillón para dejarse caer en él, laxos y agotados. César se acomodó en la curva, la espalda relajada contra el respaldo, con Mónica sentada en su regazo. La mano de él acariciaba perezosamente la cadera, la espalda de ella contra el pecho masculino, la melena revuelta extendida sobre el hombro. Ambos guardaron silencio ante la intensidad de lo que habían vivido. Los latidos de sus corazones recuperaron su ritmo normal poco a poco, durante el rato que permanecieron en silencio, recostados uno contra el otro.

—La comida se enfría —recordó Mónica cuando fue capaz de articular palabra.

—Lo sé, pero soy incapaz de moverme en este momento, e intuyo que tampoco en los próximos seis meses. Me siento agotado.

—Podías haberte negado...

—Soy un hombre fácil, y no sé decir que no cuando una mujer bonita me salta encima.

—Yo no te he saltado encima...

Él besó con cuidado el lateral del cuello que antes había mordido.

—¿Seguro?

—Bueno, tal vez un poco. También podías haber escogido una postura más cómoda para ti.

—Esa será luego. Recuerda tu promesa.

—Has dicho que estarás agotado durante seis meses... —provocó risueña, anticipando ya lo que se avecinaba.

—Por eso te tocará a ti hacer todo el trabajo... tomar el mando, creo que dijiste. A mí me encantan las mujeres mandonas en la cama.

—Nada de cama. Si mando yo, escojo este sillón que presenta infinidad de posibilidades.

—Me parece perfecto. Pero antes vamos a comer, que me muero de hambre. Hace días que me alimento en modo supervivencia y eso que traías huele de maravilla. Aunque desde luego, no mejor que tú.

Hundió la nariz en la melena desparramada sobre su hombro y aspiró el aroma.

Sin muchas ganas, Mónica se incorporó. También ella estaba hambrienta, el buen sexo siempre le daba ganas de comer, y aquel polvo había sido algo espectacular.

—Si me das permiso para hurgar en tu cocina, yo serviré el almuerzo.

—Toda tuya; no soy egoísta, la cocina la comparto sin problemas.

Se dispuso a vestirse de nuevo, pero César la interrumpió.

—No te arregles mucho, luego tendrás que desnudarte de nuevo —le recordó.

—¿Y qué sugieres? No me gusta comer desnuda.

—La mujer que siempre viste de forma adecuada a la ocasión —bromeó con una ceja alzada—. En ese cajón hay jerséis míos, alguno de ellos te llegará a medio muslo. ¿Es lo bastante adecuado para un almuerzo informal?

—¿Y por qué no mi ropa?

—Porque me pone la idea de verte con la mía... Y dada la baja forma que tengo en este momento, necesito algo que me excite mucho si debo cumplir luego.

—Podemos dejarlo para otro momento.

—Ni lo sueñes.

Mónica se dirigió al cajón indicado y sacó del mismo un jersey que ya le había visto puesto en alguna ocasión. También a ella le atraía la idea de usar algo suyo. Él la contempló mientras se lo ponía, tendido indolente en el sillón. El tanga estaba inservible después de haber sido tratado sin miramientos, el delicado encaje se veía roto en varios sitios y la tira que unía la parte delantera a la cintura, dada de sí. Mónica se lo quitó, dispuesta a comer sin bragas. El jersey le llegaba por debajo del trasero, tapaba justo lo suficiente para cubrir su sentido de lo adecuado.

Almorzaron en el salón, sentados cómodamente en el sofá, mientras bebían unas cervezas. César le relató una versión edulcorada del incendio y eludió la información de que había compartido habitación con Sandra. Para él era un compañero más y no se veía en la necesidad de contarle a Mónica lo sucedido la noche anterior, ni la conversación que habían mantenido.

Después de recoger la cocina, y mientras César preparaba el café, ella llamó a Adela. Esta se extrañaría si no llegaba puntual al trabajo y telefonearía a su hermana para preguntar.

Y no quería escuchar la risita socarrona de Lorena, imaginando dónde se encontraba.

—Hola, Adela.

—Hola, Mónica.

—Escucha... me voy a retrasar un rato. ¿Te puedes ocupar tú de todo mientras tanto?

—Por supuesto. ¿Ocurre algo? Se te veía cansada esta mañana. Si no te encuentras bien quédate en casa, no hay nada importante.

La tentación era fuerte, muy fuerte, al mirar al hombre que, de espaldas y vestido solo con unos vaqueros viejos, preparaba café. Pero sintió que debía poner un poco de freno a lo que estaba ocurriendo. Echarían el polvo que había prometido y luego regresaría a la oficina, después de detenerse en algún comercio a comprar un tanga nuevo. No era en absoluto apropiado ir al trabajo sin ropa interior.

—No te preocupes, solo llegaré más tarde. Tengo que hacer unos recados.

—¿Ahora se llama así? —bromeó César mientras le tendía una taza de café fuerte y aromático.

—No te burles...

Volvieron a acomodarse en el sofá para tomarlo. El ambiente relajado que habían disfrutado durante la comida cambió y se cargó de nuevo de tensión sexual. Los ojos del hombre comenzaron a recorrer el cuerpo femenino, haciendo que Mónica bebiera de la taza con rapidez, apenas sin saborear el líquido que tanto le gustaba. La impaciencia volvió a apoderarse de sus entrañas, la necesidad de tocarlo otra vez le secaba la boca y engulló más que saboreó la bebida. En esta ocasión trataría de ir con calma, de recrearse en caricias en lugar de querer llegar al final cuanto antes, como le sucedía casi siempre. Ella tendría el mando y era consciente de que a César le gustaba ir despacio y recrearse en caricias y besos.

Cuando depositó la taza vacía sobre la mesa, él tendió el brazo para atraerla y empezó a besarla. Sin prisa, acariciando los labios con los suyos, delineándolos con la punta de la lengua, jugueteando con el pelo y enredándolo entre los dedos mientras lo hacía. Estuvo mucho rato dedicado solo a sus labios, sin profundizar el beso, cortando de raíz los intentos de Mónica de ir más allá. Después, cuando ya se había saciado del sabor de su boca, le permitió utilizar la lengua y, metiendo las manos bajo el jersey, le acarició los muslos. Las manos de ella se deslizaron a su vez por el pecho, con la palma abierta, tocando con suavidad el ligero vello castaño. Caricias suaves que poco a poco se hicieron más intensas, más apremiantes.

Cuando él le posó sus manos sobre los senos, por encima del jersey, Mónica se percató por vez primera de los pequeños puntos rojos que salpicaban los dorsos: las quemaduras a las que había hecho referencia por teléfono. Debería tener cuidado de no rozarlas, para no hacerle daño.

Después de un rato de caricias compartidas, se dirigieron de nuevo al dormitorio, cogidos de la mano.

Mónica se alzó el jersey, y se desprendió del sujetador quedándose desnuda. A continuación, le ayudó a quitarse los pantalones y lo empujó con suavidad hacia el sillón. Le tendió en la misma posición relajada que había tenido un rato antes y se sentó a horcajadas sobre él, dispuesta a que en esta ocasión fuese César quien pidiera, quien suplicara.

Empleó las manos, la boca y hasta la melena castaña para acariciarle, para excitarle, en un juego erótico muy diferente al que habían experimentado un rato antes. Después, se alzó un poco y descendió sobre el pene erecto con una lentitud impropia en ella, disfrutando con cada centímetro que se hundía en su cuerpo. Y se movió lenta, sinuosa, regalándole un placer que se reflejaba en la cara extasiada del hombre. Tuvo que contenerse mucho para alargar el momento. Su impaciencia la impulsaba a moverse deprisa, a hundirse con ímpetu, pero consiguió ir despacio... y disfrutarlo.

El orgasmo fue largo e intenso. Unas sensaciones nuevas y

diferentes se apoderaron de ambos cuando Mónica se dejó caer exhausta sobre el pecho masculino y apoyó la cara en el vello suave que rozaba su mejilla.

Los brazos de César le rodearon la espalda, y le besó el pelo. Cerró los ojos y disfrutó el momento, consciente de que debía levantarse y marcharse cuanto antes, por el bien de los dos. Sin embargo, no era capaz. Permaneció apoyada disfrutando de un momento íntimo y especial. Después, se incorporó y no se atrevió a mirar los ojos del hombre, segura de que en ellos encontraría la muda súplica de que se quedara un rato más. Pero no podía.

Cogió su ropa, colocada sobre una silla, y le pidió:

—¿Puedo usar tu ducha? Debo regresar al trabajo y huelo a sexo a kilómetros de distancia.

—Por supuesto, pero... ¿no puedo tentarte para que te quedes esta noche? Después de la ducha podríamos dormir una larga siesta, creo que los dos la necesitamos.

—No. Es cierto que también yo necesito dormir, pero no contigo.

—¿Por qué no? —preguntó, aunque sabía la respuesta.

—Porque lo que acabamos de tener es sexo, brutal, intenso y excitante, pero solo eso. Si empezamos a dormir juntos, aunque sea una simple siesta, acabará por convertirse en otra cosa. Y quiero que te quede claro que no es lo que deseo. No quiero lo que tienen Cristian y Lorena. Es precioso: una relación estable, hijas, una familia, pero no es para mí.

—Tampoco lo era para mi hermano, él era un trotamundos y ahora no quiere alejarse unos kilómetros de Madrid. Porque encontró a la persona adecuada.

—¿Piensas que tú eres la persona adecuada para mí? —preguntó temerosa de que las cosas se les hubieran escapado de las manos—. ¿Quieres formar una familia conmigo?

Había tal pánico en la voz de Mónica que él tuvo que desmentirlo con rotundidad.

—No, no, tampoco yo quiero eso. Solo insinúo que algún

día puedes cambiar de opinión y desearlo. No digo que sea conmigo, ni mucho menos.

—No cambiaré. Mi cupo de maternidad está cubierto sobradamente con Maite y Ángela.

Desnuda, de pie ante el sillón sobre el que César estaba recostado, con la ropa en la mano, las mejillas encendidas y los ojos brillantes por la pasión que acababan de compartir, era la imagen más bonita que César había visto en su vida. Y por supuesto que deseaba lo que acababa de negar, pero aceptaría cualquier cosa que ella quisiera ofrecer para no perderla.

—Yo no soy de las que se enamoran, César. He creído estarlo en varias ocasiones y solo ha durado unos meses. Para mí el fuego pasa rápido y siempre he acabado por aborrecer al tipo en cuestión; no quiero que me ocurra lo mismo contigo. Eres el hermano de Cristian y tendremos que vernos en celebraciones familiares lo queramos o no. Por eso, y aunque soy consciente de que desde el principio ha habido cierta atracción física entre nosotros, he tratado de mantenerme alejada de ti. Es evidente que no lo he conseguido, pero dejemos esto en sexo puro y duro.

—Bien duro... —bromeó él para quitar fuerza a las palabras de Mónica.

—Sí, mucho. Y lo de hoy, ha sucedido porque estaba muy preocupada por ti. De ahora en adelante, nos veremos en el rocódromo o para profanar casas abandonadas o cualquier cosa que se te ocurra, si es que quieres quedar conmigo después de lo que acabo de decirte.

—Por supuesto que quiero quedar contigo, eres la mujer más divertida y excitante que he encontrado en mucho tiempo. Fuera y dentro de la cama. No tengo ningún problema en que sigamos compartiendo solo sexo de vez en cuando. Porque sabes tan bien como yo, que volverá a suceder por mucho que nos empeñemos en decir lo contrario.

Hasta la última célula del cuerpo de Mónica gritó entonces de júbilo.

—¿Estás seguro? ¿Solo sexo ocasional?
—Ajá.
—¿Me prometes que si en algún momento empiezas a tener otro tipo de sentimientos me lo dirás? Y dejaremos de acostarnos juntos y, si es necesario, de vernos.
—Te lo diré. ¿Tú harás lo mismo?
—Sí, por supuesto.
—Bien, tenemos un acuerdo entonces.
—Lo tenemos... y ahora me daré esa ducha y volveré al trabajo.
—Me parece bien. No te propongo compartir la ducha contigo porque eso sería demasiado íntimo, ¿verdad?
—Lo sería.
—Esperaré a que termines.

Con paso elástico salió de la habitación. En cuanto abrió la puerta, Rickon entró y ronroneó junto a su dueño, reprochándole que lo dejase fuera de la estancia. César le acarició entre las orejas y el animal huyó al instante para encaramarse a la ventana.

—Eres un gato arisco. Quieres mi compañía solo en la medida que a ti te interesa... ¿A quién me recuerdas? —susurró.

Sin embargo, estaba dispuesto a aceptar lo que ambos, mujer y gato, quisieran darle.

Mónica salió poco después perfectamente arreglada, convertida de nuevo en la elegante y sofisticada empresaria que dirigía una empresa con eficacia y éxito. Muy diferente de la mujer apasionada que un rato antes se había desmelenado en sus brazos. Que había pedido, exigido y regalado placer.

Con el bolso colgado al hombro, se acercó a César, que continuaba desmadejado en el sillón, le besó en la mejilla y se marchó con un: «No te muevas, conozco el camino».

Él permaneció aún unos minutos inmóvil, planeando con qué nueva actividad la sorprendería para atraerla un poco más, para hacerse más imprescindible en su vida. Para que cuando los sentimientos llegaran, algo de lo que no tenía duda, no quisiera irse.

Luego entró en la ducha, agotado y dispuesto a dar a su cuerpo el descanso que le pedía a gritos. Se sentía al límite de sus fuerzas tanto físicas como emocionales.

13

Escalada

Después de salir de la autovía, la carretera se volvió estrecha y serpenteante. César conducía con pericia tomando las cerradas curvas con la seguridad de alguien habituado a hacerlo con frecuencia. El sol de la mañana calentaba el parabrisas del coche e inundaba el paisaje de reflejos dorados. El verdor de los árboles, los colores de la primavera que comenzaba a florecer llenaban el corazón de Mónica de júbilo, casi tanto como la presencia del hombre que iba sentado junto a ella en el vehículo, atento a las curvas de la carretera.

Al fin habían podido permitirse la escapada para escalar que habían planeado meses atrás. Las veces que habían practicado en el rocódromo solo eran un pobre sustituto de lo que iban a disfrutar aquel día, le había dicho César, y Mónica no tenía ninguna duda.

Habían esperado casi tres meses a que el tiempo mejorase y a que ella estuviera preparada para afrontar el reto que suponía la escalada en plena montaña.

—¿Puedo preguntarte en qué piensas? —inquirió él interrumpiendo sus cavilaciones. Llevaban casi una semana sin verse, pero las conversaciones telefónicas que habían mantenido le indicaban que Mónica estaba tan eufórica e ilusionada como él con aquella salida.

—En que por fin voy a escalar de verdad.

—Siempre has escalado de verdad, el rocódromo no es tan bonito como la naturaleza, pero eso no le quita ni dificultad ni importancia.

—En el rocódromo hay colchonetas, si te caes el daño es mínimo. Además —dijo comprobando el móvil—, aquí no hay cobertura.

—No.

—Y si no la hay... ¿Qué haremos si nos pasa algo? —Había un leve tono de preocupación en la voz de Mónica.

—No te va a pasar nada. Vienes conmigo y yo he hecho esto muchísimas veces, solo. La pared que te propongo hoy es más fácil que el rocódromo en el que hemos practicado las últimas veces, y hay unos paisajes preciosos. Ya verás cómo te gusta. Además —añadió él—, espero que no te enfades, pero le he contado a Cristian los planes de hoy, por si nos ocurriera algo, que nos busquen. ¿Te tranquiliza?

—Sí.

Mónica respiró hondo y sintió ensancharse sus pulmones. Ya el simple hecho de estar sentada en el coche con César le hacía sentirse bien. Hacía mucho que no salían de Madrid, el invierno había sido duro y se habían limitado a ir de un rocódromo a otro sin abandonar la ciudad.

Después de que se acostaran juntos la tarde en que él regresó del incendio forestal, lo habían hecho dos veces más, tratando de mantener los sentimientos controlados. Solo sexo, habían dicho, y lo habían cumplido de forma escrupulosa. Sin embargo, el sexo con César Valero era tan intenso, tan especial que Mónica no había experimentado jamás nada semejante. Con él nunca sabía qué le podía esperar, era un amante travieso e imaginativo, justo lo que a ella le gustaba. Pero después de acostarse con él sentía la necesidad de replegarse, de dejar pasar un par de semanas sin verle, para mantener su amistosa relación dentro de los límites que se había impuesto. Las dos ocasiones en que había sucedido, después de la increíble tarde en el sillón *tantra*, había ocurrido de forma casual, sin ninguna premeditación. Una de ellas, en casa de Mónica y la otra, en la de César. En ambas, ninguno había sugerido la posibilidad de quedarse a dormir. Tras el encuentro sexual, se habían despedido y marchado a sus respectivas viviendas, con el cuerpo relajado y la certeza de que controlaban la situación.

Tan enfrascada iba en sus pensamientos que no se dio cuenta de que él había detenido el coche.

—Ya hemos llegado.

Abrió la portezuela y bajó del vehículo. Una bocanada de aire fresco y limpio le llenó los pulmones.

—Hum..., qué bien se respira aquí.

—Por supuesto, chica de ciudad —respondió él mientras estiraba las largas piernas entumecidas por la prolongada conducción. Se situó junto a Mónica y la hizo girarse hasta contemplar una pared rocosa de unos quince metros de altura.

—¿Qué te parece? ¿Te atreves con ella?

—Es más alta que el rocódromo.

—Pero más fácil. Estás bien preparada para asumirla.

Mónica volvió a mirar la pared con ojos críticos.

—¿Seguro?

—Sí. Hay muchas hendiduras donde colocar los pies, y donde estas faltan, hay unos clavos de apoyo. No se ven desde aquí, pero están.

Ella volvió a contemplar con mirada escéptica la roca, que parecía desnuda y lisa.

—¿Los hay? Yo no veo ninguno, solo una pared plana y difícil.

—Claro que sí, los he puesto yo.

—¿Tú? ¿Cuándo?

—La semana pasada.

—¿Estuviste aquí la semana pasada?

—Ajá.

—¿Colocando clavos de apoyo para mí?

—Ajá.

Mónica respiró hondo.

—¿Por qué?
—Porque no quiero que te acojones la primera vez que escalas conmigo en exteriores. Quiero que lo disfrutes y desees repetir —añadió con una sonrisa y Mónica pensó que si le sonreía así sería capaz de escalar el Everest con las manos y los pies desnudos.
—Bien, vamos allá —dijo dispuesta a afrontar el reto.
César sacó del maletero dos equipos de arneses. Conectó cuerdas y mosquetones, le ajustó el suyo a Mónica alrededor de la cintura y la ayudó a calzarse los «pies de gato». Luego, él hizo lo mismo con su propio equipo ante la mirada divertida de la chica.
—Estás muy gracioso con esas pintas. Hasta ahora nunca te habías puesto nada de esto.
Él le ajustó el casco bajo la barbilla.
—En cambio, tú estás guapísima. Y como bien has dicho, aquí no hay colchonetas.
Se acercaron a la pared de roca.
—¿Te acuerdas de las instrucciones que has seguido en el rocódromo?
—Sí.
—Pues respétalas con exactitud. Yo iré delante. Coloca los pies donde ponga los míos y nunca, nunca, dejes un apoyo hasta haber colocado el otro pie con firmeza. ¿De acuerdo?
—Sí.
—Entonces, empieza a subir y siente la adrenalina.
Mónica se dijo que la adrenalina la estaba sintiendo desde que salieron aquella mañana. Que cualquier actividad que realizara con él se la producía.
Empezaron a ascender despacio. Enseguida se dio cuenta de que los apoyos estaban colocados estratégicamente y casi de forma instintiva iba encontrándolos, ya fueran hendiduras o salientes de la propia roca o apoyos colocados de manera artificial. De vez en cuando, César le preguntaba:
—¿Todo bien?

—Sí, muy bien.

No supo cuánto tiempo duró la subida. Colocaba pies y manos uno tras otro, gateando contra la pared hasta llegar arriba, centímetro a centímetro. César tenía razón, la sensación no se podía comparar con la experimentada en un rocódromo artificial. Una vez alcanzada la meta, y cuando ya no hubo dónde agarrarse, su mano encontró otra, grande y fuerte que tiró de ella y la hizo coronar la cima.

—¡Madre mía! —exclamó, mirando a su alrededor.

—Bonito, ¿eh?

—Precioso.

Un valle y un pueblo diminuto que no tendría más de un par de calles se divisaban a sus pies, rodeados de montañas, colinas y senderos. Un riachuelo serpenteaba entre ellos y se perdía detrás de un montículo para reaparecer mucho más lejos. Casas de piedra salpicadas aquí y allá en las laderas daban una pincelada de ocre al verde de las colinas. La sensación de aire puro y limpio era abrumadora.

Mónica sentía la tensión de la escalada en brazos y piernas y, como bien le había dicho César, la adrenalina le rebosaba por todos los poros de la piel.

Él contempló el reloj y, tras quitarse el arnés y el casco, se sentó en el suelo de roca cubierto por una ligera capa de musgo. Mónica le imitó.

—Hora de un pequeño refrigerio para reponer fuerzas.

Colocó la mochila en el suelo, a su lado, y sacó de ella unas latas de refrescos azucarados y un par de sándwiches.

—¿Has cargado con comida hasta aquí arriba?

—Claro... soy un chico fuerte y, además, el ejercicio de cualquier tipo —recalcó— me abre el apetito. ¿A ti no?

—Sí, a mí también.

—Pues siéntate y comparte esto conmigo.

Mónica se sentó junto a él y empezó a comer. El sándwich le supo a gloria, a pesar de que ni siquiera se paró a pensar qué contenía. César también comía con ganas, pero de vez en cuando Mónica sentía clavada en ella su mirada y la garganta se le hizo un nudo al observar el brillo de los ojos verdes. Un brillo que ya le era familiar y no ignoraba a dónde los llevaría

Cuando terminaron de comer y apuraron a la vez y de un trago el contenido de sus respectivas latas, ambos se quedaron muy callados, mientras contemplaban el paisaje que se extendía a sus pies y disfrutaban del cálido sol primaveral. Eran las doce de una mañana preciosa. Después de un rato, César rompió el silencio.

—¿Sabes por qué te he traído aquí?

Mónica se lo pensó un segundo y respondió.

—Para escalar.

—Sí, pero... ¿Por qué aquí y no en cualquier otro lugar?

—No, eso no.

—Porque este es un lugar especial para mí. Fue la primera vez que, después de subir una pared de roca, me emocioné. Llevaba ya algo más de un año escalando en exteriores, pero nunca me había encontrado con algo tan impresionante al llegar arriba. Me senté en este mismo lugar y no recuerdo el tiempo que pasé inmóvil y embelesado. Me sentía en paz, relajado y especial por estar aquí. Y he querido compartirlo contigo, para que tu primera experiencia en exteriores no la pudieras olvidar nunca.

—No creo que la olvide, César.

—Eso espero. Es la primera vez que traigo a alguien aquí —admitió.

Mónica apartó los ojos del riachuelo y levantó la vista para encontrarse la mirada verde clavada en ella con más intensidad que nunca. Se le cortó la respiración y supo antes de que él hiciera ningún movimiento que iba a besarla. El corazón se le aceleró y empezó a inclinar la cabeza para salirle al encuentro. Sus bocas se unieron a medio camino, sus labios se rozaron con suavidad, despacio, y Mónica no tuvo dudas de que él había esperado ese beso desde que habían salido aquella mañana. Después, sintió las manos de César en su nuca y el beso se intensificó. Los labios se entreabrieron, las lenguas se encontraron en una caricia larga e intensa que los dejó sin respiración a ambos.

—No soy un hombre de palabras bonitas, sino de acción. Traerte aquí a un lugar especial ha sido mi forma de decirte que tú también lo eres.

Ella se inclinó hacia él y lo besó de nuevo para hacerle callar, para evitar que dijera algo que estropease aquel momento.

No fue un beso como otros que habían compartido con anterioridad. Había en él una emoción nueva y desconocida. Mónica sintió el vértigo apoderarse de ella, la sensación de lanzarse al vacío sin red. Cuando al fin se separaron, temió lo que vendría a continuación.

—Ahora —susurró César, mirando de nuevo al frente y rehuyendo la mirada de la mujer que respiraba agitada a su lado—, hay dos formas de coronar esta cima y este momento tan especial.

—¿En serio? ¿Dos?

—Ajá. Una de ellas es bajar de aquí, coger el coche, regresar a Madrid... y almorzar juntos en un buen restaurante para celebrarlo.

—¿Y la otra? —preguntó consciente de que no era eso lo que deseaba hacer.

—Pues bajar igualmente y... ¿ves aquella casita de piedra con techo de pizarra entre el arroyo y el pueblo?

—Sí.

—Pues es una casa rural que se arrienda... y está libre. El dueño es el propietario del bar; podemos alquilarla, comprar algunas provisiones y quedarnos por aquí todo el fin de semana.

—¿Como amigos?

—Por supuesto, siempre y cuando seamos amigos que comparten cama... porque solo hay una.

—¿Y te comportarás como un caballero y dormirás en el sofá? —bromeó traviesa.

—No.
César alargó la mano y le rozó el borde de la mandíbula en una caricia lenta y sensual.

—Me apetece pasar el fin de semana por aquí, volver a hacer senderismo, quizá colarnos en algún sitio a merendar de gorra... y, puesto que vamos a compartir la cama, follar como conejos. —Utilizó la expresión a propósito, aunque no era eso lo que iba a hacer, sino hacerle el amor para que ella reconociera que había mucho más que sexo entre ambos.

La propuesta era tentadora, tanto que Mónica no se lo pensó. Ignoró las advertencias que su mente le lanzaba sobre el peligro de pasar todo un fin de semana en compañía de César, y compartiendo cama, además.

—Prefiero la segunda opción.

—En ese caso ya estamos tardando.

Se levantó de un salto y le tendió la mano. Mónica la agarró y de un suave tirón César la hizo ponerse de pie y la envolvió en sus brazos con un solo movimiento. La abrazó y la besó de nuevo, esa vez sintiendo cada centímetro de su cuerpo contra el suyo y con la carga de tensión sexual e impaciencia que ya conocía en ella. Después la soltó.

—Ahora vamos a bajar despacio y con mucho cuidado, ¿eh, señorita impaciente? Tenemos todo el fin de semana por delante para nosotros.

Mónica sonrió.

—Eso suena de maravilla.

—Entonces, vamos allá. Yo bajo primero.

Se descolgó por el borde de la roca afianzando los pies en las grietas y mirando de vez en cuando hacia arriba para observar a Mónica. Esta trató de calmar la agitación que sentía tanto por la experiencia que acababan de vivir como por lo que estaba por pasar. Era impaciente por naturaleza y la perspectiva de volver a acostarse con él hacía que el tiempo del descenso se le antojara interminable; no obstante, hizo acopio de prudencia y tocó tierra sin contratiempos. Él la esperaba para abrazarla de nuevo. Mónica enterró la cara por un momento en el pecho fuerte y permanecieron así unos minutos. Luego se separaron y entraron en el coche.

César continuó por la carretera que habían recorrido, en dirección al pueblo que habían divisado desde la cima. Mónica clavó la vista en el asfalto lleno de curvas mientras trataba de calmar la agitación interna que sentía con la mano de él apoyada en su muslo.

—Me alegra que hayas aceptado —susurró él.

—Tú sabías que iba a hacerlo, ¿verdad?

—Sí. Por eso he reservado la casa antes de salir.

La carcajada de Mónica retumbó en el interior del vehículo.

—¿Y si me hubiera negado?

La mano de César ascendió un poco por el muslo dejándole un cosquilleo a su paso.

—Habría perdido el dinero de la reserva y nada más. No me hubiera arruinado por ello.

—¿También le has dicho a Cristian que no regresaríamos esta noche?

Él sonrió con esa sonrisa que hacía que a ella se le aflojasen las piernas.

—Le dije que existía esa posibilidad, que dependía de ti.

Mónica guardó silencio. Tenía que reconocer que tanto su hermana como su cuñado se habían mostrado bastante discretos después de que se pusiera en evidencia al llamarles durante el incendio forestal.

César volvió a agarrar el volante con ambas manos para tomar una curva muy cerrada, tras la cual apareció el pueblo. Era pequeño, estaba formado apenas por un par de calles. Detuvo el coche delante de un bar, al parecer el único del lugar.

—Quédate aquí, enseguida vuelvo.

Lo vio rodear el morro del coche y entrar en el local con su paso largo y elástico, para reaparecer diez minutos después con una abultada bolsa de plástico en la mano. Se sentó junto a Mónica y arrojó unas llaves en su regazo. Ella sintió que se le secaba la boca ante la inminencia de lo que iba a ocurrir. Ese sentimiento de anticipación no era nuevo, siempre que se había acostado con él lo había sentido.

El recorrido hasta la casa les llevó apenas diez minutos. Estaba situada a las afueras del pueblo y desde la carretera parecía sumamente acogedora.

César salió del coche y cogió la bolsa con las provisiones del asiento trasero, mientras ella, con las llaves en la mano, se acercaba hasta la puerta y la abría.

La casa olía bien, a hierbas aromáticas y leña, a piñas y monte. El salón cuadrado estaba presidido por una chimenea con un sofá situado enfrente. Una mesa de madera maciza, unas sillas y un par de butacones completaban el mobiliario.

César entró en la cocina y colocó el contenido de la bolsa en el frigorífico: botellas, pan, chacinas, leche y unas cuantas cosas más que Mónica ni siquiera se molestó en mirar, pendiente solo de él, de sus movimientos detrás de ella hasta que escuchó acercarse sus pasos. Él la rodeó con los brazos desde atrás y hundió la cara en el cuello.

—¿Te apetece comer o beber algo?

Mónica negó con la cabeza.

—En ese caso... —le dijo con una sonrisa provocadora—, demuéstrame una vez más cómo se comporta una escaladora rebosante de adrenalina.

Mónica se giró y le echó los brazos al cuello para besarlo. César tuvo que agachar la cabeza, por lo que la agarró de las caderas y la levantó alzándola a su altura. Los besos se volvían intensos y apasionados por momentos. Había algo en él que la encendía en cuestión de segundos haciendo que perdiera la cabeza, la cordura y el sentido común. Cuando se separaron para tomar aliento le susurró con voz entrecortada:

—Y tú tendrás que volver a demostrarme también eso de que apagas el fuego de chicas preciosas, porque yo no sé si soy

preciosa, pero lo que te puedo asegurar es que estoy ardiendo.
Él le mordisqueó los labios.
—Soy todo un profesional... y sé dónde dirigir el chorro para apagar ese fuego. Y sí, eres preciosa.

A trompicones se acercaron a la cama. Él destapó de un tirón la colcha de tejido rústico y Mónica se tendió encima de las sábanas que desprendían olor a hierbas aromáticas. Les esperaba un fin de semana intenso y ambos lo sabían, pero ninguno estaba dispuesto a renunciar a él. César confiaba en que este marcase un antes y un después en su precaria relación, y Mónica confiaba en que no lo hiciera. Pero en aquel momento no quería pensar, solo sentir las sensaciones que únicamente las manos y la boca de aquel hombre producían en ella. Disfrutar de todo un fin de semana en su compañía, viendo sus chispeantes ojos verdes, su sonrisa y su cuerpo que le cortaban la respiración tan solo con mirarle.

Después de mucho rato en la cama, disfrutando del sexo sin prisas, sin trabas y sin contención, se levantaron para calmar el hambre. César encendió el fuego en la chimenea porque el atardecer se presentaba fresco a pesar de que el día había sido primaveral y agradable.

—De nuevo, no tengo qué ponerme —susurró, levantándose de la cama y acercándose desnuda al hombre que, de rodillas, avivaba las llamas para caldear la estancia.

—Para mí eso no supone ningún problema, verte desnuda es un regalo para la vista; pero te conozco y sé que no querrás pasarte así todo el fin de semana, de modo que he recurrido a Lorena. Ella ha metido algunas prendas en una bolsa que llevo en el coche, y espero que te valgan. Tenéis la misma talla, ¿no?

—Lo tenías todo planeado, ¿eh, truhan?

—No estaba seguro, pero por si acaso...

Una vez encendido el fuego se vistieron con ropa cómoda y Mónica preguntó:

—¿Qué tenemos para comer?

—Pan, chacinas, leche, fruta... vino y cerveza. Y, por supuesto, café.

—Hum... delicioso.

Compartieron un almuerzo merienda alumbrados por el fuego que crepitaba en la chimenea. Después se acomodaron en el sofá, uno junto al otro. Las llamas iluminaban la habitación creando un ambiente íntimo y tiñendo de tonos anaranjados los rostros de ambos, a medida que la luz diurna iba desapareciendo. Mónica miraba el fuego con fijeza, extasiada, y no se percató de que los brazos de César la rodeaban recostándola contra su pecho. Cuando se dio cuenta de la intimidad que el gesto representaba, no se quiso separar.

—Las llamas son preciosas —dijo, mirándolas absorta.

—No dirías eso si te vieras rodeada por ellas.

—Pero a ti te gusta, o no te dedicarías a extinguirlas.

—Un bombero no solo apaga fuegos. Me gusta el peligro en general, y el que tiene que ver con gemelas peligrosas en particular. —Posó brevemente los labios sobre el cuello de Mónica—. Desde que Cristian me advirtió de que me apartara de vosotras en una de sus llamadas desde África, supe que no iba a hacerlo. Y cuando te vi aparecer erguida sobre tus tacones y dispuesta a pagar una cantidad de dinero exorbitante por unas pocas fotos porque creías deberle algo, supe que eras la más peligrosa de las gemelas... y rogué porque no fueras tú la que había tenido algo con mi hermano.

—De eso hace mucho, aún no habían nacido las niñas.

—No.

—Nunca me dijiste nada sobre eso.

—No era el momento. Teníamos que ayudar a Lorena con las crías, Cristian no sabía de su existencia y a su regreso todo podía ser muy complicado. No, no era el momento.

—¿Y cuándo lo fue?

César ahogó una risita.

—Cuando te vi en el *sex-shop* aconsejándome sobre juguetes eróticos con la seguridad de una experta, y me dijiste que algunos hombres no estaban a la altura de un simple falo de silicona. Comprendí que no eras una mujer fácil de satisfacer, y eso supuso un reto para mí. No sé si te habrás dado cuenta, pero me encantan los retos.

—Sí que me he dado cuenta. Para tu satisfacción, te comunico que lo has conseguido. Que el sexo contigo es todo lo excitante y satisfactorio que siempre he deseado.

—No he conseguido nada, porque pienso seguir sorprendiéndote y haciendo que desees más. Sigues siendo un reto para mí.

La conversación se volvía demasiado íntima y las alarmas saltaron en la cabeza de Mónica. El cuerpo que se recostaba contra la espalda del hombre se tensó contra su voluntad.

—César...

—Me refiero al sexo, no te asustes.

Se relajó. Quizá César mentía, pero en aquel momento no le importó. Se encontraba tan a gusto que hubiera tenido que suceder una catástrofe mundial para que dejara de recostarse contra aquel cuerpo duro que conocía tan bien. Cada músculo, cada resquicio de él había empezado a formar parte de sí misma, y ni siquiera sabía cómo ni cuándo había sucedido.

—Relájate —le susurró él al oído.

—Estoy relajada.

—No es cierto.

—Quizá la culpa la tenga el saber que tú tampoco lo estás. —Alargó la mano y acarició el pene que comenzaba de nuevo a dar señales de actividad contra su trasero.

—No me refiero a eso, sino a esa cabecita que no deja de dar vueltas.

—Pero yo sí —dijo Mónica empezando a juguetear con el miembro, que reaccionó al instante. Se giró hacia él, y se sentó a horcajadas en su regazo dispuesta a distraer su atención de la charla que había comenzado—. No tenemos un sillón *tantra*, pero este sofá frente a la chimenea puede dar mucho juego, ¿verdad?

César se rindió a la evidencia y la rodeó con los brazos. Solo sexo, pero iban a tener mucho y del bueno.

Se durmieron ya avanzada la madrugada, después de compartir unos sándwiches y unas cervezas tomadas en la cama. Abrazados como dos tórtolos en su primera noche.

El domingo amaneció también soleado y cálido, a pesar del frío nocturno. Después de un desayuno a base de café y magdalenas, lo único que les quedaba de la compra del día anterior, salieron a recorrer los alrededores. Escogieron un camino llano y despejado, para dar más un paseo que realizar una ruta de senderismo dificultosa.

En un punto en que encontraron algo de cobertura, César llamó a su hermano para notificarle que estaban bien, que no se habían despeñado al vacío más que en la noche que habían compartido. Mónica sentía que iba cuesta abajo y sin frenos, pero se negó a pensarlo hasta que regresara.

Cuando terminó la llamada, él la agarró de la mano antes de retomar el camino.

—No es un gesto romántico —le aseguró—, sino que ahí delante hay unas piedras que parecen sueltas y quiero evitar que te caigas.

Ella sonrió ante la burda treta que no la engañó en ningún momento.

—Prometí a Lorena que te llevaría sana y salva a casa, y me parece que la noche te ha dejado un poco baja de energías.

—¿Tratas de hacerte el chico fuerte? ¿El machote que cuida de la chica?

Él rio con ganas.

—¿Me dejarías?

—No.

—En ese caso te confieso que el que tiene las piernas flojas soy yo, y necesito que tú me sostengas. No te voy a soltar de la mano, digas lo que digas.

—Entendido. Cuidaré de ti, o Cristian me pedirá cuentas. Tampoco quería que la soltara. La mano grande que cubría la suya la hacía sentir muy bien. Demasiado bien.

Era cierto que estaba cansada, la noche había sido agotadora, aparte de las agujetas que le había dejado la escalada en la montaña. César tenía razón cuando le dijo que la experiencia en la naturaleza era muy diferente a escalar en el rocódromo. O tal vez las agujetas eran debidas a las posturas practicadas durante la noche. César era, sin duda, el mejor amante que había tenido jamás.

A mediodía se detuvieron a almorzar en un bar situado en el pueblo cercano, el único local disponible y, aunque distaba mucho de ser un restaurante, comieron uno de los mejores estofados que habían probado en toda su vida, regado con un vino de la zona y seguido de una crema de frutos rojos realmente espectacular.

La vuelta hasta la casa la hicieron despacio, con pasos lentos debido no solo al cansancio físico, sino también a que no querían regresar ni poner fin a una experiencia única. Ninguno de los dos iba a olvidar aquella escalada en la montaña, ni lo que había sucedido después.

Al fin divisaron la cabaña y, tras recoger las mochilas con la ropa, abandonaron el lugar y subieron al coche para regresar a Madrid. Eran las seis de la tarde y ambos tenían la sensación de haber pasado uno de los mejores fines de semana de su vida.

14

Sandra

Mónica no tardó ni diez minutos en quedarse dormida acurrucada en el asiento del coche. César sonrió, pensando que debía de estar agotada, y la dejó descansar.

Cuando llevaban casi una hora de camino, su móvil, colocado sobre la bandeja que estaba entre los asientos, comenzó a producir el sonido entrante de mensajes o llamadas perdidas. Mónica se despertó al instante, parpadeando confundida.

—Es mi móvil —aclaró él—. Hemos debido de dejar atrás la zona sin cobertura y están entrando de golpe varios mensajes. Probablemente será Cristian, para asegurarse de que seguimos bien. ¿Puedes comprobarlo, por favor?

Mónica cogió el móvil, y siguió el patrón de desbloqueo que él le indicó, para mirar las notificaciones.

—Tienes tres llamadas perdidas de una tal Sandra. Y un wasap también de ella. Ha debido echarte mucho de menos a juzgar por la impaciencia —añadió incapaz de disimular el tono molesto de su voz.

Si no fuera porque conocía a su compañera y sabía que no le llamaría con insistencia sin un motivo, se habría alegrado del exabrupto de Mónica. Esperaría a llegar a una zona donde pudiera detener el coche para leer el mensaje.

—¿Una amiga? —No pudo evitar preguntarle.

—Mi compañera de trabajo. La destinataria del juguetito que me recomendaste.
—La que se había divorciado.
—Exacto.
—¿Y continúa divorciada?

César se mordió la cara interna de la mejilla para mantenerse serio.

—Sí.
—¿Se ha cansado del consolador y te llama para que le eches un polvo? —El enfado era más que evidente en la voz de la chica.
—No lo sé. Hasta que no hable con ella no tengo ni idea del motivo de sus llamadas.
—Escucha, César, si estás liado con ella... es mejor que dejemos de vernos ni siquiera para escalar.
—No estoy liado con nadie, solo mantengo sexo ocasional cuando surge —respondió muy serio—. Si quieres la exclusividad, tendremos que plantearnos otro tipo de relación.
—¿Qué tipo de relación? —preguntó molesta.
—Al menos amigos con derecho.
—No quiero nada que me ate, y menos contigo. Ya sabes lo que pienso al respecto.
—Me parece perfecto. Solo sexo esporádico, y eso no implica fidelidad, al menos para mí. De modo que seguimos como estamos, follando de vez en cuando y sin ataduras ni compromisos... aunque si quieres que dejemos de vernos, lo entenderé.
—Seguimos como estamos —gruñó Mónica.

Muy erguida se dedicó a mirar por la ventanilla del coche el paisaje que corría veloz a su lado, sintiendo que el buen sabor del fin de semana se había vuelto agrio de repente.

César la miraba de reojo, sin saber si el evidente ataque de celos era una buena o mala señal. No obstante, las insistentes llamadas de Sandra le preocupaban más que el enfado de Mónica.

Cuando divisó una estación de servicio, salió de la carretera y se adentró en ella.

—¿Vamos a tomar algo?

—No, voy a leer el mensaje.

Agarró el teléfono ante el gesto hosco de la chica y bajó del coche para tener privacidad. Mónica sintió ganas de abofetearlo.

«César, perdona mi insistencia —leyó—. Tengo un grave problema. ¿Puedes llamarme en cuanto tengas ocasión?»

Sintiendo clavada en su espalda la mirada asesina de Mónica buscó entre los contactos el número de Sandra y pulsó el botón de llamada.

—César... —El nerviosismo de la mujer era palpable.

—¿Qué te ocurre?

—Alguien ha quemado mi casa.

—¡¿Cómo?! Tranquilízate, y dime qué ha pasado.

—Este fin de semana me tocaba trabajar. —César lo sabía—. Hemos recibido una llamada con la dirección de mi bloque y cuando hemos acudido se trataba de mi piso.

Los sollozos la sacudieron sin control.

—Perdona que te haya llamado, pero... necesito que vengas lo antes posible. El fuego está extinguido, pero quiero que veas una cosa antes de que mañana se inicie la investigación. Tengo bastantes sospechas de que ha sido provocado.

—¿Estás segura?

—Segura del todo no, por eso quiero que lo veas antes de que nadie pueda contaminar la escena y sacar otras conclusiones. No le he comentado nada a los chicos, primero quiero hablarlo contigo. Tú tienes mucha experiencia y además... eres mi amigo.

—Por supuesto. Estoy de camino a Madrid, he pasado el fin de semana fuera y aún me queda casi una hora para llegar, pero en cuanto esté por allí me reuniré contigo. ¿Dónde estás?

—Avísame cuando llegues y nos vemos en el portal, ahora estoy en casa de una amiga.

—Hasta luego, entonces.
—Gracias.
—No me las des, nos vemos en un rato.

Cortó la llamada y regresó al coche, pensativo. Mónica había escuchado las dos últimas frases mientras se acercaba y la idea de que se reuniera con aquella mujer la enfurecía. Habían tenido un fin de semana muy especial y nada más regresar quedaba con otra. Al parecer no había sido tan especial para él.

Se sumió en un mutismo hosco, y César no hizo nada por romperlo. Estaba seriamente preocupado y en absoluto en condiciones de lidiar con un ataque de celos, y mucho menos sacarle provecho.

Cuando llegaron ante la puerta de la casa de Mónica esta salió del coche, sacó la bolsa sin esperar a que él la ayudase y se despidió, con un brusco:

—Que te diviertas.
—Descansa. Ya te llamo.
—Cuando te venga bien —masculló.

Mónica se giró hacia el portal sin un beso ni un gesto de despedida cargando el equipaje con brusquedad.

César telefoneó a Sandra y se dirigió a su casa.

Esta le esperaba agitada y nerviosa ante el portal. La fachada de la planta baja aparecía quemada. Al verle se acercó y se dejó envolver por al abrazo de su amigo.

—Tranquila —susurró mientras la estrechaba con fuerza.
—Siento mucho hacerte venir, estarás deseando llegar a casa. Pero estoy muy preocupada, aparte de que me he quedado sin vivienda.
—No te preocupes por mí. Tienes seguro, ¿no?
—Sí. Pero si el incendio no es fortuito no sé si lo cubrirá.
—Vamos a echar un vistazo.

Siguiendo el protocolo estudió en primer lugar la mancha de hollín que cubría la fachada, provocada por el humo que había salido por la ventana, y comenzó a tomar fotos y notas.

Después entraron en el piso, cuya puerta estaba parcialmente quemada con la madera ennegrecida y deforme.

—No creo que la estructura haya sufrido daños —musitó Sandra abatida ante la visión del que había sido su hogar.

—No, a primera vista no lo parece.

César continuó tomando notas y sacando fotos con su móvil, avanzando desde la zona menos quemada hacia la que más.

La cocina estaba casi intacta, lo que descartaba que el incendio se hubiera iniciado allí, provocado por el mal funcionamiento de alguno de los electrodomésticos. Tampoco había indicios de escape del gas en la zona del termo, lo que hubiera provocado unas llamaradas de las que no había señales.

Sandra lo seguía, consciente de su experiencia, sin comentarle lo que había observado. Quería que César sacara sus propias conclusiones sin ninguna influencia ni predisposición.

Lo veía trabajar con pericia y seguridad, e ir avanzando justo hasta donde quería llevarle.

—La ventana ha estallado por culpa del fuego, pero la mayoría de los cristales están en la parte de dentro —advirtió él.

—Sí.

—Eso significa que se rompió antes.

—Es lo que pienso yo.

—¿Tenías junto a la ventana algún elemento que pudiera causar el incendio?

—Un sillón de relax.

—¿Alguna lámpara que pudiera desencadenar un cortocircuito?

—No.

César tomó fotos de los hierros retorcidos que podrían ser los restos de un sillón.

—Tú también piensas que el fuego comenzó aquí, en el sillón, ¿verdad?

—Sí; es lo que quería que vieras.

—Un sillón no arde por combustión espontánea.
—Por eso pienso que ha podido ser provocado.
César partió del sillón tratando de seguir la dirección de las llamas. Sandra continuó explicando:
—Las cortinas debieron de prender de inmediato, estaban justo al lado.
—¿Tenías la ventana cerrada?
—Sí. Vivo en un bajo, a pesar de la reja no las dejo abiertas cuando estoy fuera de casa y menos de noche.
—Pues, si quieres mi opinión de experto, alguien rompió el cristal desde fuera y arrojó un líquido inflamable, quizá con una mecha.
Sandra suspiró.
—Es lo mismo que pienso yo, y eso me asusta muchísimo. ¿La persona que lo hizo sabía que yo no estaba y solo pretendía asustarme, o tenía intenciones más drásticas?
—¿Puede tratarse de tu ex?
—Es el primer sospechoso, pero no sé. Salva nunca me maltrató ni me hizo daño físicamente. Era celoso, controlador, y mi vida con él estuvo plagada de discusiones, pero no le creo capaz de algo como esto. Cuando le dije que quería el divorcio no puso ninguna objeción y lo solucionamos de forma amistosa. Creo que se sintió tan liberado como yo.
—A pesar de que no he participado en la extinción del incendio, voy a pedir que me asignen la investigación. Y voy a hacer el informe lo más pronto posible para que puedas poner la correspondiente denuncia policial. Esto no me gusta.
—Gracias.
—¿Tienes donde quedarte?
—Estoy en casa de una amiga.
—Yo tengo una habitación de invitados, y está a tu disposición si tu amiga no puede acogerte el tiempo necesario. Llevará meses que puedas regresar aquí.
—No me voy a quedar en casa de nadie hasta que reconstruya la mía; alquilaré algo mientras, lo de alojarme en hogar

ajeno es algo temporal, hasta que me tranquilice y sea capaz de organizarlo todo.

—Bien; pero si necesitas un techo, cuenta con el mío.

—¿Y qué pensará tu chica?

—La relación no es lo bastante seria para que tenga que pensar nada. Al menos, todavía.

—No quisiera causarte problemas, César.

Él le rodeó los hombros con un brazo.

—No lo harás.

La cara enfurruñada de Mónica aquella tarde le importaba muy poco en aquel momento. Sandra era su amiga y la iba a ayudar y, si eso implicaba enfadar a Mónica, lo asumiría.

—Aquí ya no hacemos nada. Te llevo a casa de tu amiga.

—Tengo el coche aquí al lado. Vete a la tuya y descansa, se te ve agotado.

—Lo estoy.

Sandra se alzó sobre las puntas de los pies y le dio un beso en la mejilla.

—Gracias.

—No tienes que darlas. Mañana me ocupo de todo.

Se separaron. Agotado, y sobre todo muy inquieto por Sandra, se marchó a su casa. Tras una larga ducha se metió en la cama tratando de que su cabeza no saltara del incendio de la casa de su compañera a la reacción de Mónica por la llamada de esta. ¿Solo sexo? Eso ya se vería.

Enfadada y de un humor de perros, Mónica entró en su *loft* y sacó la ropa de la bolsa para meterla en la lavadora. Envió un escueto mensaje a Lorena para decirle que ya estaba en casa y se metió en la ducha. No mejoró su humor, las palabras de César, que consideraba lógicas y razonables cuando las pensaba con frialdad, la tenían de muy mal talante.

Cuando su hermana la llamó pensó no responderle, pero supuso que si no lo hacía iba a imaginarse que seguía con César echando un polvo salvaje y se enfureció al pensar que quizá él lo estaría haciendo, pero con otra.

—¡¿Qué quieres?! —Prácticamente le ladró al teléfono.

—Perdona... si soy inoportuna te llamo en otro momento.

—¡No estoy follando!

—Vale... vale. Estás cabreada, entonces.

—¿Se nota?

—A leguas. ¿Qué te ocurre? ¿Ha sido un mal fin de semana?

—El fin de semana ha sido cojonudo. El regreso, ya no tanto.

—¿Me lo vas a contar o no?

—Pues que tu señor cuñado no ha tenido bastante conmigo, y eso que hemos follado —recalcó— hasta caer exhaustos; en todas las posturas, por todos lados y a todas horas.

La risita de Lorena la irritó aún más.

—Debe ser cosa de familia, porque me suena. Lo llevan en los genes, Moni.

—Pues no le basta... ¡¡Joder, no le basta!! Yo estoy rendida, apenas me tengo en pie, y eso que las mujeres se supone que tenemos más aguante para el sexo. Y él se ha ido a echarle un polvo, o unos cuantos vete a saber, a una amiga que lo ha llamado cuando veníamos de regreso. Me ha dejado en el portal y el muy capullo ha salido corriendo a buscarla.

—Moni... —Lorena rio divertida—. ¿Estás celosa?

—¡No! ¿Qué coño voy a estar celosa? Solo cabreada, muy cabreada.

—¿Por qué?

—Porque... se ha ido corriendo sin siquiera despedirse.

—Y tú ibas a invitarle a subir, ¿es eso?

—No, no pensaba hacerlo.

—¿Entonces? Es posible que no hayan quedado para lo que piensas... a lo mejor iban a tomar un café, o a cenar.

—Tenía tres llamadas perdidas cuando salimos de la zona sin cobertura... ¡Tres! Y un mensaje de wasap. ¿Quién mostraría tanta insistencia para un café? Y él paró en la primera estación de servicio para llamarla. ¡Le faltó tiempo!

—Eso no significa nada. Puede ser solo una amiga, yo tengo muy claro que César bebe los vientos por ti.

—Pues beberá los vientos por mí, pero se tira todo lo que se menea, y no me digas que me equivoco porque me lo ha confirmado.

El tono de voz de Mónica era cada vez más alterado.

—¿Se lo has preguntado? —inquirió Lorena.

—Sí, lo he hecho. Tenía que saber a qué atenerme. ¿Y sabes qué me ha respondido? Pues que mientras no tengamos una relación, no tiene que guardarme fidelidad y que aprovecha todo «lo que surge». ¡Será cabrón! Yo no me he acostado con nadie más que con él desde hace meses... y el señor aprovecha todo lo que surge.

—¿Y por qué no lo has hecho, Moni? ¿Por qué no has estado con otro en todo este tiempo?

—Porque tu cuñadito folla como nadie, y porque me lo paso genial con él. Es simpático, divertido...

—Y te gusta más de lo que reconoces.

—Pues claro que me gusta, en toda mi vida me he tirado a un tío que no me gustase.

—Es más que eso, tú también bebes los vientos por él.

—Deja ya de decir esa frase tan cursi y manida. Yo no bebo los vientos por nadie.

—Claro que no... el cabreo del quince que tienes es solo porque te ha dejado en la puerta de tu casa y se ha ido sin despedirse.

—¡A tirarse a otra, no lo olvides!

Las carcajadas sonaron con fuerza a través del aparato.

—¿Cómo voy a olvidarlo, si es eso lo que te tiene así? Y podrás disfrazarlo de lo que quieras, pero eso en mi pueblo se llama celos. Y para que existan celos...

—No lo entiendes... No estoy loca por sus huesos, es solo que nadie deja a Mónica Rivera para irse a buscar a otra... como si no lo hubiera satisfecho. ¡Al borde del infarto lo tenía esta mañana!

—No lo dudo.

—Pero como insistes en pensar otras cosas, que no tienen el más mínimo fundamento, será mejor que dejemos esta conversación.

—Bien, te llamaré cuando estés más calmada. Ahora tómate una tila y trata de descansar.

—Buf.

—Hasta mañana.

Lorena cortó la comunicación y enfrentó los ojos de Cristian que la miraban asombrados.

—¿Qué le pasa a Mónica que está tan alterada?

—¿Has escuchado la conversación?

—No con nitidez, pero el tono de voz se notaba muy enfadado.

—Es con tu hermano. Tiene un ataque de celos bestial porque la ha dejado en el portal, y según ella, para ir a tirarse a otra.

—¿César? No me lo creo. Está colado por ella, parecía un crío el día de Reyes porque Mónica había aceptado pasar el fin de semana con él. No creo que sea tan estúpido como para estropear ese logro por un polvo, mi hermano no es de los que piensan con la bragueta.

—Eso creo yo también, pero Mónica no opina lo mismo. Lo que sí me ha quedado claro ya de forma total es que también está enamorada hasta las trancas; otra cosa es que llegue a admitirlo.

Cristian alzó una ceja.

—A lo mejor lo que necesita para aceptarlo es quedarse embarazada, y que él se marche a África una temporada...

Lorena le lanzó una mirada aviesa.

—¡No me recuerdes esa época, por favor! Lo pasé tan mal... no sé qué hubiera sido de mí sin Moni y sin César.

Cristian se acercó a ella y la abrazó.

—Por suerte pertenece al pasado. Ahora estoy aquí, y somos una familia.

—Sí que lo somos.

—Algún día tendremos que formalizarla.

—¿Cómo?

—¿Con una boda, por ejemplo?

—¿Me estás pidiendo matrimonio?

—No; el día que lo haga será con toda la parafernalia. De momento solo te estoy tanteando. ¿Habría posibilidades de que me dijeras que sí?

—Las habría.

Ella alzó la cabeza y buscó la boca del hombre que, sin necesidad de papeles, consideraba su marido. Pero no le importaría que lo fuera de forma oficial; ya estaba preparada para dar ese paso.

15

Reconciliación

César consiguió sin problemas que le adjudicaran la investigación y el informe del incendio de la casa de Sandra. A ella, por razones obvias, la apartaron del mismo y durante unos días quedaban después del trabajo para que él le informara sobre los avances de la pesquisa.

El jueves llamó a Mónica. Había dejado pasar unos días y confiaba en que su enfado hubiera remitido un poco, pero temía que no hubiera sido así porque tampoco ella se había puesto en contacto con él.

Mónica había esperado la llamada con ansiedad y a cada noche que llegaba sin que se hubiera producido, sentía que su enojo aumentaba un poco más.

Aunque no era algo nuevo que después de haberse acostado juntos tardaran unos días en llamarse, en aquella ocasión eso le causaba una tremenda irritación y cuando sonó el móvil respondió con frialdad.

—Hola, César.
—Hola. ¿Cómo estás?
—Ocupada.
—Si no es buen momento puedo llamarte luego —ofreció él.
—No, dime. ¿Qué quieres?
César alzó la ceja, escamado.

—Pues hablar contigo. Quedar también, por supuesto. Estoy libre hoy... ¿Qué te parece si almorzamos juntos?

—Me quedaré en el trabajo, tengo tareas atrasadas y aprovecharé la hora del mediodía para adelantarlas.

Era la primera vez que la escuchaba decir que renunciaba a su hora de almuerzo, pero lo aceptó de buen grado.

—¿Cenar entonces?

—Iré al gimnasio y acabaré cansada.

Él se puso serio ante las evidentes evasivas.

—Si estás enfadada, quizá deberíamos hablarlo.

—No estoy enfadada, solo que no me apetece follar hoy.

—Yo no he hablado de follar, sino de comer. Y no me gusta esa palabra, nunca la has pronunciado para hablar de nosotros.

—No hay un «nosotros», y ese es el término adecuado porque lo que hacemos, desde luego, no es el amor.

—Ya lo sé, pero prefiero «echar un polvo».

—Es lo mismo, pero si te vas a poner tiquismiquis, cambio la expresión. No me apetece echar un polvo hoy.

—Bien.

—Seguro que encontrarás quien me sustituya en la tarea.

—Te repito que solo te he llamado para comer juntos, muchas veces nos hemos visto sin acabar en la cama.

—Pocas veces hemos acabado en la cama, sino en otros lugares alternativos.

—Está claro que no tienes un buen día. Mejor te llamo en otro momento.

—Sí, mejor. Adiós, César, tengo trabajo.

Y cortó la llamada dejándole pensativo mientras miraba el pequeño aparato que tenía en la mano. Sin lugar a dudas tenían que aclarar las cosas.

Mónica sacó el sándwich de pavo que había pedido para almorzar en cuanto Adela salió para hacer lo mismo en la cafetería cercana. Había rechazado la oferta de comer juntas como cada día, y le había dado la misma excusa que a César: trabajo atrasado.

Apenas diez minutos más tarde, la puerta de la oficina se abrió y escuchó pasos que se acercaban hacia su despacho.

Se levantó y salió esperando encontrar a su ayudante recogiendo algo que hubiera olvidado. Pero en lugar de ello, vio a César con una bolsa de papel en la mano.

—Si no puedes ir a comer, la comida vendrá a ti. Y solo vamos a almorzar, nada de echar polvos ni sobre la mesa del despacho ni en ningún otro sitio, lo prometo —dijo mientras alzaba la mano derecha como si hiciera un juramento.

Su expresión era seria y solemne, pero sus ojos chispeaban divertidos y Mónica sintió que todo su enfado se evaporaba. Era imposible continuar enfadada con él, aunque se hubiera tirado a medio cuerpo de bomberos.

—Pollo asado, y ensalada de patatas. Podemos sumarlo a lo que te vayas a tomar tú.

—Un triste sándwich de pavo.

—Pues déjalo para la cena. Aquí —señaló la bolsa— hay suficiente para los dos.

Mónica comenzó a despejar la mesa para colocar los recipientes que César traía y los cubiertos de plástico. Añadió un par de botellas de agua de las que siempre tenía en el pequeño refrigerador y se sentaron a comer, ella en su sillón habitual y él en el de los visitantes.

Por un momento se miraron a los ojos y Mónica desvió la vista.

—¿Aún sigues enfadada? Y no me repitas que no lo estás, porque los dos sabemos que sí.

—No estoy enfadada, solo un poco molesta.

—¿Me puedes explicar por qué exactamente?

«Buena pregunta», pensó. Ni ella misma lo sabía.

—¿Es porque me fui a buscar a Sandra el domingo después de dejarte? ¿Tenías la intención de invitarme a subir?
—No, no pensaba hacerlo.
—¿Entonces? ¿Porque creías que me iba a acostar con ella? Estaba para el arrastre... No se me hubiera levantado ni con una polea. ¡Un fin de semana con Mónica Rivera no es moco de pavo! —bromeó—. Yo también tenía ganas de meterme en la cama y dormir, pero Sandra es mi amiga y tenía un problema. No dejo tirados a mis amigos cuando me necesitan, por muy hecho polvo que esté. Incluso si me hubieras invitado a subir, me habría ido.
—Eso te honra. Pero me hiciste creer que te ibas para enrollarte con ella.
—No, Mónica, eso lo pensaste tú solita. Me preguntaste si me llamaba para echar un polvo y te respondí que no sabía para qué me llamaba. Y era verdad. Pero llegados a este tema, creo que debemos aclarar algo, y hoy sin enfados. No tenemos una relación, ¿cierto?
Mónica asintió mientras tragaba un bocado de pollo.
—Cierto.
—De ningún tipo.
—De ninguno.
—Entonces entiendo que no te tengo que guardar fidelidad, ni tú a mí.
—Así es —respondió enseguida. En teoría era fantástico, pero la idea de imaginarlo en la cama con otra la irritaba muchísimo.
—Por lo tanto, ambos podemos acostarnos con quien nos plazca.
—Sí, por supuesto. No sé qué me pasó el otro día, imagino que estaría cansada. Estoy de acuerdo contigo.
—Bien, aclarado ese punto, yo voy a aclararte otro... solo por si lo quieres saber. El día que mantenga una relación, le seré fiel a mi chica. Creo en la pareja y pienso que si estás con alguien es porque no te apetece estar con nadie más.

—¿Estás tirándome los tejos, César Valero?

—Para nada, solo haciendo una aclaración. Aunque no le haría ascos a tirarme a una preciosa empresaria sobre esta mesa. Peeero... ya he prometido ser bueno y yo no rompo mis promesas. En otra ocasión —dijo, guiñándole un ojo con picardía.

—Te tomo la palabra.

En aquel momento, Mónica escuchó los pasos conocidos de Adela entrando en la oficina. Sin llamar siquiera, como tenía por costumbre, abrió la puerta y asomó la cabeza.

—Ya estoy de vuelta. Oh, disculpa, no sabía que estabas acompañada.

—No pasa nada, Adela. Estamos almorzando —aclaró, riendo al pensar en que César hubiera cumplido su amenaza y los hubiera pillado sobre el escritorio. Cuando eso ocurriera tendría que cerrar la puerta por dentro; porque no tenía dudas, por la forma en que él lo había mirado, de que aquel escritorio iba a ser protagonista de un polvo.

—Vuelvo a mi trabajo, si me necesitas, me llamas.

—De acuerdo.

Salió cerrando la puerta tras ella.

—¿Eso ha querido decir que si te intento violar acudirá en tu ayuda? —preguntó César divertido.

—No, eso ha querido decir que no entrará a molestar salvo que la llame.

—Entonces... —miró significativamente la mesa.

—¡Ni de coña! Si escucha un solo gemido, y ya sabes lo escandalosa que soy, se estará burlando de mí por los siglos de los siglos.

—De acuerdo... pero me debes uno sobre el escritorio.

—Vente una noche a la hora de cerrar.

—Trato hecho.

Habían dado buena cuenta de la comida que César trajera, y al final sacó un termo con café.

—Estás en todo —dijo Mónica risueña.

—Una adicta a la cafeína no puede terminar una comida

sin su dosis. Sabía que, para firmar la paz, debía traerte un buen café. De la cafetería que tanto te gusta.

Compartieron el café y después César se despidió. Mónica esperaba que le propusiera verse de nuevo aquella noche, pero no dijo nada al respecto. No quiso preguntarse si tendría planes. Intentaría no pensar en la vida de César, ni cotidiana ni amorosa, más allá de los ratos que pasaran juntos.

—¿Sin rencores ni enfados? —preguntó, mirándola a los ojos con una seriedad impropia en él.

—Sí.

—Pasaré por aquí una de estas noches —prometió y las entrañas de Mónica se contrajeron de anticipación.

—Avisa antes.

—¿Para deshacerte de Adela?

—Tú avisa...

—Muy bien. —Rio—. Nos vemos.

Salió del despacho dejándole una sensación de euforia muy diferente al estado anímico que había arrastrado durante toda la semana.

Al momento, Adela entró en la habitación.

—¿Y esto?

—¿Qué es «esto»?

—Ese pedazo de bombón que tenías en el despacho. De Patrimonio no es, seguro, ni ha venido a tasar obras de arte.

Mónica se echó a reír con ganas.

—Es el hermano de Cristian, es bombero y ha venido a comer conmigo. ¿Algo más que desees saber?

—Sí, si existe otro hermano, para que me pases el teléfono.

—Tú tienes novio.

—Pero lo dejo.

Ambas se echaron a reír.

—César y yo solo somos buenos amigos.

—¿Puedo intentarlo con él entonces?

—Puedes intentar lo que quieras, pero luego. Ahora tenemos trabajo.

—Después de alegrarnos la vista trabajaremos mucho mejor, jefa.

Rieron de nuevo y se separaron para continuar con sus respectivas tareas.

16

El incendio

César terminó el informe sobre el incendio del piso de Sandra en un tiempo récord. A cada detalle que comprobaba estaba más seguro de que había sido provocado, y quería que su amiga pusiera la denuncia policial lo antes posible. Eso le hizo posponer más de lo que deseaba presentarse en el despacho de Mónica tal como le había prometido. Después del fin de semana que habían pasado juntos, estaba deseando abrazarla de nuevo, acercarse más a ella y no solo en el terreno sexual.

Al fin, después de que la correspondiente denuncia estuviera en marcha, había decidido avisarle para quedar aquella noche, y pensaba telefonearle cuando saliera aquella mañana del turno de veinticuatro horas que acababa de realizar. Se cambió de ropa y salía de los vestuarios cuando la cara preocupada de Sandra, que entraba, le alarmó.

Se dirigió a él presurosa, con el móvil en la mano, y le mostró un mensaje enviado bajo un número oculto.

«Te gusta apagar fuegos, ¿eh, puta? Espero que te divirtieras sofocando el tuyo.»

—¿Qué demonios es esto?
—Lo he recibido esta madrugada. El número está oculto.
—Tienes que llevarlo a la policía, seguro que ellos podrán rastrear el teléfono.

—Estoy asustada, César.

—Es normal que lo estés. ¿Tienes idea de quién ha podido enviarte esto? ¿Tu ex?

—No lo sé. Nunca quiso que trabajase como bombero, y supongo que en ninguna otra cosa, pero el hecho de que estuviera siempre rodeada de hombres le ponía muy celoso. Me hacía mil preguntas, me controlaba los horarios y nunca dejó que hiciera turnos de noche. Se pasó los ocho años que estuvimos casados tratando de convencerme de que lo dejara. Incluso intentó que me quedase embarazada sustituyendo las pastillas anticonceptivas por un sucedáneo que algún amigo farmacéutico le preparó. Pero jamás me insultó, la palabra puta nunca formó parte de su vocabulario hacia mí. Aunque si no es él, no tengo ni idea de quién puede tratarse ni estar molesto por mi profesión.

—¿Aún vives con tu amiga?

—Sí.

—Vendré a buscarte cuando acabes el turno y te acompañaré.

—Salgo a las ocho... no es tarde. Estoy acostumbrada a irme sola y tengo una boca de metro justo al lado.

—Hoy no. Siempre que pueda te acompañaré a casa hasta que averigüemos quién está detrás de todo esto.

—Eso te complicará mucho la vida, porque no siempre tenemos los mismos turnos. Ya sabes que yo, por mis circunstancias nunca hacía turnos de veinticuatro horas sino de doce, y no lo cambié al separarme.

—Hablaré con Administración a ver si lo pueden arreglar. Si entramos y salimos juntos me quedaré más tranquilo. Por lo pronto, te recojo esta noche.

—Gracias, eres un amigo.

—Por supuesto. Cualquier cosa extraña que observes, me llamas de inmediato. Y en primer lugar llevaremos ese mensaje a la policía, ellos sabrán cómo actuar.

La vio dirigirse a los vestuarios para cambiarse a su vez y

se marchó con un mal sabor en la boca y el presagio de tiempos difíciles. Por lo pronto, su visita al despacho de Mónica aquella noche habría que dejarla para otro momento. Por suerte aún no la había llamado, lo que no ocasionaría suspicacias ni enfados.

Llegó a casa y se tumbó, aunque le costó dormirse. Había sido un turno tranquilo, no estaba especialmente cansado y la preocupación por Sandra era muy grande. Intuía que la persona que había quemado su casa y le enviaba los mensajes era alguien sin escrúpulos, que no se detendría hasta alcanzar su objetivo. Esperaba que ese objetivo fuera solo asustarla.

A las ocho de la tarde esperaba puntual en la puerta del Parque a que Sandra saliera. La cara seria de la mujer le hizo comprender que algo más debía haber sucedido a lo largo del día.

Al verle, ella se dirigió hacia el coche y César le abrió la portezuela desde dentro. Se acomodó en el asiento con un largo suspiro.

—¿Un día duro? —preguntó con la mirada fija en las facciones tensas de su compañera.

—En todos los sentidos. He recibido otro mensaje. Tuve que apagar el teléfono porque me tenía muy nerviosa y ha sido un día de muchos servicios. No quería arriesgarme a estar distraída, pero no puedo evitarlo.

Encendió el aparato y rebuscó hasta encontrar el nuevo mensaje de texto enviado desde un número oculto.

«¿Sigues insistiendo en trabajar como bombero? ¿No aprendes? ¿La advertencia no te ha servido de nada? Deberías estar fregando en tu casa, que es para lo que sirves.»

—Ahora mismo nos vamos a comisaría para añadir esto a la denuncia por el incendio de tu casa. Está claro que la persona que te los está enviando no se limita a amenazar.

Se dirigieron a la comisaría donde Sandra había formulado la denuncia con anterioridad. Tras responder a una serie de preguntas acerca de si tenía idea de quién podría estar detrás de todo aquello, las sospechas recayeron en su exmarido, al que investigarían en primer lugar. También harían un seguimiento de las llamadas y mensajes recibidos y tratarían de localizar al autor. El policía que tramitaba el expediente le recomendó que no se quedara sola en ningún momento, lo que añadió más angustia a la preocupación que Sandra ya sentía. Los turnos de trabajo de la amiga con la que compartía casa no coincidían con los suyos, y tampoco quería ponerla en una situación de peligro cundo estuvieran juntas.

Una vez en el coche, César alivió su creciente preocupación.

—Vamos a casa de tu amiga para que recojas tus cosas; te vienes a vivir conmigo hasta que esto se solucione, esta misma noche.

—Te lo agradezco mucho, pero no sé si es buena idea.

—Es la única que se me ocurre para que no estés sola. He hablado con nuestro jefe, le he explicado la situación y está de acuerdo en meternos en los mismos turnos. Te tocará alguno de veinticuatro horas, pero no estarás sola ni un momento.

—¿Y tu chica? ¿Cómo se lo va a tomar?

—No es mi chica, solo echamos algún polvo de forma esporádica y no quiere pasar de ahí, de modo que no tiene nada que decir en esto.

—Gracias… me quedo más tranquila, tengo que confesarte que estoy un poco asustada.

César apartó la mano del volante y apretó la de Sandra en un gesto amistoso.

—Yo también.

—Pero prométeme que, si mi presencia en tu casa te ocasiona problemas con ella, buscaremos otra solución.

—La buscaremos.

Sandra sintió que se relajaba un poco. La presencia de César a su lado le daba confianza, dentro de la dura situación que vivía en aquel momento.

—¿Tú también piensas como la policía que el causante de todo esto es Salva?

—Es la opción más obvia, porque no tienes enemigos, ¿verdad?

—No, que yo sepa. Pero sigo pensando que no es él, estoy segura de que nunca me haría daño.

—Nadie te ha hecho daño, todavía.

—¿Y cómo llamas a quemar mi casa?

—Quizá sabía que no estabas en ella.

—No sé, César...

—Bien, tratemos de pensar en otras posibilidades. ¿Algún amante despechado? Llevas meses divorciada, ¿has tenido algún rollo con alguien en este tiempo?

—Solo una noche salí y me fui a la cama con un tipo que conocí en una discoteca. Pero no sabe más que mi nombre, ni mi apellido, ni mi profesión, ni mi domicilio. Fuimos a un hotel, y por la mañana ninguno de los dos insinuó la posibilidad de un nuevo encuentro. No he repetido la experiencia, me quedó muy claro que eso no es para mí. No soy mujer de rollos de una noche ni de acostarme con desconocidos.

—¿Alguna amiga celosa?

Sandra esbozó una sonrisa.

—No se me ocurre nadie más que tu chica.

—Mónica no está celosa de ti —dijo, aunque no estaba tan seguro después de su comportamiento la tarde que regresaban de la sierra—, entre otras cosas porque no tiene motivos.

—Solo bromeaba, en ningún momento he pensado que fuera ella.

—Además, si tuviera algo contra ti, ten por seguro que no actuaría a escondidas. Te esperaría en la calle, te agarraría del pelo y te dejaría muy claro lo que quisiera decirte.

—Una auténtica loba.

—Toda una fiera, sí, pero de las que van de frente.

—Espero que consigas algo más que un polvo ocasional, está claro que te gusta.

—Yo también; pero ahora mismo mi prioridad es protegerte.

Sandra asintió agradecida.

César aguardó en el coche mientras Sandra preparaba el escaso equipaje que se había llevado a casa de su amiga. Aprovechó para telefonear a Mónica y comunicarle que deberían posponer su encuentro durante un tiempo indeterminado.

Esta recibió la llamada en su casa, un poco desengañada de que otra noche se hubiera quedado esperando el prometido polvo en el despacho. Hacía quince días que no estaban juntos, salvo en el almuerzo compartido en el despacho. Quince días sin sexo era mucho para ella, pero no había hecho uso de sus juguetes en espera de algo mejor.

La voz le sonó muy alegre y expectante al responder la llamada.

—¡Hola, César!

—Hola, Mónica.

—Me alegra recibir tu llamada. ¿Es para decirme que mañana pasarás por el despacho al finalizar la jornada?

Él se mordió el labio antes de responder.

—No, no es para eso. Nuestro encuentro en el despacho o en cualquier otro sitio tendrá que esperar.

La decepción fue imposible de ocultar.

—¡Vaya! ¿Mucho trabajo?

—Podría decirte que sí, pero te estaría mintiendo. Se trata de Sandra, mi compañera.

La bilis se le revolvió dentro y no pudo ni quiso contener el enfado de su voz.

—¿Qué le ocurre? —preguntó con un gruñido.

—Se ha quedado sin casa y se muda temporalmente a la mía.

—¿Se ha quedado sin casa? Es la excusa más pueril que he oído nunca. Di que os habéis liado y acabamos antes.

—No nos hemos liado, Sandra es una amiga y en este momento necesita mi ayuda.

—Porque no tiene otro sitio donde quedarse, ¿verdad?

—Sí lo tiene, pero se va a venir a mi casa. ¿Algún problema con eso?

—Ninguno. —Trató de calmarse y suavizar la voz, de no ponerse en evidencia aunque hervía de indignación.

—Me alegro. Porque no te estoy pidiendo permiso ni tampoco tu opinión. Solo te llamaba para evitar que esperases una visita a tu oficina que durante un tiempo no se va a producir.

—¿Y por qué no? Ya quedamos en que lo nuestro no implica fidelidad, puedes venir, echar un polvo conmigo sobre el escritorio y largarte después con tu amiguita.

«Si es que se te levanta después de que yo haya acabado contigo.»

—No podrá ser, por mucho que me tiente la idea.

—Tenía pensada una sorpresa.

—Lo siento, pero habrá de esperar.

—Bien, en ese caso tú te lo pierdes...

—Mónica... de verdad que no hay nada entre Sandra y yo. Solo la estoy ayudando.

—Pues también te lo pierdes... porque no tenemos que guardarnos fidelidad uno al otro, ¿verdad? Al menos yo no lo hago.

—Por favor, no cometas ninguna tontería.

—Claro que no, eso solo lo hacen los tontos. Ahora te dejo, voy a cenar. Ya hablamos en otro momento.

—Intentaré llamarte mañana, cuando tenga un rato. Esta conversación no acaba aquí.

—Cuando quieras.

Mónica cortó la llamada realmente furiosa. Por un momento sintió ganas de estrellar el móvil contra el suelo, pero recordó a tiempo que era uno de los últimos modelos que habían salido al mercado y el dineral que pagó por él. En cambio, se desahogó verbalmente como si César pudiera escucharla.

—¡Serás capullo! Pues claro que la conversación acaba aquí, y tu sorpresa también. ¡No pensarás que espere a que te canses de follar con tu amiguita para venir a buscarme! ¡Mónica Rivera podrá no ser la única opción, pero desde luego sí es la primera! Ahora voy a cenar y luego me quitaré el calentón que llevo acumulando quince días, porque tengo una enorme colección de falos mejores que el tuyo y que nunca me dicen que no.

Se preparó una ensalada y luego se fue a la habitación dispuesta para un maratón de sexo como no lo había tenido en su vida.

César aguardó a Sandra con una sensación de pesadumbre, unida a la preocupación que sentía por ella. Tendría que buscar un momento para hablar con Mónica y hacerle entender, porque a pesar de sus palabras sabía que estaba muy furiosa, y temía lo que pudiera hacer.

No obstante, apartó sus pensamientos y se ocupó de que su amiga se instalara con comodidad en su piso. No podía permitir que Sandra supiera que su presencia generaría problemas entre Mónica y él, ya tenía bastante con su situación.

La acomodó en la habitación de invitados ante la mirada curiosa de Rickon, que se acercó a la nueva inquilina ante la posibilidad de obtener la comida que su dueño le negaba.

Después, entre ambos prepararon la cena y, puesto que los dos entraban a trabajar muy temprano, se fueron acostar.

Durante mucho rato César se debatió en la cama tratando de pensar en cómo afrontar los evidentes celos de Mónica. Una cosa le quedó clara, y era que debía hablar con ella lo antes posible, y no por teléfono. Tendría que emplear un permiso para que Sandra quedara protegida en el Parque, allí nadie se atrevería a hacerle nada, y acercarse a ver a Mónica en cuanto pudiera.

17

Celos

Mónica no pudo dormir en toda la noche. A pesar de que había usado varios de sus juguetes sexuales con rabia y en una especie de venganza contra César, venganza pueril e inútil puesto que él no iba a enterarse, el sueño continuaba esquivo.

Durante la larga vigilia su cabeza no cesaba de forjar imágenes del bombero con otras mujeres, algo que habían acordado aceptar, pero que se encontraba incapaz de digerir. No quería compartirlo, por mucho que le hubiera dicho lo contrario. Allí, en la oscuridad de la madrugada, tuvo que aceptar que el asunto se le estaba escapando de las manos, que había dejado de ser estrictamente sexual y que los celos se la comían viva. Que le gustaba más de lo que había querido reconocer y que debía tomar una decisión. O se presentaba en su casa y aceptaba una relación con él con lo que eso significaba o dejaba de verle.

César le había dicho que el día que estuviera con alguien le sería fiel, y Mónica le creía. La idea de alejarlo de otras mujeres, y sobre todo de esa compañera que trataba de meterlo en su cama como fuera, era muy tentadora, pero... ¿qué pasaría cuando ella dejara de sentirse atraída por él? Porque eso llegaría, siempre llegaba. Se vería obligada a soportar caras largas en casa de Lorena, a evitar veladas familiares, o a compartir mesa con un hombre al que había dejado atrás. No, esa no era una opción. Había llegado el momento de pasar página, todavía estaba a tiempo de salvar la amistad que habían forjado. Porque si él estaba dispuesto a acostarse con otras, era porque aún no tenía sentimientos por ella. El hecho de que la tal Sandra se alojase en su casa ayudaría a que se mantuvieran alejados, aunque a ella la mataran los celos.

Se mentalizó para empezar a verle como amigo, sin connotaciones sexuales, a ignorar su cuerpo perfecto y su sonrisa divertida. Para eso debían dejar de verse a solas un tiempo, porque no se encontraba capaz en aquel momento de resistir la mirada chispeante ni la sonrisa pícara que siempre le dirigía él sin encenderse de deseo. También tendría que abandonar las escaladas y demás aventuras nocturnas o diurnas a las que se estaba aficionando. Si quería hacer alguna actividad de ese tipo debería inscribirse en un centro especializado pero, de momento, la prioridad era alejarse de César antes de hacerle daño.

Con ese firme propósito se levantó al día siguiente. Cuando se presentara en el despacho, buscando un polvo, se iba a encontrar con una sorpresita el señor Valero. Lo que no le desagradaba del todo, pues él estaba demasiado seguro de que ella estaría deseando un buen revolcón y que aguantaría lo que fuese para conseguirlo.

Tres días tardó César en encontrar el momento propicio para dejar a Sandra en el Parque y hacer una salida de una hora para asuntos personales. Eran las once de una mañana primaveral y se dirigió sin demora al despacho de Mónica para aclarar las cosas con ella.

Adela, la chica que atendía la recepción, le miró sonriente al verle entrar. Estaba segura de que aquella visita calmaría el mal humor que su jefa arrastraba desde hacía varios días.

—Hola.
—¿Puedo ver a Mónica, por favor?
—Claro. ¿Te anuncio o prefieres entrar directamente?

—Mejor avísala antes.
No sabía el grado de enfado que podría conservar después de su conversación y prefería no correr riesgos. Había ido a arreglar las cosas, no a empeorarlas.
Adela presionó la tecla del teléfono que comunicaba con su jefa y anunció:
—Mónica, tienes visita. Es el señor que almorzó contigo en el despacho hace unos días. El cuñado de tu hermana —añadió por si tenía alguna duda—. ¿Le hago pasar?
Esta respiró hondo. Había llegado el momento de decirle adiós a César, al menos al compañero divertido, al amante imaginativo, y conservar solo al tío de sus sobrinas. Lo conseguiría, por supuesto, aunque no le sería fácil encontrar a otro hombre que la siguiera en la cama como lo hacía él. Parecía adivinar lo que deseaba, lo que le apetecía en cada momento, y en muchas ocasiones conseguía sorprenderla. Tampoco un cuerpo como el suyo.
—Dame cinco minutos para acabar una cosa y luego le dices que entre.
—De acuerdo.
Alzó las manos y se cubrió la cara con ellas. Necesitaba esa pequeña tregua para prepararse, para recordar el discurso que había ensayado ya unas cuantas veces y que saliera convincente. Aunque quizá César pretendiera decirle lo mismo, porque no había ido al final de la jornada como había prometido, sino a media mañana. Posiblemente, ni siquiera tendría que cortar ella.
Pasados los cinco minutos, él entró en el despacho sin llamar y lo llenó con su presencia. Ella trató de mirarle con ojos fríos y ecuánimes, pero le resultó imposible. Estaba tan atractivo con aquella cazadora ligera de color claro, que su primer deseo fue acercarse y arrancársela. Lo que la hizo afianzarse en su idea de poner fin a aquello, porque solo traería problemas.
—Hola, Mónica.

—¡Vaya! Pensaba que no te vería el pelo durante un tiempo.

—He venido a hablar, creo que debemos aclarar algunas cosas.

—Me alegra, porque estoy de acuerdo contigo en que se hace necesaria una conversación.

—¿Puedo sentarme?

Ella alargó la mano para indicarle el sillón frente al escritorio.

—Por favor.

César acomodó las largas piernas entre el asiento y la mesa y fue al grano. No tenía mucho tiempo y no sabía cómo de difícil se lo iba a poner Mónica.

—Espero que no estés enfadada.

—No lo estoy —dijo resuelta.

Él escudriñó en su mirada tratando de adivinar cuánto de verdad había en las palabras de la mujer y ella la sostuvo con entereza.

—Mónica, entre Sandra y yo no hay más que una buena amistad —dijo, tratando de ser convincente—. Ella, en estos momentos, tiene dificultades y yo la estoy ayudando. Son problemas muy serios que no estoy autorizado a contarte, pero te aseguro que no estamos liados ni nada parecido. Que esté en mi casa no afecta para nada a lo nuestro, más allá de que durante un tiempo no podremos vernos.

—César, no hay nada nuestro. Y lo poco que hay es mejor que lo dejemos.

Ya estaba, ya lo había soltado. El rostro del hombre se tornó pálido.

—¿Qué quieres decir con que es mejor que lo dejemos?

—Pues eso, que no volvamos a vernos, al menos a solas.

—¡No hablas en serio!

—Muy en serio.

El rostro de César empezó a mostrar señales de enfado.

—¿Es por Sandra? ¿Porque está en mi casa? ¿Tratas de castigarme por acoger a una amiga?

—No, Sandra no tiene nada que ver. Es por ti y por mí.
—Antes de que ella se viniese a vivir conmigo no pensabas así.
—Es posible que no, pero tienes que reconocer que durante el fin de semana que pasamos en la sierra todo fue más lejos de lo que pretendíamos.
—No pasó nada que no hubiera pasado antes, y por supuesto nada que ninguno de los dos no deseara.

Mónica se empeñaba en sostenerle la mirada para hacerle comprender lo firme de su decisión.

—Cierto, y precisamente ahí está el problema.
—¿Qué problema? Yo no veo ninguno. Somos adultos, nos acostamos cuando nos apetece, escalamos, hacemos senderismo y nos colamos en casas abandonadas. Nos lo pasamos de puta madre juntos... ¿Quieres decirme dónde está el problema? —dijo César tratando de no mostrar enfado, sino de razonar con argumentos.
—En que cada vez nos lo pasamos mejor y queremos hacer más cosas... y acostarnos se está convirtiendo en una adicción... para los dos.
—¡¿Y qué?!
—Que yo no quiero eso, César. De hecho, tú mismo has empleado ya varias veces la palabra relación, y fidelidad... y ninguna de ellas entra en lo que quiero en mi vida.

Él se levantó con presteza del asiento y se acercó. Ella alzó las manos en un gesto mudo para detenerle. Se mantuvo a una prudencial distancia para no irritarla.

—Mónica, por favor, olvídalas. Te prometo que no las volveré a pronunciar, que nunca te pediré algo que no quieras darme... pero cuando esto de Sandra pase vuelve a quedar conmigo, con tus términos y tus condiciones...
—No lo entiendes. Si sigo viéndote es muy probable que yo también quiera algo más.
—Pues cojonudo, si los dos lo queremos.

Los ojos de César lanzaban chispas intensas.

—Tú siempre lo has deseado, ¿verdad? —preguntó Mónica, aceptando algo que se había negado a ver.

Él se encogió de hombros.

—Te mentiría si te dijera que no. Me gustaste desde aquel día en que viniste a pagarme unas fotos carísimas que te hizo mi hermano. Había tanta vida, tanta determinación en ti, que me alegré de que no fueras tú sino Lorena la que había tenido un lío con él. Y desde entonces eso no ha hecho más que crecer. Me colgué de la gemela peligrosa, la que se lanza de cabeza y sin preguntar a todas mis aventuras, la que me vuelve loco en la cama, en el sillón *tantra* y en cualquier sitio donde echemos un polvo. —Tuvo buen cuidado en no utilizar la expresión «hacer el amor»—. Te aseguro que no te pediré nada que no quieras en tu vida, pero no pongas fin a esto.

—Es el momento de dejarlo, César. Antes de que nos hagamos daño.

«Tú ya me lo estás haciendo.»

—Vamos a hacer una cosa... Dejemos esta conversación pendiente, la retomaremos cuando se solucionen los problemas de Sandra. Ahora mismo no estoy para afrontar las dos cosas a la vez.

—No cambiará nada.

—Por favor... —Miró el reloj apesadumbrado—. Tengo que irme, se me acaba el tiempo de permiso. Debo volver al Parque, pero volveremos a hablar sobre esto. No me rendiré así como así, Mónica.

—Como quieras, pero he tomado una decisión y no suelo volverme atrás cuando lo hago.

César salió del despacho lamentando no tener tiempo. Debía reincorporarse al trabajo, ya iba justo, antes de que dos compañeros terminaran su turno y dejaran la dotación escasa de personal. Si tuviera, aunque fuera un rato para tumbarla sobre la mesa, le haría comprender que no era tan fácil dejarlo.

Cruzó la zona de recepción con largas zancadas y expresión adusta, lo que no pasó desapercibido para Adela. Apenas el hombre desapareció de su vista, y con la confianza que le daban años de trabajar juntas, se dirigió al despacho de su jefa.

La encontró con la mirada perdida en la pantalla, sin ver nada de lo que había en ella.

—¿Qué ha pasado?

—Nada, que el señor Valero vuelve a ser de nuevo el hermano de mi cuñado, y nada más.

—¿Era algo más?

—Pretendía serlo.

—¿Y tú no quieres? ¿O es él? Porque me ha parecido bastante cabreado.

—Lo que no quiero es hablar del tema. ¿Tienes algo que hacer esta noche?

—Nada que no pueda cambiar si surgen otros planes.

—¡Pues nos vamos de fiesta!

—Mañana es día de trabajo.

—Seguro que tu jefa pasará la mano si no llegas puntual o no rindes al cien por cien.

—De acuerdo, fiesta esta noche.

César llegó al Parque con diez minutos de retraso sobre lo que había previsto. Por la expresión hermética de su rostro, Sandra supo que las gestiones que debía realizar no habían salido como deseaba. No obstante, no hizo mención alguna; se limitó a respetar su mutismo tanto en las esperas como en las dos intervenciones menores que debieron realizar.

La noche se presentaba larga en el Parque, el turno acabaría a las ocho de la mañana y la conversación entre los miembros del equipo brillaba por su ausencia. Cada uno se distraía de la mejor forma posible para no dormirse en las tediosas horas de la madrugada.

César no dejaba de dar vueltas a la forma de convencer a Mónica para que olvidase su decisión, pero por mucho que lo intentaba no conseguía encontrarla. Era muy testaruda y estaba seguro de que la decisión había sido bastante meditada. Siempre había sabido que existía la posibilidad de que ella se cansara de su aventura, pero lo que no había esperado era que huyera despavorida ante unos sentimientos que se estaban desarrollando por parte de ambos. Había confiado en que, si lograba calar hondo en ella, acabaría aceptándolo en su vida más pronto o más tarde.

Cuando a las ocho de la mañana Sandra y él salieron del Parque, se dijo que cansado y hambriento no encontraría ninguna idea brillante, que lo intentaría más tarde, en mejores condiciones.

Tras un desayuno reparador y una ducha se fueron a la cama. No debían entrar de nuevo al trabajo hasta pasadas veinticuatro horas y tenían pensado acercarse por comisaría para averiguar si había algún avance en la investigación.

Cuando se despertó a las cuatro de la tarde, la cara sombría de Sandra volvió a preocuparle.

—¿Ha ocurrido algo? —le preguntó.

Ella se levantó del sofá y le tendió el móvil, con un nuevo mensaje.

«¿También te follas a los compañeros? Así funciona el Cuerpo de Bomberos, puta.»

César frunció el ceño.

—Sabe que estás aquí y eso solo puede significar dos cosas: que te está siguiendo o que es alguien muy cercano a nosotros, un compañero quizá. ¿Le has dicho a alguien que estás en mi casa?

—Solo a mi amiga, y confío plenamente en ella.

—¿A nadie del cuerpo?

—No. Casi todos piensan que estoy colada por tus huesos, si les dijera que duermo en tu casa los compañeros no nos dejarían vivir a base de indirectas e insinuaciones. No estoy en mi mejor momento para lidiar con eso. ¿Piensas que puede ser uno de los chicos? No le veo sentido, porque el autor o autora de los mensajes parece no sentir demasiada simpatía por los bomberos.

—No lo sé, Sandra. Estoy tan perdido como tú.

—Y te preocupa algo más, ¿verdad?

—Nada que tenga que ver contigo, tranquila —respondió César, tratando de apartar de su mente las palabras de Mónica.

—¿Puedo ayudarte?

—No, es algo que debo solucionar yo solo. Ya se me ocurrirá la forma.

Se acercó a la ventana y movió la cortina para escudriñar los alrededores. Por mucho que paseó la mirada por la calle no detectó nada inusual, ni que llamara su atención. Sandra se acercó a su lado y atisbó con él hacia el exterior.

—¿Puedo hacer un experimento? Es para comprobar si alguien nos vigila —propuso César.

—Por supuesto.

Alzó el brazo y le rodeó los hombros con él. Luego bajó la cabeza y apoyó los labios sobre los de Sandra, en un roce sin asomo de pasión. Luego la soltó y, sin mirarse siquiera, entraron de nuevo.

Apenas transcurridos cinco minutos el móvil de la mujer vibró sobre la mesa.

«¿Cómo puedes hacer tu trabajo si solo piensas en abrirte de piernas? Haré que te arrepientas, y él también.»

A continuación, la pantalla mostró una fotografía en la que aparecían compartiendo un apasionado beso junto a la ventana.

—Aquí tienes la respuesta a mi experimento.

—Está ahí fuera.

—Sí. Llama a comisaría y coméntalo, a lo mejor pueden mandar a alguien.

—¿Y a quién les decimos que busquen, si no tenemos ni idea de quién pueda ser?

—De todas formas, llama.

—Vale

Tras una breve llamada a la comisaría donde se tramitaba la investigación, se prepararon algo de comer y se sentaron a ver una película con la esperanza de olvidar durante un rato los problemas que los rodeaban.

La pesadumbre por lo sucedido con Mónica aquella mañana se mitigó un poco ante la terrible inquietud de saber que había alguien apostado en la calle y que vigilaba los movimientos de Sandra y de él mismo. Su espíritu de hombre de acción se rebelaba de impotencia, pero reconocía que debía dejar a los profesionales que hicieran su trabajo.

Se esforzó en disimular la preocupación que le había generado el último mensaje y trató de concentrar su atención en la pantalla.

18

Pasando página

Mónica se arregló aquella noche como pocas veces en su vida: vestido rojo muy ajustado, que delineaba a la perfección su esbelto cuerpo, taconazos de aguja a juego, tan altos que daban vértigo, maquillaje intenso y favorecedor. Esa noche volvía a ser la de antes, la hembra explosiva y depredadora que había aparcado hacía tiempo. Iba dispuesta a encontrar un buen mozo y meterlo en su cama, porque llevaba bastantes días sin sexo y porque había más hombres en el mundo, además de César Valero. Había echado muy buenos polvos antes de que él llegara a su vida, y volvería a hacerlo; solo era cuestión de buscar y encontrar al candidato adecuado. Y su búsqueda comenzaría esa misma noche. Había llegado el momento de pasar página.

Adela la vio aparecer en la puerta de la conocida discoteca donde habían quedado y alzó una ceja.

—¿De caza? —preguntó.

—De caza.

—Pues ten cuidado no acabes con un tobillo roto. ¿No tenías otros zapatos más altos?

—No —rio—, este es el máximo.

—¿Podrás bailar con ellos?

—Por supuesto, nací sobre unos tacones.

Recordó que en una ocasión le había dicho a César la misma frase. Sacudió la cabeza, molesta. Nada de acordarse de él esa noche porque, a pesar de lo que le hubiera asegurado, estaría con su amiguita pasándoselo de escándalo. Como pensaba hacer ella.

Se acercó a la barra para pedir unas copas mientras Adela localizaba una mesa libre. Por ser miércoles no había demasiada gente en el local, solo los muy ávidos de fiesta o los ociosos se permitían salir entre semana.

Encontraron una cerca de la pista, porque Adela estaba segura de que por mucho que dijera lo contrario, Mónica no soportaría demasiado baile con aquellos zapatos y sin descansar.

Se sentaron con sendas copas en la mano y, mientras le daba los primeros sorbos a la suya, Mónica paseó la vista por el lugar para evaluar al personal masculino disponible. No encontró a nadie lo bastante alto, ni sexi para ir a por él.

—Aquel moreno de la barra te ha fichado —advirtió Adela, señalando con disimulo a un hombre atractivo que, acodado en la barra y con un vaso en la mano, no dejaba de mirar a su jefa.

—Muy bajito —dijo esta, tras darle un largo trago a su vaso.

—Así sentado no podría asegurarlo, pero creo que es más alto que tú.

—Aun así, muy bajito.

—Entiendo. —Rio Adela.

Hacía tiempo que no bebía y el sabor de lo que había pedido se le antojaba extraño.

—Creo que me han dado garrafón, no me sabe como siempre.

—El mío está bien.

—Será que mi paladar no anda muy fino hoy. Debo de estar desentrenada.

Volvió a beber y paladeó el líquido de nuevo. Después se levantó.

—Voy a bailar, a ver si también estoy en baja forma con eso.

Salió a la pista, donde unas pocas personas se movían al compás de una canción de moda. Sobre los altos tacones comenzó a bailar de forma sexi y demostrando que no estaba desentrenada en absoluto. No tardó en atrapar las miradas de cuanto varón había en el local. Rápidamente varios se levantaron de las mesas y la rodearon acompañándola en el baile.

Mónica disfrutó de la atención despertada. Bailó incansable rodeada de hombres durante mucho rato, parando solo para acercarse a la mesa y dar un sorbo a su copa. A la que siguieron varias más.

Cuando a las cuatro de la madrugada los tres varones que seguían en la pista con ella le pidieron que eligiera con cuál de ellos se iba a casa, los miró a todos con ojos turbios. Uno era demasiado bajo; el segundo, aunque más alto, excesivamente delgado. Al tercero no tenía nada que objetarle, salvo quizá que no era bombero ni tenía los ojos verdes, ni se le agitaba el pulso cuando lo miraba.

Se excusó como pudo ante los tres, con el único argumento que un hombre excitado podía entender, y era que tenía novio y que este era policía y, además, celoso.

La dejaron sola en medio de la pista tachándola con seguridad de «calienta braguetas» o algo peor, pero no le importó. Estaba demasiado achispada para irse con un desconocido, era una mujer liberada pero no temeraria. Cuando se llevaba a un extraño a la cama nunca lo hacía si no estaba en plenas facultades, y esa noche no lo estaba.

Se sentó de nuevo con Adela para terminarse la copa. Esta se mantenía sobria, consciente de que Mónica estaba bebiendo de más y que le tocaría acompañarla a su casa al finalizar la velada, aunque hubiera ido en taxi.

—¿Ningún elegido? —preguntó cuando su jefa se hubo bebido de un sorbo buena parte de lo que quedaba en el vaso.

—No, ninguno estaba a la altura.

—¿Del pedazo de hombre que te ha visitado esta mañana? Por supuesto que no, a todos les faltan al menos quince centímetros. Y si es cierto que todo el cuerpo va en proporción, ya ni te digo.

—Todo va en proporción —dijo con una sonrisa evocadora—, pero no es por eso por lo que no me gustan estos tipos. No tiene nada que ver con César.

—Claro que no. —Adela le siguió la corriente.

La voz de Mónica se volvía estropajosa por momentos. El alcohol ingerido empezaba a hacer efecto con fuerza a esas horas de la noche.

—¿Ninguno te vale?

—No, hoy no. Hoy solo quería bailar, divertirme, y ahora me voy a emborrachar.

—Ya estás borracha.

—No lo suficiente.

Adela la miró con resignación. Cuando a alguna de las hermanas Rivera se le metía algo en la cabeza, era imposible que lo olvidara. La dejó terminarse la copa, esta vez a pequeños sorbos, y cuando no quedó ni una gota en el vaso, se puso seria.

—Hora de irnos, Mónica. No voy a dejarte beber más.

—De acuerdo. Ya estoy lo bastante achispada para que nada me importe una mierda.

—¿Achispada? Estás como una cuba, jefa.

Cuando trató de levantarse toda la discoteca empezó a girar a su alrededor. Los pies le fallaron sobre los altos tacones.

—¡Quieta! Quítate los zapatos.

—¿Y perder mi glamur?

—Mejor perder el glamur que la cabeza, guapa.

Adela se inclinó y le quitó los tacones. Después la ayudó a levantarse y a dar un par de pasos, pero pronto se hizo evidente que sola no podría con ella. Mónica era más alta, y su cuerpo estaba desmadejado y laso. La volvió a sentar y sacó el móvil.

—No te muevas, pediré ayuda.

—Ni... ni se te oc... ocurra llamar a Cé... César. Él y yo... no ten... tenemos na...da.

—Eso es lo que tú quisieras, pero no voy a llamarlo a él.

Se alejó unos pasos, aunque no lo bastante para perderla de vista, y marcó el número de Lorena. Esta se despertó con un sobresalto.

—¿Adela? ¿Qué pasa?

—Nada grave, no te preocupes. Se trata de Mónica. Hemos salido esta noche y se ha pillado un pedo fenomenal. Está como una cuba y me cuesta moverla. Podría pedir ayuda y meterla en un taxi, pero no creo que esté en condiciones de quedarse sola en su casa. Podría desnucarse por esa escalera que lleva a su habitación.

—¿Dónde estáis?

—En la discoteca Bahía

—No os mováis de ahí. La recogemos en breve y la traemos a casa.

—Estupendo.

Cuando se acercó de nuevo a su jefa, esta recostaba la cabeza contra el respaldo del mullido asiento, incapaz de mantenerla erguida.

Veinte minutos más tarde Cristian hizo su aparición en el local. Las divisó al instante entre el escaso personal que quedaba y se acercó a ellas con grandes zancadas. Alzó la barbilla de su cuñada con una mano, pero esta le dedicó una mirada vidriosa y dejó caer la cabeza de nuevo.

—Hola, Cris... tian. ¿Qué haces... tú... aquí? Lore...

—¡Madre mía, cómo está!

—Lore... le voy a de... decir... que estás... aquí.

—Mañana se lo dices, ahora nos vamos.

La agarró de los brazos para levantarla, pero el cuerpo apenas se sostenía. Se agachó y la alzó en brazos. La llevó hasta el coche, seguido por Adela que llevaba el bolso y los zapatos de Mónica en la mano. Mientras le abrochaba el cinturón, Cristian le preguntó:

—¿Cómo se ha puesto así? Hace años que la conozco y aguanta bien el alcohol. Nunca la había visto en este estado.

—Venía dispuesta a emborracharse por algún tipo de movida con tu hermano.

—¡Joder!

—No le digas que te lo he contado, o acabaré en el paro.

—No te preocupes. Sube, que te acerco a casa.

—Gracias.

Cristian condujo con cuidado para no empeorar el estado de su cuñada. No dejaba de preguntarse qué podría haber sucedido entre César y ella para que acabara de esa guisa.

Al llegar a su casa, Lorena salió a abrirle la puerta. Al verle cargando con su hermana, preguntó alarmada:

—¿Qué le pasa?

—Que está como una cuba, nada más.

—Hace tiempo que no bebía tanto. ¿Qué habrá podido ocasionarlo?

—Mal de amores, creo.

Lorena alzó los ojos asombrada.

—¿César?

—Eso parece.

—Bueno, vamos a acostarla y ya nos contará mañana.

Cristian la depositó en la cama y Lorena le quitó el incómodo vestido lo mejor que pudo. Luego la dejó dormir.

Mónica despertó con un fortísimo dolor de cabeza. La sensación de que le taladraban el cráneo no era nueva, ya la había sentido con anterioridad, pero hacía mucho tiempo. En otra vida.

Se incorporó en la cama y las náuseas la invadieron. Cuando giró la cabeza a su alrededor comprendió que no estaba en su cama ni en su casa, sino en la habitación de invitados de Lorena. Una fugaz visión de Cristian en la discoteca le hizo preguntarse qué había ocurrido la noche anterior, porque no recordaba gran cosa. Que había bailado rodeada de la admiración de varios hombres, nada más.

Se incorporó con trabajo y miró la hora en el móvil. Pasaban las doce de la mañana. ¡Debía estar en el despacho a las nueve!

Se levantó despacio y salió de la habitación. La casa estaba silenciosa, sin nadie en el salón ni en la cocina. Subió las escaleras hasta la buhardilla donde su hermana y su cuñado tenían sus respectivos talleres de fotografía y de restauración, a salvo de sus traviesas hijas.

La puerta del de Lorena estaba entreabierta y asomó la cabeza por ella. Su hermana le sonrió detrás del caballete en el que trabajaba.

—Buenos días. ¿Cómo te encuentras?

—No podría estar peor. Ni en mis locos tiempos de rebeldía había pillado una borrachera semejante.

Lorena sonrió.

—Por supuesto que sí, lo que pasa es que no te acuerdas.

—Será eso.

—Vamos a tomar algo, te sentará bien un café y unas tostadas.

Ambas mujeres bajaron a la cocina, cuidando de cerrar la puerta con llave a pesar de que las niñas no estaban en la casa. Era una precaución que nunca descuidaban. Tras preparar el desayuno para su hermana y un té para ella, Lorena le preguntó:

—¿Lo de anoche ha sido algo aislado o piensas volver a la vida loca?

—Pienso volver a la vida loca, pero con menos alcohol. Estoy para el arrastre.

—¿Y los paseos, escaladas y demás actividades de vida sana?

Mónica se encogió de hombros, a la par que se esforzaba por ingerir algo de comida que asentase su estómago revuelto.
—¿Qué ha pasado?
—Esa vida no es para mí. Ha estado bien durante un tiempo, pero ya me he cansado de ella.
Lorena miró a su gemela sin creerse ni una palabra.
—¿Lo has dejado con César?
—No, porque nunca ha habido nada entre tu cuñado y yo, más que unos cuantos polvos. Solo hemos decidido dejar de echarlos.
—Entonces, todo está bien entre vosotros.
—Por supuesto. No hay mal rollo ni nada que se le asemeje. Puedes seguir invitándonos a ambos a merendar y en Navidades, que no nos tiraremos los trastos a la cabeza.
—¿Puedes explicarme entonces por qué anoche acabaste tan borracha que tuvo que ir Cristian a buscarte a la discoteca y traerte en un estado lamentable?
—Porque hacía mucho que no salía de fiesta y no calculé bien las copas que bebí. No te preocupes, que no se repetirá.
—Eso espero, porque ya no tienes dieciocho años y no te pega ir de chica loca por la vida.
—Siempre voy a ser una chica loca, Lore. La estabilidad, la familia, no son para mí. Y tu cuñado tampoco. Somos adultos, nos hemos acostado unas cuantas veces, hemos vivido algunas aventurillas divertidas. —Recordó el beso del fantasma y sonrió—. Pero ahora hemos decidido dejarlo atrás.
—¿De quién ha sido la idea? —preguntó con suspicacia.
—Mía.
—Lo imaginaba.
—No vayas de listilla, él también se está tirando a una tía del trabajo, o lo va a hacer en breve. No he dejado a tu cuñadito con el corazón roto ni llorando mi ausencia.
—Tampoco tú estás llorando la suya, ¿no? —insinuó Lorena dudosa.

—Por supuesto que no. Es posible que le eche de menos en la cama, porque folla de puta madre y no todos los hombres están a su altura, pero mi corazón está intacto. Y empezando a aburrirse, por lo que es el momento de dejarlo.

—En ese caso...

—Ahora que me encuentro mejor voy a llamar a Adela para ver cómo va todo por la oficina —dijo, deseando cambiar de conversación—. Si hay algo que lamento de haberme desmadrado anoche es faltar al trabajo.

Era cierto. En el pasado había salido muchas veces durante la semana y eso no había hecho que descuidara sus obligaciones. Había ido a trabajar con resaca, sin dormir y hasta sin cambiarse de ropa después de una noche movida, pero había ido.

—Te haces vieja, Moni —se burló su hermana.

—¡Qué casualidad, lo mismo que tú!

—No te preocupes por la oficina, Adela lo tiene todo controlado. He hablado con ella esta mañana y ha quedado en llamarme si había algún problema.

—Es una joya esa chica, deberíamos subirle el sueldo.

—Estoy de acuerdo.

—Otra cosa, Lore.

—Dime.

Mónica frunció el ceño poniendo su expresión más amenazante, esa que su hermana sabía que no podía ignorar.

—Si le dices una sola palabra a César, te puedes olvidar de tener canguro durante el resto de tu vida.

—Jamás se me ocurriría, Moni. Las hermanas Rivera hacen piña para todo y eso no lo romperá ningún hombre.

—Convence también a Cristian.

—Si está en peligro la posibilidad de escaparnos algún fin de semana, será una tumba. —Rio—. Las niñas cada vez nos lo ponen más difícil.

—Gracias.

Después de darse una ducha, salió de casa de su hermana con ropa prestada y unos poco glamurosos zapatos planos. También con el cuerpo cansado y los coletazos de una resaca de las que se recuerdan durante mucho tiempo. Y con la sensación de haber pasado página.

19

Fotografías

Después de su salida de fiesta, Mónica se metió de lleno en el trabajo para no pensar en César. Ni en lo que había perdido ni en lo que él pudiera tener con la mujer que compartía su casa.

Por las noches su cuerpo traicionero clamaba por la compañía del hombre que la había llevado al límite de placer durante unos meses y, aunque se esforzaba en acallarlo como había hecho con anterioridad, no le funcionaba. Los diferentes juguetes sexuales que guardaba en el cajón le proporcionaban alivio momentáneo, pero no sonreían pícaros ni tenían los ojos verdes. Tampoco manos grandes y suaves.

Los celos también se volvieron algo habitual y eso la enfurecía. Se repetía una y otra vez que era solo el sexo lo que echaba de menos y trataba de convencerse de que sus sentimientos no estaban implicados.

Aquel día Lorena y ella hicieron un viaje hasta un pequeño pueblo, con el fin de evaluar la limpieza y restauración de un retablo medio abandonado en una iglesia.

Una vez en el coche, su hermana no perdió el tiempo en sacar el tema que Mónica prefería olvidar.

—¿Has sabido algo de César?

—No; ya te dije que hemos decidido no vernos más.

—Me cuesta creer que aceptara sin más tu decisión, porque tengo muy claro que ha sido idea tuya. No es de los que se rinden sin luchar.

—Dijo que volveríamos a hablar sobre el tema, pero hasta hoy no he tenido ni un triste mensaje suyo. —La decepción era patente en sus palabras.

—Estará ocupado.

Mónica se encogió de hombros. No podía negar que había esperado que cumpliera su promesa de tratar de nuevo el asunto, aunque solo fuese para creer que no tenía un lío con Sandra. Pero ni una llamada, ni una sola letra que le indicara que pensaba en ella o la echaba de menos.

—Seguro que lo está —dijo sarcástica.

—Y tú, muy celosa.

—No puedo estarlo, porque no vamos a volver a vernos. Cuando lo dejas con alguien ya nada de lo que haga es asunto tuyo, y por lo tanto los celos no tienen sentido.

—Moni, prométeme que cuando te llame al menos le escucharás.

—Si llama...

—Estoy segura de que lo hará.

—Lore, deja el tema por favor. Sí, ya sabía que no era buena idea liarme con tu cuñado, que tendría implicaciones familiares —bufó.

—De acuerdo, ya me callo. Ahora vamos a hablar sobre las fotografías que nos han enviado del retablo que tenemos que evaluar y presupuestar.

—Muy bien, ese es el motivo de este viaje. ¿Qué opinas?

—Que está más sucio que deteriorado.

—Yo también lo pienso.

—Posiblemente sea asumible el costo para el Ayuntamiento, porque no creo que Patrimonio vaya a emplear un solo euro en él. Ni el pueblo es lo bastante grande ni el retablo tiene la firma de un gran escultor. Pero es precioso.

—Y tú, partidaria de darles facilidades en el pago.

Lorena esbozó una sonrisa.

—Ya me conoces, ver una obra de arte en malas condiciones es superior a mí. Por eso me hice restauradora.

—De acuerdo —aceptó la gemela práctica—. Les presentaremos un plan viable para que lo puedan acometer. Pero así nunca nos haremos ricas.

—¿Quién quiere ser rica? Yo solo deseo ser feliz y disfrutar de lo que hago.

—De eso ya se encarga Cristian.

La carcajada de Lorena resonó con fuerza en el coche.

—También en el terreno laboral.

Llegaron al pueblo y, tras examinar con detenimiento el retablo, comprobaron que sus suposiciones eran ciertas. Una vez eliminada la suciedad acumulada durante siglos, no necesitaría demasiado trabajo para volver a su primitivo estado. De mutuo acuerdo decidieron enviar un presupuesto al Ayuntamiento lo más ajustado posible.

Tras emprender el regreso pararon a almorzar por el camino, hacía mucho tiempo que no disfrutaban de una comida a solas, sin niñas y sin hombres.

Mientras degustaban un menú típico de la zona y charlaban de cosas triviales, Mónica sintió que se relajaba y que volvía a ser la mujer de antes de que César entrara a saco en su vida. Después del consabido café, sin el cual no concebía una comida, y el postre, imprescindible para Lorena, dieron por finalizada su excursión y regresaron a Madrid.

Cuando a media tarde ambas hermanas entraron en la oficina para comenzar a realizar el presupuesto prometido, Adela le tendió a Mónica un sobre marrón sin remitente ni destinatario.

—¿Qué es esto?

—Ni idea. Lo han echado por debajo de la puerta mientras he ido a almorzar.

Mónica palpó el contenido, apenas un par de papeles por el escaso grosor.

—Seguro que es una petición para restaurar algo en muy mal estado. Ya nos han enviado alguna que otra así.

—Seguro —admitió Lorena.

—Pues nuestro cupo de altruismo de momento está agotado con el retablo que acabamos de evaluar.

Abrió el sobre con cuidado de no rasgar lo que hubiera dentro, y apenas le echó un vistazo su expresión se tornó fría y hermética. Apretó los labios hasta hacerse sangre y se apresuró a entrar en el despacho, seguida de su hermana. Los ojos le brillaban de furia contenida, lo que asustó a su gemela.

—¿Qué pasa? ¿Qué han mandado?

—Míralo tú misma —dijo entre dientes alargándole el sobre.

Lorena cogió una fotografía impresa en un simple folio y con poca calidad, pero que no dejaba dudas de lo que mostraba. A César besando a una mujer en la ventana de su casa. La imagen estaba tomada desde la calle con toda seguridad.

—Moni...

—Como ves, tu cuñadito no está sufriendo por mi ausencia. A lo mejor hasta se siente liberado. Siempre he sabido que había algo entre ellos y, si no era así, les ha faltado tiempo para liarse. Hace solo cuatro días que decidimos dejar de vernos.

—No sé qué decirte. Estaba convencida de que sentía algo por ti.

—Lo mismo que yo por él: nada. —La voz dura salió como un latigazo de los labios de Mónica—. Eres una romántica, Lore, y confundes el sexo con el amor.

—¿Y si es un montaje? He visto a Cristian hacer cosas increíbles con imágenes que no tienen nada que ver unas con otras. Al final parecen una sola.

—Yo manejo un poco el Photoshop y por la postura de los dos lo veo poco probable. El brazo de César le rodea los hombros, no da lugar a un corta y pega, y por la calidad de la impresión deduzco que no lo ha hecho una persona muy versada en fotografía. De todas formas, y como te dije antes, los celos no tienen razón de ser porque César es agua pasada. Y después de esto, mucho más.

Dedicó una mirada de desprecio a la imagen que su gemela aún tenía en la mano.

Lorena sabía que no era cierto, que la foto le había impactado mucho más de lo que quería reconocer. La voz tensa y la mirada dura de su hermana se lo demostraban.

—¿Hay algo más? ¿Una nota, un nombre?

—Nada. Solo esta elocuente imagen que dice más que mil palabras. Lo que no entiendo es por qué me la han mandado a mí. Imagino que la envía Sandra, para darme a entender que soy agua pasada y que ahora es ella quien acapara la atención de César. Pero ya debería saberlo, ¿no? Él ha debido de decirle que no íbamos a vernos más. En fin, olvidemos este desagradable incidente y vamos a trabajar, se nos echa el tiempo encima.

—¿No prefieres dejarlo para mañana? Ahora estás un poco alterada.

—Estoy perfectamente, Lore. Comencemos con el presupuesto. Y no le digas nada a Cristian sobre esto. Si lo que pretende esa mujer es provocar alguna reacción en mí, no lo va a conseguir.

—No pensaba contarle nada.

Ambas se sentaron y durante un par de horas emplearon su tiempo y su mente en trabajo y solo trabajo. Era lo que Mónica necesitaba para olvidar, o al menos relegar al fondo de su mente la imagen que quería volver a ella de forma reiterada.

Tras un nuevo y largo turno de cuarenta y ocho horas, César y Sandra llegaron a casa de este. Durante ese tiempo no habían recibido ningún mensaje nuevo, lo que lejos de producirles alivio les causaba más inquietud. Temían el siguiente paso del misterioso acosador, que estaban seguros no se limitaría a mensajearles y lo sucedido con la casa de la mujer era una prueba.

También el investigador del seguro había llegado a la conclusión de que el incendio había sido provocado. Eso suponía un problema para la cobertura de la póliza, que quedó solucionado por la denuncia presentada por Sandra. Tras una infinidad de papeleo, al fin se comenzaba a gestionar la reconstrucción de la vivienda.

Cuando salió de la ducha ella tenía una llamada perdida de su exmarido. Con un suspiro se apresuró a devolvérsela.

César hizo amago de alejarse del salón, pero Sandra se lo impidió con un gesto.

—Hola, Salva —saludó con voz seria y poco expresiva—. Acabo de ver una llamada tuya.

—¿Y te extraña? —Había enfado en la voz del hombre—. ¿Qué demonios pretendes? ¿Por qué me echas a la policía encima?

—¿Han ido a verte?

—A verme y a interrogarme. Me han pedido, muy educadamente, eso sí, movimientos, horarios y coartadas. No sé en qué demonios estás metida, pero sea lo que sea te aseguro que yo no tengo nada que ver.

—Alguien ha...

César negó con la cabeza, impidiéndole seguir.

—Estado molestándome con mensajes y he puesto una denuncia. Imagino que tú eres el primer sospechoso, aunque les he dicho que no eres ese tipo de persona. Tampoco violento ni maltratador, que nuestro divorcio no tuvo nada que ver con eso.

—Te aseguro que no soy yo. No te negaré que mientras vivimos juntos me mostré celoso y un poco machista, pero todo eso finalizó con el divorcio. Acepté que cada uno tirase por su lado y nunca se me ocurriría molestarte.

—Lo sé. Pero la policía debe hacer su trabajo. Siento mucho que te hayan interrogado, trataré de que no se repita.

—Sandra... no te han hecho daño, ¿verdad? —La voz sonaba sincera y preocupada.

—No, no, son solo mensajes insultantes.

—¿No tienes idea de quién puede mandarlos? ¿Alguna nueva relación? ¿Has provocado los celos de alguien?

—Pienso que no, pero no puedo estar segura. No imagino quién está detrás de ellos, no tengo enemigos, que yo sepa.

—Ten cuidado, por favor.

—No te preocupes, Salva. Estaré bien.

—Te llamaré para saber si se ha solucionado este desagradable asunto.

—Gracias.

Sandra cortó la llamada, y sintió la mirada de César fija en ella.

—No es él, estoy segura. Conozco cada matiz de su voz y está preocupado.

—Aun así, creo que es mejor decirle lo del incendio de tu casa al menor número de personas posible.

—Estoy de acuerdo.

—No se lo he comentado a Mónica, me he limitado a decirle que necesitas que te acoja en mi casa durante un tiempo, sin explicarle el motivo.

—Estará enfadada, supongo.

—No sé cómo está. Pero desde luego yo no estoy en condiciones de lidiar con ello en este momento.

—César, puedo buscar otro sitio donde vivir.

—No. —La respuesta fue tajante.

—Si esto va a causarte problemas con ella...

—Los problemas que hay entre Mónica y yo, y no te negaré que los hay, no son por tu culpa. Ya lidiaré con ellos cuando sea capaz de resolverlos. Quizá hasta sea buena idea que no nos veamos durante unas semanas.

—¿Esto puede alargarse semanas? —preguntó alarmada.

—No lo sé, Sandra.

—Dudo que pueda soportar esta incertidumbre mucho tiempo más —susurró angustiada—. La sola idea de que haya alguien espiando nuestros pasos me agobia mucho. Probablemente desde una ventana o desde la calle.

—Creo que mi hermano podría ayudarnos en eso. Es fotógrafo y si alguien puede decirnos con seguridad desde donde se tomó esa foto, es él. —Miró el reloj—. Creo que puedo encontrarlo en casa.

Cogió el teléfono y llamó a Cristian, que llegó apenas media hora después.

Se sorprendió al ver a una mujer joven sentada en el sofá, vestida con ropa de estar cómoda. Sin lugar a dudas no estaba de visita y se preguntó si sería ella la causante de la borrachera y el extraño comportamiento de Mónica días atrás.

César hizo las presentaciones.

—Este es mi hermano, Cristian. Ella es Sandra, una compañera de trabajo y por determinadas circunstancias vive aquí desde hace unos días.

Se saludaron con un beso de cortesía.

Después, y acomodados en el sofá con unas cervezas, Cristian esperó a que su hermano abordase el tema por el que le había hecho ir con tanta urgencia. Este no se hizo rogar.

—Necesito tu ayuda, Cristian.

Ante las palabras de César se revolvió incómodo en el asiento. Si pretendía que intercediera de alguna forma ante Mónica no lo iba a conseguir.

—Tú dirás... —dijo expectante.

—Me gustaría que me aclarases desde qué ángulo se tomó una foto.

Sandra cogió el móvil y le enseñó la imagen, en la que aparecían César y ella misma besándose en la ventana del salón. Arrugó el ceño, molesto de que su hermano le metiera en semejante berenjenal, sabiendo lo que tenía con Mónica.

—Desde la calle, desde luego —respondió algo hosco.

—Eso ya lo sabemos, pero ¿desde qué parte de la calle?

—Envíamela y bajaré a averiguarlo. Puede ser a nivel de la acera o desde la ventana de un piso inferior, porque no hay duda de que está tomada desde abajo.

Momentos después, con la imagen en su wasap, bajaba a la

calle y se situaba en varios puntos hasta localizar el encuadre correcto. Cuando lo tuvo, regresó a casa de César.

—Ya lo tengo.

Ambos hermanos se acercaron a la ventana y Cristian señaló un punto concreto de la calzada.

—Desde un coche aparcado más o menos donde está ahora ese blanco. Quizá un poco más adelante, pero no mucho.

—Gracias. ¿Hay alguien en el coche blanco?

—No, está vacío.

Cristian miró por encima del hombro y, tras comprobar que Sandra estaba distraída y lo bastante lejos para no escucharle, preguntó en un susurro:

—¿Se puede saber por qué os habéis ido a la ventana para besaros? ¿Os están chantajeando acaso?

—Esa foto no es lo que parece.

—Joder, César, que no tengo quince años. Y si tratas de decirme que es un montaje, no lo es.

—No, no lo es. Fingí besar a Sandra, pero no puedo darte más explicaciones. Es un asunto privado, ella no quiere que nadie se entere y yo tampoco; ni siquiera tú.

—¿Cómo encaja Mónica en todo esto?

—No encaja, esto no tiene nada que ver con ella. Y es importante mantenerla al margen. Te agradecería que borraras esa foto antes de que Lorena pueda verla y se lo cuente.

—Creo que Mónica sabe más de lo que piensas.

—Sabe que Sandra vive aquí, pero nada más. Y tal como están las cosas entre nosotros, si ve esa foto se complicará más la situación.

—No voy a decirte cómo tienes que vivir tu vida, ya eres mayorcito, pero no nos inmiscuyas a Lorena ni a mí en nada que se relacione con Mónica. Comprende que nos pones en un compromiso, y tú eres mi hermano, pero también quiero a esa muchacha. No juegues con ella —amenazó.

—No lo estoy haciendo, pero si piensas que alguien puede

jugar con tu cuñada estás muy equivocado. Le arrancará los huevos de un mordisco al que lo intente.

—Espero que no sean los tuyos.

—Yo también lo espero.

—Me marcho ya, César. Es la hora de bañar a las niñas y esta noche me toca a mí. Le diré a Lorena que me has llamado para que te asesore en un tema fotográfico, sin especificar más. No me gusta mentirle.

—Gracias. No volveré a ponerte en un compromiso, no te preocupes. Dales un beso a todas tus chicas de mi parte.

Después de despedirse también de Sandra, salió del piso con paso decidido. Esta comentó pesarosa:

—No le ha gustado verme aquí.

—Mónica es la hermana de su mujer.

—Entiendo. Quizá deberías decirle lo que sucede.

—No, la policía tiene razón. Cuanta menos gente lo sepa, mucho mejor. Ya lo aclararé todo en su momento.

—Gracias, César. No sé cómo podré pagarte lo que estás haciendo por mí.

—¿Preparando la cena de esta noche?

—Hecho. ¿Qué te apetece?

Al ver la angustia de la mujer, la abrazó para reconfortarla. Un abrazo totalmente amistoso que podría ser malinterpretado si alguien les estaba vigilando. Pero en aquel momento no le importó.

20

Hay más peces en el mar

A consecuencia del enfado que la embargó al ver la fotografía de César besando a Sandra, Mónica sentía prisa por dejar atrás para siempre su aventura con el bombero. Estaba convencida de que cuanto antes conociera a otro hombre y se lo llevara a la cama, antes dejaría de sentir el escozor que le producía imaginarlo en brazos de otra mujer. O mujeres, porque nunca le había ocultado que no consideraba la fidelidad algo a tener en cuenta si no mantenía una relación estable.

Ella tampoco, por supuesto, aunque durante meses el único con el que había estado fuese él.

Decidida a pasar página, se descargó una aplicación de Tinder para conocer hombres que fueran afines a ella en gustos, y se puso a la labor de sustituirle lo antes posible.

No solicitó en el perfil a nadie aficionado a la aventura ni a los deportes de riesgo, tenía muy claro que en ese terreno César era inigualable. También le traería recuerdos, y no quería eso. Buscó varones lo más opuestos posible a su caballero de fuego y se dedicó a esperar. Nunca había utilizado ese tipo de aplicaciones para encontrar un hombre, no las había necesitado, pero en aquel momento no le apetecían los ligones de bar que se le acercaban como moscas a la miel. Cuando quedase con uno, quería conocer tanto su físico como si encajaba en lo que estaba buscando.

Tardó poco en recibir mensajes, no en balde había puesto en el perfil una de sus mejores fotos, hecha por su cuñado. En ella aparecía sonriente y seductora, conquistando a la cámara y prometiendo placeres con la mirada.

El primero le llegó en casa de Lorena, durante un almuerzo familiar, pocas horas después de haber instalado la aplicación.

Escuchó el peculiar sonido de un mensaje y, tras la comida, mientras ambas recogían la cocina y Cristian dormía a las niñas, lo abrió. La pantalla le mostró un crío casi imberbe que la saludaba con un:

«Hola, bombón».

Lanzó una carcajada que hizo levantar a Lorena la cara del lavavajillas, donde en aquel momento colocaba los cubiertos.

—¿De qué te ríes?

—Me he hecho un Tinder y me acaba de escribir un bebé de preescolar.

—¿Qué es un Tinder?

—Una aplicación que encuentra personas en la zona cercana a donde vives.

— ¿Y para qué quieres encontrar personas?

—Para echar un polvo, por supuesto.

—¡Moni!

—No seas rancia, Lore. Llevo sin acostarme con un tío desde que me fui de escalada con César.

—No hace tanto.

—Para mí, sí.

—¿De verdad quieres irte a la cama con un desconocido?

—No es una cita a ciegas para follar, nos conoceremos primero. Quedaremos para tomar un café y, si conectamos, ya veremos qué pasa en la segunda cita. Y si hablamos de acostarnos con personas que acabamos de conocer, no creo que tú seas la más indicada para recriminaciones ni advertencias, ¿verdad? —dijo con un guiño pícaro.

—La verdad es que no; aun así, ten cuidado.

—No soy ninguna tonta, cariño.

Lorena sacudió la cabeza preocupada. Pensaba que su hermana había dejado atrás todo aquello y que encontraría un poco de estabilidad con su cuñado. Pero, evidentemente, se había equivocado.

—¿Quién te ha escrito?

—Mira.

Le mostró el móvil.

—Si es un crío. Moni, ¿No te irás acostar con él?

—¡Claro que no! ¡Menudo fiasco sería, después de César! No estoy para enseñar, ni tengo vocación de maestra.

Las palabras que él le había dicho afirmando lo contrario le vinieron a la mente. ¿Por qué todo se lo recordaba?

—He puesto un rango de edad entre treinta y cuarenta años, pero está claro que este se lo ha saltado. Voy a contestarle, a ver por dónde sale.

«¡Hola, chocolatina!»

Al instante, los puntitos que indicaban una respuesta aparecieron en el teléfono.

«Te llamas Mónica, ¿verdad?»

«Ajá.»

Otra vez una expresión de César.

«Yo soy Karl.»

«¿Alemán?»

«De Vallecas.»

«Hum, mucho mejor.»

«Así podemos conocernos. ¿Te parece bien mañana?»

«Para el carro, chaval. ¿Qué edad tienes?»

«Dieciocho recién cumplidos. Soy mayor de edad, nadie te va a acusar de pederastia.»

«Cierto. ¡Qué mayor!»

Lorena no podía controlar la risa.

«Y tengo mucha experiencia, no te dejes engañar por mis años. Los chicos de ahora no somos como los de tus tiempos.»

—Creo que te acaban de llamar vieja, Moni —se burló su hermana que también leía los mensajes con la cabeza inclinada sobre el teléfono.

—Acabas de firmar tu sentencia de muerte, chaval —dijo al móvil y empezó a teclear con furia y una sonrisa malévola en los labios.

«No, eso ya lo sé. Los de mis tiempos eran mucho más parados. ¿Qué me ofreces para convencerme de quedar contigo mañana?»

«Te haría muchas cosas. Ese cuerpo se merece todo un homenaje.»

«Hum, suena bien. ¿Qué cosas?»

«Te follaría de todas las posturas, te la metería hasta el fondo y... hasta te haría un cunnilingus. ¿Sabes lo que es?»

Ninguna de las dos hermanas podía contener la risa.

«Eh... pues no, no sé lo que es.»

«Te va a encantar, ya verás, las tías se vuelven locas. Soy un experto.»

«Me parece genial, quedamos mañana entonces.»

«Estupendo.»

«Pero, Karl... antes de que nos veamos tengo que confesarte una cosa.»

«Si estás casada no me importa. No soy celoso.»

«No, es respecto a la foto de perfil. Ya sabes que en estos sitios se miente un poco. La foto no es actual, tiene un tiempo.»

«¿Cuánto tiempo?»

«Treinta años.»

«¿Tienes...?»

«Sesenta y cuatro. Pero me conservo muy bien, aparento menos.»

«Quizá tengas razón y yo sea un poco joven para ti. Mejor lo dejamos estar.»

«¡Lástima! Me hacía ilusión saber que es un cunnilingus.»

«Búscalo en Internet, seguro que viene.»

Y se desconectó. Las carcajadas de las dos mujeres atrajeron la atención de Cristian que asomó la cabeza por la cocina.

—¿De qué os reís?

—De un ligue de Mónica.

El hombre miró a los ojos a su cuñada tratando de averiguar si su hermano había pasado al olvido. Esperaba que fuera así, no quería que sufriera por él.

—¿Sales con alguien?

—Lo estoy intentando, aunque creo que va a resultar más complicado de lo que pensaba. Pero seguro que lo conseguiré. Mónica Rivera siempre logra lo que quiere.

—Estoy convencido de ello.

Por un momento temió que Cristian hiciera preguntas sobre su situación con César, pero no fue así. Eso le hizo pensar que este le había contado a su hermano que no volverían a verse, y que incluso supiera de la existencia de Sandra.

Trató de desviar la atención de esos pensamientos y concentrarse en buscar alguien acorde en edad y en aficiones. En Madrid había un gran número de hombres deseando encontrar lo mismo que ella. Un poco de buen sexo y quizá alguna salida a cenar o a tomar una copa. Nada que implicara allanamientos de moradas de fantasmas ni escaladas en plena sierra. Esa era una etapa pasada de su vida y, aunque la había disfrutado, tampoco fue tan especial. Al menos eso se dijo.

La búsqueda en Tinder continuó. Todo tipo de hombres visitaron su perfil. Algunos buscaban un amor para toda la vida; otros, unas horas de sexo. A esos les daba una oportunidad y quedaba con ellos. La mayoría no superaba la primera cita, solo unos pocos llegaron a la segunda. Y, hasta el momento, ninguno a la tercera.

Sin lugar a dudas se estaba divirtiendo, lo que le hacía más llevadera la ausencia de César. No le estaba resultando nada fácil ponerle fin a lo que habían vivido, pero estaba decidida a que el bombero solo fuese el tío de sus sobrinas. Un familiar lejano con el que compartir eventos familiares.

Cada noche, después de llegar del trabajo, abría la aplicación y daba un vistazo a los nuevos candidatos que hubieran contactado con ella durante el día.

En una ocasión, tras chatear unos minutos con un tipo que tenía un cuerpo musculado y agradable, se encontró con algo tan grotesco que no pudo evitar enviárselo a su hermana para que se riera con ella.

«Moni, ¿qué es esto?»

Fue la respuesta de su hermana cinco segundos después.

«¡Una polla enjabonada!»

Al instante Lorena pasó de los mensajes a llamarla por teléfono.

—Es asqueroso. ¿De dónde lo has sacado?

—Me la ha enviado un tipo del Tinder. Estaba chateando con él y de pronto me dice que me manda una foto de su polla enjabonada.

—Por un momento he temido que la foto la hubieras hecho tú.

—¡Qué va! —Rio con ganas—. Los hombres están muy mal, Lore. Ni te imaginas lo orgullosos que están todos de su apéndice, y la mayoría son una mierda.

—¿Y qué le has dicho al orgulloso modelo?

—Que fuera más original, que ya tengo una buena colección de fotos de pollas con distintos tipos de rebozado. Que el jabón ya ha pasado de moda. Si le digo que además no da ni la media, lo hundo en la miseria.

—Eres terrible. Deduzco que la búsqueda continúa.

—Todavía no he encontrado al candidato ideal. Pero ni te imaginas lo que me estoy divirtiendo en el proceso.

—El listón está alto, ¿eh?

—Muy alto. Pero, aunque no espero superarlo, al menos con nadie de Tinder, no tengo dudas de que al menos encontraré alguien que se le aproxime.

—Seguro que sí. ¿Tú estás bien?
—Nunca he estado mal.
—Moni, que estás hablando conmigo.
—Estoy bien, sobre todo porque esto lo he querido yo.
—Si no hubieras visto esa foto en la que está besando a Sandra, ¿seguirías pensando lo mismo?
—Sí, porque tampoco es que haya dado señales de vida.
—¿No te ha llamado?
—No.
—Por aquí también hace muchos días que no aparece. Es posible que tenga trabajo, ya sabes el tipo de turnos que tiene.
—No quiero hablar de él.
—De acuerdo. Te dejo entonces con tu *tindermanía*. Mucha suerte.
—Mañana he quedado con un chaval que tiene buena pinta.
—¿Otro imberbe?
—No, este tiene treinta. Está en el límite inferior de mi rango de edad solicitado. A ver si hay suerte.
—Pues ya me cuentas si la hay. Un beso, Moni.
—Te mantendré informada. Y borra la foto, no la vayan a ver las niñas y les cree un trauma de por vida.
Ambas cortaron la llamada entre risas.
Desde el sofá, Cristian había seguido la conversación de las hermanas.
—¿Le pasa algo a Mónica?
—No. Solo quería mandarme una foto que le ha enviado un hombre desde la aplicación Tinder.
—Deja que adivine, un tío en pelotas.
—Peor. —Le largó la foto, a punto ya de borrarla.
—¡Joder! Si yo tuviera esa porquería me guardaría mucho de ir enseñándola por ahí. La sacaría en los momentos precisos y nada más.
—Voy a borrarla, da asco solo verla.
Cuando hubo eliminado la imagen, Lorena se decidió a preguntarle a Cristian algo que hacía días le rondaba por la mente.

—Hace bastante que César no viene por casa, ni siquiera para ver a las niñas. ¿Es por Mónica?
—No creo.
—El día que fuiste a asesorarle sobre fotografía, ¿discutisteis? Porque nunca ha estado tantos días sin pasar por aquí.
—No, aunque me sentí un poco incómodo.
—A causa de la mujer que vive con él.
—¿Lo sabes?
—Sí. Y Mónica también.
—Estoy casi seguro de que tienen algo.
—Lo tienen. Solo espero que el hecho de que Mónica y él ya no se vean no repercuta con su relación con nosotros ni con las niñas.
—Estoy convencido de que no, que solo es cuestión de tiempo que esta situación se normalice. Los dos son adultos y capaces de gestionar su ruptura.
—¡Que Mónica no te escuche pronunciar esa palabra! Insiste en que no han roto porque no han tenido nada más allá de unos cuantos polvos.
—Mejor así.
—De todas formas, algo no me cuadra. Yo estaba segura de que César estaba colado por ella, y aunque mi hermana haya sucumbido al pánico y le haya pedido que dejen de verse, no me parece que él sea de los que se rinden al primer embate.
—No lo es. A mí también me parece muy extraño, pero esto es asunto de ellos. Son adultos, como bien has dicho, y nosotros no vamos a intervenir.
—Por supuesto que no.
—Dejemos que mi hermano se enrolle con Sandra y que Mónica siga buscando en Tinder, si es lo que quieren. Y hablando de Tinder, como creo que la imagen te ha debido dejar patidifusa... ¿Qué te parece si te enseño yo una mucho más decente?
—¿Enjabonada? —preguntó sarcástica.

—Al natural.
Lorena sonrió.
—Me gustan las cosas naturales.
Alargó las manos y rodeó el cuello de Cristian.

21

La mujer de antes

Mónica comenzó su periplo en busca del hombre que sustituyera a César. Y si eran varios, mejor. No deseaba en mucho tiempo salir ni acostarse con un solo hombre, en aquel momento necesitaba variedad porque tenía muy claro que ninguno estaría a la altura del que acababa de dejar atrás.

Varios fueron los que pasaron los primeros filtros y se decidió a quedar con ellos uno a uno, en primer lugar, para tomar un café y charlar antes de dar el paso definitivo. Pensaba que cuanto más tardara en acostarse con alguno de ellos, más le costaría olvidarse de César. Una vez que la decisión estaba tomada, debía actuar en consecuencia, rápido y de un tirón, como se arranca una tirita de una herida que duele.

Aquel sábado se había citado con un hombre de treinta años, al que en principio no podía ponerle ningún impedimento. Por su forma de escribir parecía tener un mínimo de cultura, los que tenían faltas de ortografía o empezaban siendo groseros eran eliminados al instante, y si la foto no mentía, este era atractivo.

Habían decidido tomar un café, lo que haría el encuentro corto si no aparecía la chispa necesaria para ir más allá. Y si esta surgía, la noche era joven y Mónica tenía todo el domingo por delante.

Acudió vestida con un elegante conjunto de pantalón y blusa, lo bastante arreglada para una cita a ciegas, pero no demasiado sexi ni provocativa. No quería que su compañero le quisiera saltar encima a las primeras de cambio pensando que le invitaba con su indumentaria.

Él la esperaba en la puerta de la cafetería, lo reconoció al instante por la foto de perfil. Por suerte era tal y como aparecía en ella, incluso el cuerpo alto y delgado que no mostraba en esta resultaba muy atractivo.

Mónica apartó de su mente cualquier otra imagen que no fuera el hombre que tenía delante. Él le sonrió al verla acercarse.

—Mónica, ¿verdad?

—Sí. Y tú eres Tono.

—El mismo.

Se saludaron con un beso y entraron en el local. De mutuo acuerdo escogieron una mesa apartada para poder charlar con tranquilidad. Tras pedir las consumiciones, se enfrentaron a unos minutos de silencio, mientras se estudiaban uno al otro.

—Eres muy guapa.

«Di algo más original, o saldré corriendo.»

—Gracias.

Él le dedicó una sonrisa que no le llegó a los ojos. Estos la miraban escrutadores calculando las posibilidades de llevarla a la cama a lo largo de la cita. Tenía muchas, porque Mónica había decidido que, salvo que fuera repulsivo o demasiado insoportable, esa era la noche de dejar atrás a César.

—¿Puedo preguntarte qué buscas en Tinder?

—Nada serio —se apresuró a aclarar Mónica, aunque ya se lo había dejado claro en el chat—. Pasarlo bien y conocer gente. He estado apartada de todo durante un tiempo, y al volver me he encontrado con que mi círculo de amigos se ha deshecho y no queda nadie con quien salir a divertirme.

—¿Alejada por enfermedad?

—No, asuntos familiares.

—¿Sexo?

—Femenino. Lo que ves es lo que soy —bromeó.
Tono lanzó una risotada que le pareció demasiado estridente.
—No me refería a tu género, mujer, sino a si buscas sexo o solo amigos para salir.
—También sexo, si surge.
—Genial, porque eso es justo lo que busco yo. Sexo sin compromisos ni ataduras, mientras a los dos nos apetezca.
—Perfecto.
Durante un rato charlaron de temas triviales y poco comprometedores: trabajos, aficiones y gustos culinarios entre otros. Tras un rato en el que la conversación no decayó en ningún momento, decidieron darse una oportunidad con la cena.
Se trasladaron a un restaurante italiano donde degustaron una exquisita lasaña y unos postres espectaculares. Por una noche, Mónica iba a permitirse un exceso de hidratos y de azúcar que se ocuparía de quemar en el gimnasio el lunes siguiente. También alguna copa, intuía que la iba a necesitar cuando llegara el momento de irse a la cama, porque estaba decidida a darle una oportunidad a Tono y a dejar atrás el pasado, si se lo proponía. Y a juzgar por las miradas que le lanzaba a medida que se acercaba el fin de la velada, lo iba a hacer.
Al terminar los postres, el restaurante les obsequió con una más que generosa copa de *limoncello,* que Mónica se tomó a pequeños sorbos esperando la proposición que estaba por llegar.
Esta surgió tras pedir la cuenta y mientras ambos colocaban la mitad del importe en el cestillo con la nota.
—¿Damos un paso más? —preguntó Tono con los ojos clavados en los suyos y dejando bien claras sus intenciones.
Mónica asintió sin pensárselo.
—¿Tu casa o la mía?
—Ninguna de las dos —rechazó Mónica con rapidez. Estaba preparada para acostarse con otro hombre, pero no para

meterlo en su casa, en la misma cama que había compartido con su caballero de fuego—. La primera vez con alguien siempre prefiero un hotel. Pagado a medias, por supuesto. No me gusta llevar desconocidos a mi casa ni tampoco meterme en su terreno.

—Eres precavida.

—Lo intento.

—Por mí no hay problema. ¿Conoces alguno con una buena relación calidad-precio?

—Hace tiempo que no hago uso de él, pero sí, conozco uno.

Se conectó a Internet con el móvil y, tras encontrar lo que buscaba, llamó para preguntar si tenían habitación para la noche. Ante la respuesta afirmativa, reservó y quedaron en reunirse en la puerta poco después.

Mónica entró en su coche y, mientras conducía hacia la que iba a ser su primera noche de sexo puro y duro desde hacía bastante tiempo, se dijo que esperaba que Tono estuviera a la altura. Porque no estaba encendida de pasión precisamente, ni se moría de impaciencia.

Él llegó antes y juntos se dirigieron a recepción para recoger la llave y pagar la habitación, todo muy frío y aséptico. Tono no se lanzó sobre ella al entrar en el ascensor, ni siquiera la cogió de la mano para recorrer el pasillo, cosa que tampoco Mónica le habría permitido. No eran novios, solo iban a echar un polvo.

El hotel no había sido redecorado en los últimos años, la estancia era tal como la recordaba de ocasiones anteriores, años atrás. Apenas la puerta se cerró tras ellos, el hombre la cogió por la cintura y la besó.

Lo hacía bien, sus labios rozaron los de Mónica en una caricia sugerente, y la lengua se coló dentro de la boca en cuanto ella se lo permitió. El beso le resultó agradable y experto. Pero no desató en su interior las sensaciones de los últimos que había compartido ni le hizo correr la sangre por las venas. Tampoco lo esperaba, se conformaba con que el polvo le proporcionara lo mismo que cualquiera de sus juguetes. Y la sensación de haber pasado página.

Se desnudaron el uno al otro, disfrutaron del espectáculo de sus cuerpos sin ropa, de recorrerlos con las manos y de sentir las caricias en la propia piel. Mónica consiguió olvidarse de todo lo que no fuera el hombre con el que intercambiaba caricias y besos.

Cuando se tendieron en la cama estaba excitada, casi impaciente, y en el momento en que Tono la penetró lo único en lo que pudo pensar era que el tamaño sí importaba. No obstante, era una mujer ardiente y se movió al compás que él marcaba participando con entusiasmo. Logró borrar de su mente todo lo que no fuera lo que estaba haciendo y, cuando comenzó a sentir crecer en ella la tensión que precede al orgasmo, él terminó y se dejó caer contra su cuerpo con un suspiro ahogado.

—Tono... —Trató de llamar su atención sobre el hecho de que ella aún no había terminado.

Él enterró la cabeza en su hombro.

—Tono, yo no he llegado aún —susurró, empezando a impacientarse. ¿No iría a dejarla a medias?

Pero la única respuesta que obtuvo fue un ronquido. Sintió el enfado crecerle dentro como la lava de un volcán

—¡¿Te has dormido, pedazo de capullo?! —le agarró con fuerza del pelo y le alzó la cabeza.

Él abrió los ojos sobresaltado y la miró.

—¡Eh! ¿Qué pasa? Me haces daño...

—¿Qué pasa? ¡Te has quedado dormido!

—No, que va.

—¿Cómo que no? Acabo de escucharte roncar.

Salió con cuidado y se tendió junto a Mónica aún con el preservativo puesto sobre el pene fláccido.

—El orgasmo ha sido tan intenso que me has dejado exhausto, debe de ser eso —se excusó.

—¿Intenso? Será el tuyo, porque yo ni me he acercado.
—¿Eres frígida?
—¡¡¡Soy tu puta madre!!! —exclamó, sintiendo que la frustración se volvía ira—. ¿Frígida yo? Existen pocas mujeres tan calientes, pero hay que saber follar, capullo. No basta con meterla y correrte. ¿Vas a hacer algo o piensas dejarme así?
—¿Hacer qué?
—¡Nada, gilipollas, lárgate!
—¿No irás a echarme de la habitación? He pagado mi parte. Podemos dormir un rato y luego repetir.
—¿Repetir? ¿Contigo? Ni muerta. Críos de quince años me han dejado más satisfecha que tú. No hace falta que te marches, ya me voy yo.

Se levantó de la cama y comenzó a vestirse a toda prisa ante los ojos asombrados del hombre.

—No te habrás enfadado por lo de frígida, ¿verdad? He supuesto que lo eras porque ninguna mujer se me ha quejado nunca.
—Serían mudas. O tal vez yo sea demasiada mujer para ti. Porque no todos los hombres con los que he estado me han arrancado gritos de placer, pero desde luego ninguno se me ha quedado dormido dentro.
—Oye que yo no...
—Cállate si no quieres que todos los contactos de Tinder se enteren del ridículo tan espantoso que acabas de hacer. Porque estoy muy tentada de hacerlo público.
—No irás a...

No escuchó el final de la frase, salió dando un portazo. Con el bolso colgado del hombro, el pelo alborotado, el maquillaje hecho un desastre y taconeando furiosa por el pasillo. No solo no había conseguido olvidar a César, sino que había puesto mucho más alto el listón que este dejara.

Llegó tan cabreada a su casa que ni ganas de satisfacerse sola tenía. Se dio una ducha y se acostó, aunque le llevó mucho tiempo conciliar el sueño. Las imágenes de los momentos compartidos con el bombero se colaban en su mente llenándola de furia contra él y contra ella misma. Nunca debía haber empezado nada con César, debería haber respetado la relación familiar que los unía y que nunca debió ignorar. Siempre había intuido que sería una fiera en la cama, un auténtico caballero de fuego que la haría arder con él y la dejaría abrasada y con cicatrices. Cicatrices que iba a borrar. El primer intento había sido un desastre, pero Madrid estaba llena de hombres que la ayudarían a ello.

Durmió mal y se despertó temprano. Era apenas media mañana cuando llamó a su hermana para invitarse a comer y comentar con ella lo sucedido la noche anterior. Era tan rocambolesco que merecía que ambas se rieran juntas de lo sucedido, para así quitarse el mal sabor de boca que le había quedado.

Llegó dispuesta a pasar un rato agradable con Lorena y su familia, sin complicaciones sentimentales ni hombres de por medio. Aquel fin de semana ya había tenido bastante del sexo masculino. Retomaría su búsqueda a partir del lunes.

22

Venganza

Era una tarde muy calurosa para ser finales de mayo. César estaba inquieto, la situación de los mensajes de Sandra se alargaba más de lo que habían esperado. Llevaba casi un mes en su casa y la policía no tenía ninguna pista sobre la persona misteriosa que los mandaba. A pesar de que había recibido otro más, no habían conseguido localizar el teléfono desde el que eran enviados. El inspector que llevaba el caso les había dicho que probablemente se trataba de un teléfono con tarjetas prepago y que se deshacían del mismo cada vez que mandaban un mensaje, por lo que habían pinchado el de Sandra con la esperanza de localizar la situación exacta del acosador cuando se produjese el siguiente.

César se estaba impacientando. No le molestaba tener a Sandra en su casa, pero echaba de menos a Mónica y sentía que cuanto más tiempo pasara sin ponerse en contacto con ella, más difícil le resultaría convencerla de que volvieran a retomar lo que tenían. De todas formas, después de comprobar con el experimento del beso que estaban siendo observados de cerca, no quiso arriesgarse de nuevo a verla para no atraer sobre ella la mirada de quien estuviera acechándoles. Tampoco la llamó, porque estaba seguro de que no conseguiría nada con ello, Mónica no se dejaría convencer sin que le contase la verdad y estaba de acuerdo con la policía en mantener el secreto todo lo posible.

Cuando Sandra recibió un nuevo mensaje aquella tarde, supieron que tenían una pista valiosa.

«Te voy a hacer la vida imposible hasta que pagues por lo que hiciste. También al chulo con el que vives. ¿Sabes que no eres la única que folla con él?»

El primer pensamiento de César había sido para Mónica, pero luego descartó su inquietud. No la había visto desde que Sandra se mudó a su casa, lo más probable era que fuese un farol destinado a molestar a su compañera de piso. De todas formas, esperaba que el dispositivo instalado en el teléfono de ella permitiera localizar el mensaje y capturar a quien los enviaba, porque la situación estaba minando los nervios de los dos.

Media hora más tarde recibieron una llamada de la policía.

—¿Sandra Carrillo?

—Sí, soy yo.

—Soy el inspector Bermúdez, que lleva su caso. Hemos localizado a la persona que la ha estado molestando y que, además, acaba de confesar haber provocado el incendio de su casa. Logramos la localización antes de que se deshiciera del aparato y ha sido arrestado hace un rato.

—Voy para comisaría.

—No es necesario.

—Sí lo es. Quiero saber de quién se trata y por qué.

—De acuerdo, la esperamos.

Cuando cortó la llamada el alivio se mezclaba con la rabia en su cara. Se encontró la mirada interrogadora de César.

—Se acabó, le han detenido y ha confesado.

—¿Quién es? ¿Alguien conocido?

—No lo sé, no me ha dicho nombres. Voy para comisaría, quiero saberlo todo. Necesito mirar a ese hijo de puta a la cara y preguntarle por qué ha quemado mi casa y puesto mi vida del revés. Sea quien sea.

—Vamos entonces.

Cuando llegaron a la comisaría la furia de Sandra no había hecho más que aumentar. El saberse a salvo había roto la compuerta de la rabia que había ido acumulando a lo largo de semanas de incertidumbre y miedo.

El inspector que llevaba su caso la estaba esperando en su despacho.

—¿Quién es? —preguntó sin siquiera aceptar el asiento que le ofrecía.

—Armando Téllez.

Los ojos de Sandra se abrieron por la sorpresa.

—¿Quién demonios es Armando Téllez?

—Su casa se incendió hace unos meses y usted participó en las labores de extinción. Hubo una anciana que estaba encamada a la que no pudo sacar a tiempo y falleció por asfixia.

Sandra palideció.

—Lo recuerdo. Yo no pude con ella, era muy gruesa y apenas tenía movilidad, pero salí a llamar a dos compañeros que la cargaron y la sacaron.

—Falleció en la ambulancia debido a la inhalación de humo. Él cree que esos minutos en que usted fue a buscar ayuda fueron cruciales y los que motivaron la diferencia entre la vida y la muerte de su madre. El caso es que la culpa. Al parecer la ha estado siguiendo y vigilando desde que él mismo salió del hospital hace un par de meses y ha urdido su venganza. Dice que aprovechó una noche que usted estaba de guardia para provocar el incendio de su casa. Rompió una ventana y arrojó un cóctel molotov contra un sillón, y roció además la cortina con líquido inflamable para activar el fuego. Quería que tuviera que ver cómo esta ardía por los cuatro costados.

—Sí, eso concuerda con lo que pude observar cuando investigué las posibles causas. ¿Cuáles son los cargos? —preguntó César.

—Incendio intencionado, acoso y amenazas. Lo suficiente para pasar a prisión directamente. —Miró a Sandra—. Quédese tranquila, ya no está en condiciones de hacerle nada.

—¿Puedo irme a casa? —preguntó esta.
—Sí, no tiene nada que temer.
—Me gustaría ver a ese indeseable.
—No se lo aconsejo, tiene mucho odio dentro. Váyase y retome su vida en la medida de lo posible. Sé que una situación como esta deja secuelas, pero con tiempo lo superará.
—Por supuesto que sí —aseguró César—. Sandra tiene un temple de acero, por eso es una de las mejores en nuestra profesión. Yo no tengo ninguna duda de que cumplió con su deber dando todo lo que pudo. A veces las cosas se nos escapan de las manos y no somos infalibles.
—Gracias.
Salieron de comisaría sintiéndose liberados. Nada más pisar la calle, César propuso:
—Ahora mismo vamos a sentarnos en una terraza al aire libre y a tomarnos algo a la vista de todo el mundo. Se acabó vivir encerrados y con miedo.
—Yo invito.
Disfrutaron de una cerveza bien fría, relajados y tranquilos. El corazón de ambos se había ensanchado en el pecho y la sensación de no mirar por encima del hombro temiendo ser espiados era maravillosa.
—No sé cómo darte las gracias por lo que has hecho por mí. No solo por acogerme en tu casa, también por tu apoyo.
—Eres mi amiga, y los amigos están para eso.
—También para esto —dijo ella, alzando su vaso con una sonrisa.
—También —dijo, imitándola.
—Me marcharé lo antes posible. He pensado alquilar un piso amueblado mientras dura la restauración del mío.
—No tengas prisa, busca con calma.
—Tienes que retomar tu vida, la que interrumpí invadiendo tu espacio y tu tiempo. Debes solucionar los problemas con tu chica, llevas demasiado tiempo ignorándola y eso es algo que pocas mujeres perdonan.

—Conseguiré que lo haga. —La mirada le brilló chispeante, imaginando lo que le gustaría hacerle para que ella lo perdonase.

—Es una mujer afortunada por tenerte. Si quieres que hable con ella y le explique que le has sido fiel, solo tienes que decírmelo.

César negó con énfasis.

—No, es algo que debemos solucionar nosotros. El problema va más allá de la fidelidad, no es ese el escollo que debo salvar.

—Pero puedes contar conmigo para lo que sea.

—Lo sé.

Se relajaron y disfrutaron del momento. Después, regresaron al piso y Sandra se puso de inmediato a buscar un alojamiento para ella. No le apetecía irse, la convivencia con César era muy agradable, algo a lo que no estaba habituada. Su matrimonio con Salva había sido un infierno de discusiones, pocas veces habían disfrutado de preparar una comida juntos o ver una película tranquilos y comentarla después.

Pero sentía que debía irse de allí cuanto antes, no solo porque tenía la sensación de que estaba interfiriendo en la vida amorosa de su anfitrión, sino también porque sus propios sentimientos se estaban empezando a involucrar. César había pasado de ser un tío bueno con el que no le importaría echar un par de polvos a algo más. Algo que debía cortar, porque tenía muy claro que él estaba colado por aquella Mónica a la que había dejado de lado por ayudarla. Era hora de marcharse y volver a verse solo en el trabajo, y si podía ser en turnos contrarios, mejor.

Una vez que César supo que Sandra no corría peligro, se apresuró a ir a ver a Mónica. Pudo llamarla por teléfono para anunciarle la visita, pero temía que pusiera alguna excusa para no verle. No pensaba darle esa opción.

Se presentó en su casa a las nueve de la noche, una hora en que estaba casi seguro de que se encontraría allí. Sin avisar, con el corazón latiéndole a mil por hora y un nudo de angustia en el estómago. Como un colegial que se declara por primera vez y que siente que todo su futuro pende de un hilo y de escoger las palabras adecuadas.

Pulsó el timbre del portal a la vez que alzaba la vista para comprobar que la ventana del *loft* estaba iluminada. Pocos segundos después, la voz de Mónica se escuchó a través del portero electrónico.

—¿Sí?

César respiró hondo antes de responder.

—Soy yo, César.

Se hizo un breve silencio y al final ella preguntó:

—¿Qué quieres?

—Tenemos una conversación pendiente.

Mónica sintió que su enfado, latente, se agudizaba y crecía. ¿Cómo tenía la desvergüenza de presentarse en su casa un mes después de que hablaran por última vez y reclamando aclarar la situación entre ambos? Sobre todo, después de la foto que había visto, prueba irrefutable de su lío con Sandra.

—Yo creo que no, que ya nos dijimos todo lo que había que decir en mi oficina.

—En absoluto. Mónica, abre por favor.

—Estoy ocupada.

—No estoy dispuesto a mantener esta conversación a través de un portero electrónico y tampoco a marcharme sin hablar. Al menos lo que me tengas que decir, hazlo a la cara.

A su pesar, ella apretó el botón y le facilitó la entrada. Había detectado la determinación en la voz de él y tampoco quería airear sus asuntos ante los posibles oídos de los vecinos.

No tenía ganas de verle, porque necesitaba tiempo para aplacar la rabia que le producía la flagrante mentira de César sobre que no había nada entre Sandra y él, cosa que no era cierta. Tampoco quería que se le escapara que había visto la foto, para que no pensase que la decisión de no verse más era fruto de los celos. No lo era, aunque estos estaban muy presentes, sino de la necesidad de parar algo que iba cuesta abajo y sin frenos.

Cuando le franqueó la entrada, todo su cuerpo se agitó al verle. El muy cabroncete se había vestido para la ocasión, no tenía dudas. Para impresionarla. Para excitarla. Para recordarle lo que se perdería si no volvían a estar juntos. Llevaba unos vaqueros desgastados de cintura baja que ella había quitado en más de una ocasión y una camiseta blanca que marcaba cada uno de los músculos de su cuerpo. Esos que ella conocía tan bien, que sus manos y su boca habían delineado muchas veces.

Ella solo vestía una camiseta ancha que apenas le llegaba a medio muslo, lo habitual cuando estaba en casa. Se había recogido el pelo con una pinza para evitar el calor y, por la mirada que César le dirigió, supo que también él estaba impresionado. No quiso mirarle la entrepierna para comprobar si también excitado porque tenía que dar una imagen fría, convencerle de que había pasado página, de que ya no le afectaba verlo. Aunque no fuera verdad.

Apenas traspasó el umbral, Mónica cerró la puerta y, cruzando los brazos bajo el pecho, como si así pudiera protegerse de la mirada verde que la estaba devorando, lo instó a explicarse:

—Dime.

—¿No me invitas a pasar? Lo que tenemos que hablar no se va a zanjar con unas frases rápidas. ¿Piensas tenerme de pie al lado de la puerta como si fuera el cobrador del gas?

A regañadientes le precedió al salón y le invitó a sentarse en el sofá blanco con un gesto. Ella se acomodó lo suficientemente lejos para no rozarlo, sin pecar de descortés.

—De acuerdo, suelta de una vez lo que tengas que decir.

—En vista de que pareces tener prisa, iré al grano. Quiero que te replantees lo que dijiste de no vernos más.

—No. —La respuesta fue tajante—. Es algo muy pensado y lo tengo decidido. No quiero seguir viéndote, al menos a solas. Ni para hacer escalada, ni senderismo, y mucho menos para echar un polvo.

—¿Porque piensas que esto se te está yendo de las manos?

—Eso era hace un mes.

La mirada verde se oscureció hasta volverse casi marrón.

—¿Qué ha cambiado desde hace un mes?

Mónica se encogió de hombros y a su mente acudió la imagen de él besando a Sandra. Tuvo que hacer un notable esfuerzo para no hablarle de ella, para no decirle que sabía lo falso y lo mentiroso que había sido. Pero no quería que pensara que eran los celos los que habían causado su decisión. La foto había llegado después de que la tomara.

—Yo he cambiado. Un mes sin verte y sin follar contigo —empleó la palabra a propósito—, me ha hecho comprender que no era tan estupendo y que hay más tíos en el mundo capaces de hacerme disfrutar. Y que nunca me ocasionarán problemas familiares.

El rostro de César acusó la frase. Apretó la mandíbula y ahondó en los ojos castaños tratando de averiguar si decía la verdad o solo trataba de vengarse por haber llevado a Sandra a su casa. Mónica sostuvo la mirada sin pestañear y él supo que había algo de verdad en sus palabras.

—No quiero dejarlo, Mónica. Tenemos algo estupendo.

—Teníamos. Es el momento de pasar página.

—Yo no quiero pasar página.

«Maldito cabrón. ¿No quieres pasar página y llevas un mes sin acordarte de mí y tirándote a tu amiguita?»

—Yo lo he hecho. Es lo mejor para los dos, no quiero lo que me ofreces y es el momento de dejarlo.

—¿Es por Sandra?

—No, pero sí ha influido en mi decisión. El hecho de que la llevaras a tu casa provocó en mí una reacción de enfado que puede catalogarse como un principio de celos, de posesión. No quiero sentir eso. No quiero que nadie me provoque esa sensación, por eso es mejor dejarlo antes de que vaya a más.

César actuó como un felino, con un movimiento rápido se acercó hasta ella en el sofá, la rodeó con los brazos y la besó sin darle tiempo a retirarse. Con la pasión que le caracterizaba. Con el ardor de un caballero de fuego.

Mónica tuvo que hacer gala de todo su control para permanecer fría y no responder. La ayudó a conseguirlo traer a su mente la fotografía de la ventana. Permaneció fría e impasible mientras él devoraba su boca, cerrando sus sentidos al olor familiar, al cuerpo duro que se pegaba al suyo, y a las manos que se movían por su espalda.

César se separó contrito.

—Mónica... —susurró implorante.

—Se acabó, César. Ya tus besos no me producen el mismo efecto de antes.

—¿Hay otro?

—Otros. No quiero exclusividad, sino ir cambiando. Nada ni medianamente serio.

Él tragó saliva con dificultad y asintió:

—De acuerdo. Supongo que solo me queda aceptar esto con deportividad.

—Nunca te prometí que duraría —dijo para aliviar el dolor que vio en sus ojos. Un dolor que no cuadraba con su comportamiento del último mes—. Yo soy así, ya te lo advertí al principio. Sabías dónde te estabas metiendo.

—Lo sé. De todas formas, yo esperaba que eso cambiara.

—Yo no cambio. Por eso me resistí a enrollarme contigo, porque sabía que esto llegaría a pasar.

—Somos adultos, los dos decidimos correr el riesgo.

—No me gustaría que esto afectara a Lore y a Cristian. No quiero que se vean obligados a elegir entre uno de los dos a la hora de hacer una celebración o a soportar situaciones incómodas si coincidimos en alguna.

—Claro que no. Jamás los sometería a una situación embarazosa.
Mónica se mordió el labio y tendió la mano.
—¿Amigos?
—Amigos —admitió él estrechándosela. La retuvo más tiempo del necesario sin que Mónica hiciera nada por liberarla—. Si cambias de opinión, llámame.
Ella negó con la cabeza.
—Adiós, entonces. Ya nos veremos por casa de nuestros hermanos. No hace falta que me acompañes, conozco el camino.
—Adiós, César. Cuídate, no hagas cosas peligrosas.
—Lo más peligroso que he hecho en mi vida ha sido enrollarme con una gemela.
Le vio salir con el paso felino que le caracterizaba, más deprisa de lo que hubiera deseado. Tanto que casi no pudo recrearse en el trasero que le gustaba ver y acariciar. Casi.

César salió de la casa y subió al coche a toda prisa. Apoyó los codos en el volante y hundió la cara entre las manos. Había esperado convencerla, ya fuera con argumentos o con besos, de que volvieran a verse, aunque solo fuera una vez. No estaba preparado para besarla y notar solo frialdad en sus labios y rigidez en su cuerpo. Únicamente podía pensar si el hecho de llevar a Sandra a su casa o haber estado un mes alejado había influido, quizá podía haberla llamado para mantener al menos un hilo de contacto entre ambos. Ya no lo sabría, había cometido un error o muchos errores, pero la había perdido.

23

Reencuentros

Mónica salió del trabajo más temprano de lo habitual aquella tarde, delegando en Adela el cierre de la oficina hasta el lunes. A mediodía, después de almorzar en un centro comercial, había encontrado unos libros para colorear y no había resistido la tentación de comprarlos para sus sobrinas. Desde que había comenzado a quedar con hombres que conocía a través de Tinder visitaba poco a las niñas y, puesto que era viernes y tenía el fin de semana bastante ocupado, iría a verlas con la esperanza de que su hermana las acostase un poco más tarde y le permitiera disfrutar de ellas un rato. Su hermana era bastante estricta en cuanto a los horarios de las niñas, pero esperaba convencerla de que aquella tarde hiciera una excepción.

Cuando aparcó en la urbanización donde vivían Lorena y su familia, se dirigió hacia la puerta con los regalos envueltos en papel de colores guardados en el bolso. Solo entonces se percató de que el coche de César se hallaba estacionado unos metros más adelante. El estómago le dio un vuelco y tentada estuvo de girar sobre sus pasos y marcharse. Pero divisó la cara de Lorena atisbando a través de la ventana, al oír un coche aparcando en la puerta, y si se marchaba parecería una cobarde y echaría por tierra sus afirmaciones de que César pertenecía al pasado. Se decidió a entrar y afrontar de una vez el encuentro; en algún momento tenía que ser. Habían pasado ya tres meses desde la última conversación que mantuvieron en su casa y, puesto que también se estaba acostando con un par de amigos, era el momento de enfrentarse a él.

Como siempre, las niñas le salieron al encuentro y se aferraron a sus piernas. Se agachó a abrazarlas y después alzó la mirada. César la observaba desde el fondo del salón, analizándola, sin un atisbo de chispa en su mirada verde.

—Hola, César —saludó.

Él correspondió con un movimiento de cabeza, sin hacer nada para acercarse. Mónica intuyó que le correspondía a ella, y se dirigió hacia el hombre para estamparle dos besos fraternales en las mejillas. Gran error. Olía a gel y champú, lo que avivó su recuerdo olfativo, despertando muchos otros de duchas y momentos compartidos.

—¿Cómo estás? —le preguntó, aunque estaba estupendo, por lo que podía apreciar.

—Muy bien. ¿Y tú? —Educado y cortés, pero sin asomo de su habitual sonrisa chispeante. Aun así sintió sus ojos recorrerla de arriba abajo, provocándole el ya familiar hormigueo por todo el cuerpo. Sintió húmedas las bragas y se maldijo por ello.

—Muy bien, también. Vengo a ver a estas «diablillas» y a traerles un regalo con la esperanza de que se queden quietas un rato.

Abrió el enorme bolso donde guardaba los libros, y sus sobrinas se abalanzaron sobre ellos mirándolos entusiasmadas. A continuación, besó a Lorena y a Cristian que habían observado en silencio el frío intercambio de saludos entre sus respectivos hermanos. Una ligera tensión se había apoderado de todos y Mónica comenzó a hablar para aliviarla.

—Espero que no te moleste que haya venido tan tarde, pero compré los libros este mediodía y estaba impaciente por dárselos. Estaré ocupada el fin de semana y ya sabes lo inquieta que soy, no podía esperar hasta el lunes.

—Aún estarán levantadas un rato, también César acaba de venir a vernos, de modo que haremos una excepción por esta tarde.

Las niñas comenzaron a colorear sentadas en la alfombra sobre la mesa baja que había frente al sofá. Mónica se acomodó en un extremo de este, lo más alejada que pudo del otro invitado sin hacer ver que lo rehuía. No obstante, trató de iniciar una conversación con él que pareciera lo más trivial posible. En su recuerdo flotaban las últimas palabras que se dirigieron meses atrás asegurando que serían amigos. También las de César diciéndole que no quería dejar de verla. Trató de reproducir en su mente la imagen de él besando a Sandra en la ventana, para contrarrestar el efecto que le estaba causando verle, pero esta le resultó esquiva. Se mezcló con las de ella acostándose con otros hombres, que ni remotamente habían superado el listón que dejara el que la observaba desde la otra punta del sofá.

—¿Cómo te va, César? —se esforzó en preguntar, tratando de dar un viso de normalidad a aquel encuentro fortuito—. ¿Mucho trabajo?

—Ha habido un par de incendios complicados. También, por ser verano, hay un gran número de compañeros de vacaciones y tenemos que alargar los turnos.

—¿Sandra sigue viviendo contigo? —Se maldijo por preguntarlo, pero las palabras habían salido de su boca sin que pudiera contenerlas. Los ojos verdes se oscurecieron y César frunció el ceño.

—No —respondió con tranquilidad—, hace un par de meses que se marchó. Poco después de nuestra última charla. Ya te dije que su presencia allí era circunstancial, tuvo una serie de problemas y, cuando se resolvieron, regresó a su casa.

—Espero que vuestra amistad no se haya resentido. A veces, la convivencia genera roces que estropean las relaciones... amistosas.

«¿Por qué demonios estaba diciendo todo aquello?», pensó. Se estaba poniendo en evidencia ante la cara de póquer de su hermana y su cuñado, que observaban el intercambio de frases en silencio.

—Nuestra amistad sigue intacta. Quizá fortalecida por haber afrontado juntos una situación complicada.

—Me alegro.

—Yo también. Sandra es una amiga muy especial para mí y no quiero perderla. ¿Y tú? ¿Qué has hecho durante estos meses?

Mónica se encogió de hombros.

—Nada especial. Trabajar mucho, tenemos un aluvión de restauraciones, ¿verdad, Lore?

«También follar con desconocidos.»

—Sí —admitió su hermana—. Por suerte el trabajo abunda en estos momentos.

—Eso es bueno. ¿Has ido al rocódromo últimamente?

—No, hace demasiado calor. ¿Y tú?

—Tampoco; como ya te he dicho he hecho turnos muy largos y el periodo de tiempo entre ellos lo he dedicado a dormir y descansar. Casi ni he visto a estas pequeñajas, por eso me he decidido a venir hoy a estas horas.

Mónica atisbó una chispa en los ojos verdes y por un instante tuvo la sensación de que César le iba a proponer alguna de sus excursiones como en el pasado. El pulso se le aceleró y aguardó expectante, pero él no dijo nada.

—Si quieres continuar con las actividades que hacíamos juntos puedes contactar con Madridextreme.com, realizan todo tipo de excursiones tanto en grupo como personalizadas.

—¿Tú has usado sus servicios alguna vez?

—Yo soy más de ir por libre, ya lo sabes. Pero para ti, que eres poco experta, es perfecto.

Mónica sintió una mezcla de alivio y enfado de que él no quisiera reanudar el tipo de aventuras que compartieran meses atrás. No sabría qué responder si le hacía una proposición directa.

—No creo que lo intente; mi forma de divertirme ha cambiado.

Los ojos de César se clavaron en ella, interrogativos, exigiendo una respuesta. Respuesta que ella dio con un cierto regusto de venganza.

—Ahora mis actividades son más tranquilas, quedo con amigos para bailar, tomar una copa... ya sabes.

—Sí —dijo tajante—, ya sé. Yo planeo un viaje fotográfico a Nepal, para dentro de un par de meses. Un grupo reducido de personas para hacer senderismo por la montaña y conocer el país en profundidad, alojándonos con nativos y conociendo su día a día. Cristian lo hizo hace años y siempre me lo ha recomendado.

—¡Oh, Nepal! Eso tiene que ser alucinante.

Los ojos de César se clavaron en los de Mónica retadores, y parecían decirle:

«Vamos, hazlo... di que quieres venir conmigo.»

—Lo es —aseguró Cristian—. Una de las experiencias más impactantes de toda mi vida. Si no fuera porque desde que me convertí en padre aparqué ese tipo de aventuras, me iría con él sin dudarlo.

—¡Ni se te ocurra dejarme sola un mes con estos dos bichitos! —protestó Lorena con rapidez.

—¿Un mes?

—Sí, para menos tiempo no merece la pena. Hay un largo recorrido en avión, con varios transbordos.

Mónica no tuvo dudas de que, si todavía continuaran viéndose, ella sería su compañera de viaje a ese destino exótico y maravilloso. Le hubiera encantado hacerlo, vivir esa experiencia con él. En cambio, seguiría en Madrid bailando hasta el amanecer los fines de semana y acostándose con hombres que solo le proporcionaban unos minutos de placer y una intensa sensación de vacío después.

Ignoró la mirada verde que interpretaba tan bien. Había una invitación clara en ella, después de la frialdad del saludo inicial, tanto para que se perdiera con él en las montañas nepalíes como para marcharse juntos de allí aquella noche.

Tuvo que recurrir a todo su autocontrol para resistirlo, no en vano llevaba meses ignorando las ganas de verle, de perderse de nuevo en esos ojos que prometían placeres, diversión y complicidad. No sucumbiría, había hecho un largo recorrido hasta llegar al punto en que se encontraba, a estar con un hombre sin compararle con César, a sentir que había pasado página. En ese instante, con la mirada de él fija en su cara y su cuerpo a pocos pasos, se daba cuenta de que no era así, de que el bombero seguía tan metido dentro de su mente como la noche que había decidido alejarse de él. Solo una cosa había cambiado, y era que lo deseaba más que nunca. Que en aquel momento se moría por probar su boca y volver a estar en sus brazos en aquel sillón *tantra* que tantos buenos momentos les había proporcionado.

Sintió pánico, estaba de nuevo al borde del precipicio a punto de caer. Tenía que salir de aquella habitación lo antes posible, aun a riesgo de parecer descortés.

No se lo pensó, se levantó en un impulso y se apresuró a despedirse ante las caras de asombro de Cristian y Lorena. César, en cambio, la observaba en silencio con los ojos entrecerrados y una expresión inescrutable.

—Tengo que irme, se me hace tarde.

—¿Ya? ¿No te quedas a cenar? Podemos pedir unas pizzas —le propuso su hermana con aire inocente.

A su recuerdo acudieron las otras ocasiones en que se habían sentado los cuatro a compartir las delicias del restaurante italiano situado a la entrada de la urbanización. Las risas, la complicidad. Si aceptaba estaba perdida y lo sabía, su resistencia estaba al límite y la fuerza de voluntad que marcaba su determinación, también.

—No —rechazó la propuesta—, ya he quedado.

—¿No puedes anularlo? —insistió Cristian, notándola a punto de flaquear—. Hace mucho que no pasamos una velada en familia.

—Imposible. En otra ocasión.

Abrazó a sus sobrinas de forma apresurada, les recomendó que se portaran bien, y a continuación se despidió de Cristian y de César con un beso rápido en la mejilla. Este aprovechó la cercanía para susurrarle al oído una palabra, que definió a la perfección cómo se sentía.

—Cobarde...

La ignoró, del mismo modo que ignoró el aliento cálido sobre su oreja, y se dirigió a la puerta con pasos apresurados, acompañada de Lorena.

Hubiera preferido ir sola, porque sabía que su hermana haría algún comentario sobre la situación que acababan de vivir en cuanto estuvieran fuera de oídos indiscretos.

En efecto, salió con ella al exterior para evitar que pudieran escucharlas y le dijo a bocajarro:

—Eres tonta, Moni. Se muere por ti, no hay más que verlo. Olvida esa estúpida foto y vete con él a Nepal.

—No importa ya la foto, no se trata de eso.

—¿Entonces de qué? ¿Todavía te quedan dudas de lo que sientes? Estás colada hasta las trancas, por mucho que te estés acostando con medio Madrid.

—No me acuesto con medio Madrid, son solo dos o tres amigos, no me hables como si fuera un putón. Y respecto a lo que siento por tu cuñado, había desaparecido por completo hasta esta noche. Está claro que sus dotes de seducción aún me hacen efecto, pero es solo cuestión de evitarle un poco más, hasta que la atracción sexual que ejerce sobre mí desaparezca del todo.

Lorena movió la cabeza con pesar. No pudo evitar acordarse de sus negativas a admitir lo que sentía por Cristian hasta que este desapareció de su vida durante mucho tiempo.

—Te estás equivocando; solo espero que no te des cuenta cuando sea demasiado tarde, como me sucedió a mí.

—Yo no soy tú ni quiero lo mismo que tú tienes. Déjame en paz, Lore, eres una pesada. Tendré cuidado en llamar la próxima vez que venga para no coincidir con tu cuñado —exclamó tajante para cortar la conversación.

Lorena suspiró mientras la veía entrar en el coche y alejarse calle abajo. Después entró en su casa. La mirada abatida de César le advirtió del tipo de pregunta que iba a hacerle.

—Se está tirando todo lo que se menea, ¿verdad? —preguntó él cuando Cristian se hubo llevado a las niñas en dirección a la ducha.

—Trata de pasar página. Ha estado a punto de venirse abajo esta noche.

—Lo sé.

—Solo tienes que insistir un poco más.

—No, Lorena, no voy a hacerlo. Si Mónica es capaz de hacer tantos esfuerzos para dejarme atrás, y no dudo que le está costando tanto como a mí, es porque no quiere una relación conmigo. Lo que teníamos ya había pasado de un polvo ocasional para los dos, por eso decidió ponerle fin. No voy a insistir, esto duele.

—Vio una foto tuya besando a tu compañera en la ventana cuando vivía contigo. Supongo que eso también ha influido en su decisión.

—¿Mónica ha visto la foto? —preguntó ceñudo—. ¿Quién se la ha enseñado?

—Llegó en un sobre sin remitente que alguien metió por debajo de la puerta de la oficina. Yo estaba con ella cuando la recibió y puedo asegurarte que le afectó bastante. Tanto como a ti el saber que se está acostando con otros.

—Esa foto no era real.

—¿Un montaje? Yo le dije lo mismo, pero Moni aseguró que no, por la posición de tu brazo. Quizá Cristian pueda convencerla de lo contrario.

—No era un montaje, pero tampoco la estaba besando; solo lo fingía con mi boca cerca de la suya. Apenas le rocé los labios. La foto y el hecho de que Sandra estuviera en mi casa forma parte de una larga historia que no me pertenece. Pero eso sucedió después de que Mónica me dijera que no deseaba que continuáramos viéndonos.

—Ella está asustada, César. Dice que el fin de semana que pasasteis juntos en la sierra las cosas se desmadraron y no creo que se refiera al terreno sexual, sino a los sentimientos. A Mónica le va a costar admitirlo, pero puedes conseguir que cambie de opinión con un poco de paciencia y perseverancia.

—No quiere verme, eso es lo que cuenta, y tiene mucho que ver ese fin de semana. ¿No te has percatado de cómo se ha ido hace un momento? Como si la persiguiera el mismísimo demonio. Ese demonio soy yo, Lorena. El hecho de que se esté acostando con otros, aunque no te voy a negar que me afecta, no importa si mañana me dice que quiere volver adonde lo dejamos. O a empezar de nuevo. O lo que ella quiera. Que se viene conmigo a Nepal o al rocódromo de la Complutense. Pero eso no va a suceder, tu hermana es muy cabezota y ha tomado una decisión. Y en esa decisión me excluye de su vida.

Lorena sabía que era así, que sería muy difícil que Mónica diera su brazo a torcer porque estaba totalmente obcecada.

—¿No vas a hacer nada?

César exhaló un profundo y desesperanzado suspiro.

—Sí. Pasar página yo también. Creo que es el momento, que de nada va a servir continuar guardando fidelidad a un recuerdo en espera de que Mónica cambie de opinión, porque no va a hacerlo. Después de esta noche estoy convencido y yo también tengo necesidades.

—Lo siento.

—No más que yo, pero es lo que hay.

—Tú sí te quedas a cenar, ¿verdad?

—Si me invitas, por supuesto. Lo de pasar página puede esperar a mañana —aceptó con una sonrisa. Una cena en familia era lo que necesitaba para quitarse el mal sabor de boca que le había dejado la tarde.

24

El último intento

Durante toda la noche César apenas pudo dormir. Su cabeza no cesaba de dar vueltas al encuentro de la tarde anterior. A cómo la presencia de Mónica le había hecho hervir la sangre y a cómo los celos le habían mordido con fuerza al saber que había otro o quizá otros hombres en su vida. Que era muy posible que esa misma noche estuviera con uno de ellos, a pesar de lo que su mirada y sobre todo su actitud le habían dicho horas antes.

No tenía dudas de que su marcha apresurada de casa de Lorena había sido una auténtica huida, que no había previsto la posibilidad de encontrarse con él y no había sabido gestionarlo.

Cuando salió después de cenar, la decepción y el abatimiento se habían apoderado de su ánimo y estaba decidido a esforzarse por dejar a Mónica atrás, tal como hacía ella. Estaba cansado de duchas frías y pajas solitarias con su imagen en la mente, y anhelaba el cuerpo cálido y vivo de una mujer entre sus manos. Sin embargo, las palabras de Lorena sobre la fotografía que Mónica había visto le hicieron replantearse su decisión. No sabía cómo Armando Téllez había podido relacionar a Mónica con él, salvo que le hubiera seguido hasta su oficina el día que salió del Parque con un permiso para aclarar con ella la presencia de Sandra en su casa.

Se sintió asqueado una vez más por el acoso que aquel

hombre había ejercido sobre su vida y la de su compañera, hasta el punto de implicar a Mónica en sus repugnantes manejos. Por fortuna, todo había acabado, pero era muy posible que aquello hubiese contribuido a aumentar el rechazo que la gemela sentía hacia él. Quizá la fotografía se lo había puesto más difícil a la hora de convencerla para que no lo dejaran.

A pesar de que estaba decidido a seguir con su vida sin ella, se dijo que debía agotar esa última posibilidad. Era una mujer muy orgullosa, y el hecho de verle besando a otra cuando le insistía una y otra vez en que no tenían una relación podía haberla empecinado más en no volver a verle.

Un último intento, se dijo. Y si no lo conseguía, dedicaría todas sus energías a olvidarla.

Aguardó un par de días para que Mónica asimilara el encuentro que habían tenido y trató de escoger un buen momento, de no ser inoportuno ni pillarla en medio de nada, ya fuera trabajo o placer. Se decidió por las cuatro de la tarde, momento en que se acabaría de incorporar a la oficina, se habría tomado su habitual café y estaría de un humor excelente, o al menos eso esperaba.

Al final marcó el número, aunque sin demasiadas esperanzas.

—Hola, Mónica. Soy César.

—Sé quién eres, tengo tu número memorizado. —Su voz parecía molesta o quizá preocupada—. ¿Qué ocurre? ¿Ha pasado algo?

—No, nada, solo que me gustaría hablar contigo de un asunto.

Se hizo un breve silencio en la línea.

—Si es para convencerme de que me vaya contigo a Nepal, olvídalo. Hemos decidido dejar de vernos.

—Lo has decidido tú, pero lo acepto. No nos estamos viendo, solo hablamos por teléfono. Hay una cosa que quiero aclararte. Dame unos minutos, por favor.

Escuchó un hondo suspiro al otro lado del aparato
—De acuerdo, dime.
—Me ha contado Lorena que alguien te mandó una foto mía besando a Sandra.
«Voy a matarla. Ten hermanas para esto.»
—Sí, no sé quién ni con qué fin, pero la echaron por debajo de la puerta de la oficina.
—Sé que cuesta creerlo, pero no la estaba besando. No debería hablarte de ello, pero creo que si no lo hago no voy a convencerte.
—¡Vamos, César, que no tengo cinco años! Pero da igual lo que hagas, no hay nada entre nosotros, no es necesario que te justifiques. Quedó muy claro que no nos debíamos fidelidad, que solo echábamos algún polvo de vez en cuando. Puedes besarla, tirártela una y mil veces que no me importa. No es esa foto el motivo de que no quiera enrollarme de nuevo contigo. Ni viajar a Nepal ni a ningún sitio.
—No, el motivo es que te estás enamorando de mí y eso te acojona, ¿no?
Mónica no respondió.
—¿Dónde está la gemela atrevida, la que no teme al peligro, que escala, que vive la aventura, el riesgo? La mujer que quiere sentir la adrenalina correr por sus venas. Enamorarse es un riesgo, Mónica, el más maravilloso que se puede vivir, el más gratificante, el más...
—El único que no quiero correr —dijo ella tajante—. Te lo he dicho desde el principio, y tú siempre has pensado que lograrías hacerme cambiar de opinión, pero no es así. Acéptalo.
—¡Vente conmigo a Nepal y decide después! —exclamó César vehemente.
—Estás muy seguro de tus encantos.
—Quizá de lo que estoy seguro es de tus sentimientos. Lo vi la otra anoche en tus ojos, te mueres de ganas de venirte conmigo. Saliste de casa de tu hermana como alma que lleva el diablo porque estabas a punto de ceder, de admitir que me

echas tanto de menos como yo a ti. Vámonos a Nepal, con tus condiciones.

—No iré contigo a ningún sitio.

Fue tan rotunda que César se dio por vencido.

—¿No quieres pensártelo siquiera? Es la última vez que te lo pido... ¿Lo consultas con la almohada y te llamo mañana?

—No me llames, y no me obligues a ser borde, quiero guardar un buen recuerdo de nuestros encuentros. Pero no deseo tener de nuevo esta conversación. He disfrutado del sexo contigo, de las aventuras compartidas y de tu compañía, pero se acabó. Hay otros hombres en mi vida en este momento —añadió con la esperanza de disuadirle.

—¿Apagan tu fuego?

«Apenas.»

—Sí, lo hacen —mintió.

—En ese caso, me retiro. Quédate tranquila, no volveremos a tener esta conversación, ni volveré a devorarte con la mirada cuando te vea. Te trataré solo como a la cuñada de mi hermano; yo también voy a pasar página. Adiós, Mónica.

César cortó la llamada antes de que pudiera responder, decirle ese adiós que no deseaba escuchar.

Mónica se quedó con el teléfono en la mano, mirando sin ver la pantalla, y un sinfín de sensaciones encontradas. Por una parte, alivio de que él dejara de insistir; sabía que cumpliría su promesa. Por otra, un terrible vacío y la certeza de que no volvería a vivir experiencias como las que había compartido con él.

César entró a trabajar aquella noche de un humor sombrío, pero decidido a olvidarse de la única mujer que le había hecho desear una estabilidad y una familia. Ella no quería lo mismo, y no iba a rogar más.

Sandra, con la que coincidía en aquel turno por primera vez desde hacía un mes, lo notó al instante.

—Estás mustio hoy —afirmó mientras sacaban un café de la máquina.
—No es mi mejor día, la verdad.
—Tiene que ver con ella, ¿no? Con Mónica.
—Últimamente siempre tiene que ver con ella. Es cuestión de superarlo, nada más.
—¿Habéis discutido?
—Nosotros no discutimos. Salimos, nos lo pasamos bárbaro, nos acostamos, empezamos a enamorarnos y, de buenas a primeras, dejamos de vernos. Así de simple.
—¿Por mi culpa?
—Ojalá fuera solo eso. Mónica no quiere enamorarse, se ha asustado y ha decidido poner distancia. Y yo voy a tirar la toalla, no quiero seguir tratando de convencerla. Es hora de soltar lastre y dejar el pasado atrás.
—A veces cuesta, César, pero es lo mejor. La vida sigue.
—Sí.

Una llamada urgente puso fin a la conversación. Fue una noche intensa con un fuego complicado que se llevó por delante todo un edificio de cuatro pisos y los tuvo enredados hasta el amanecer. Después, tras una ducha en los vestuarios para quitarse el hollín y el olor a humo, unas horas tranquilas hasta el final del turno.

El ánimo de César no había mejorado desde la noche anterior. No le apetecía irse a su casa solo, y tampoco pasar por la de su hermano en busca de compañía. Quizá daría un paseo y se metería en cualquier sitio a cenar. Aunque hacía tres meses que no veía a Mónica y aún más desde el fin de semana que pasaron juntos, lo sucedido después de que coincidieran en casa de sus hermanos le había dejado hecho polvo.

—Sigues de bajón, ¿eh?

La presencia de Sandra a su lado, llamando al botón de la salida, le hizo encogerse de hombros.

—El cansancio no ayuda a mejorar el estado de ánimo. Supongo que cuando duerma unas horas lo llevaré mejor.

—No necesitas dormir, sino echar un polvo.
César esbozó una sonrisa.
—Probablemente.
—¿Recuerdas lo que hablamos en el hostal después del incendio en la sierra? Mi ofrecimiento sigue en pie.
Claro que se acordaba, pero había fingido ignorarlo desde entonces.
—Más o menos, pero no creo que sea buena idea.
—Estoy hablando de un polvo, medicinal y terapéutico. ¿Cuánto hace que no estás con una mujer?
—Meses.
—¿Y te encuentras con ganas de salir a buscar una?
—La verdad es que no.
—Entonces, el acuerdo perfecto. Yo sigo queriendo acostarme con un tío bueno y bien dotado, que sepa lo que hace, al menos una vez —bromeó—. Tú necesitas pasar página. Una noche, un polvo, y mañana volveremos a ser compañeros de trabajo y nada más, César, como si no hubiera pasado. Ni amor, ni compromiso, solo sexo.

Él clavó en Sandra una mirada intensa con la que trató de averiguar si había algo más en el ofrecimiento de la mujer, pero solo vio una chispa divertida en sus ojos y el deseo de pasar un buen rato. Y se dijo: «¿por qué no?».

—De acuerdo. Te invito a cenar en algún sitio y luego vamos a tu casa, si no te importa.

No quería acostarse con Sandra en su dormitorio, con la visión del sillón *tantra* a los pies de la cama. Si lo iba a hacer con ella, pensaba darle el cien por cien de su atención, sin recuerdos molestos de otra mujer ni de nada que lo distrajese de la que tenía a su lado.

Cenaron en un restaurante alejado del Parque como dos delincuentes que necesitan ocultarse de los demás. Como si fueran a hacer algo clandestino o prohibido, cuando en realidad eran dos personas adultas y libres.

Tras una charla relajada y amistosa que duró toda la comida, se dirigieron al piso que Sandra había alquilado mientras su casa terminaba de estar habitable.

Allí César dejó fuera de la habitación todo lo que no fuese la mujer que tenía en los brazos y se esforzó en proporcionarle lo que nunca había tenido antes. No podía darle amor, pero sí respeto, caricias y placer, mucho placer. Él también sintió que su cuerpo se liberaba de la tensión que le había acompañado durante los últimos meses. Disfrutó del sexo sin trabas ni sentimientos implicados, como siempre había hecho. Como antes de que Mónica entrase en su vida arrasando con todo.

Al amanecer, exhaustos los dos, se despidió con un beso leve en los labios de la mujer y se marchó a su casa, sin quedarse a dormir, aunque ambos tenían el día siguiente libre. Sandra ni siquiera se lo propuso, sabía que sería pedir demasiado. Que él se quedaría si se lo insinuaba, pero solo por obligación, por sentido del deber. No quería eso. Sabía que ya había obtenido de César Valero todo lo que este podía darle, que lo demás solo traería tensiones y problemas y, con toda seguridad, perderle como amigo. Cumpliría lo que le había prometido, solo una noche y después nada más.

César salió a la mañana que despuntaba con el cuerpo agotado y la mente despejada. Como bien había dicho Sandra la noche anterior, acostarse con ella había resultado terapéutico y medicinal. Una especie de antídoto a un veneno que le estaba minando por dentro.

Después de aquella noche estaba preparado para pasar página y dejar atrás a la gemela peligrosa que le había robado el corazón. No sabía cuánto iba a tardar, pero el olvido llegaría.

25

Certezas

Durante cuatro meses Mónica continuó con su vida para olvidar a César. Era una mujer de voluntad férrea y llegó a convencerse de que lo había conseguido, de que en la compañía inocua de otros hombres, y en sus camas, había dejado atrás al que tocó su corazón más allá del enamoramiento que había sentido otras veces.

El bombero de mirada chispeante había sido único y lo sabía, por lo que se sentía muy orgullosa de haber superado la adicción que le generaba en los brazos de amantes mediocres, con los que su mente y su cuerpo se empeñaban en compararle. Algún día conseguiría encontrar a otro que le encendiera la sangre como él, sin el peligro que implicaba que perteneciera a su familia y que quisiera más de lo que ella estaba dispuesta a darle a un hombre. Algún día.

Aquella mañana estaba enfrascada en una factura que se había ido más allá de lo presupuestado debido a una serie de problemas con los pigmentos. Lorena había hecho todo lo posible para mantenerse dentro de lo acordado, pero no lo había logrado, y ahora le tocaba a Mónica tratar de reducir en otras partidas para ajustarse al máximo al presupuesto inicial.

No le agradaba en absoluto la idea de enfrentarse al cliente, se trataba de un hombre maleducado y grosero, por lo que se estaba esforzando al máximo. Por eso no estaba de buen humor cuando recibió la llamada de Lorena.

—Hola, Lore. Dime por favor que has conseguido reducir un poco más los costes de la tabla medieval.

—No te llamo por eso, Moni.

Había angustia en la respuesta de su hermana, conocía cada matiz de su voz y juraría que le temblaba.

—¿Qué pasa? ¿Estás bien? ¿Ha ocurrido algo?

—Se trata de César. Sé que no quieres que te hable de él, pero...

Todas las alarmas saltaron en la mente de Mónica.

—¿Qué le pasa? —preguntó aterrada, y los segundos que Lorena tardó en responderle se le hicieron infinitamente largos.

—Ha tenido un accidente... va camino del hospital.

—¿Qué tipo de accidente? ¿Qué le ha ocurrido, Lore? Habla, por favor...

—Se ha precipitado al vacío desde la altura de un segundo piso. No sabemos nada más, solo que va inconsciente camino del hospital. Cristian ha salido ya y yo estoy esperando a recoger a las niñas del colegio para dejarlas con una vecina, porque imagino que tú no querrás quedarte con ellas, ¿verdad?

—Claro que no, yo salgo para el hospital ahora mismo. ¿A dónde lo llevan?

—A La Paz.

Mientras preguntaba, había cerrado el ordenador sin siquiera asegurarse de guardar los cambios, algo que le recordó una pequeña ventana que ignoró. Le temblaban las manos y una garra helada le oprimía las entrañas más allá de cualquier acción coherente. Agarró el bolso y salió a toda prisa del despacho.

—Adela, César ha tenido un accidente, me voy para el hospital. Ocúpate de todo por favor.

—¿Qué le ha pasado?

—Se ha precipitado al vacío desde un segundo piso, es lo único que me ha dicho Lorena. Te llamo cuando sepa más.

—Claro, no te preocupes, yo me encargo de la oficina.
Subió al coche y pisó el acelerador a fondo. Sentía como si todo su mundo se hubiera derrumbado de repente. Por su aterrada cabeza cruzó la idea de que el desenlace fuera fatal y sintió que el aire dejaba de entrarle en los pulmones. Llegó al centro sanitario como una autómata, sin ser muy consciente del recorrido ni de la forma temeraria en que se desplazaba. Dejó el coche en el aparcamiento y llamó a su cuñado para que le informara de hacia dónde dirigirse.

—Cristian, acabo de llegar al hospital. ¿Dónde estás?

—En la sala de espera de traumatología.

Se orientó lo mejor que pudo a través de pasillos y escaleras, incapaz de esperar a los ascensores, hasta localizar la sala. Cristian había salido a la puerta a recibirla, y ambos se fundieron en un abrazo desesperado.

—¿Cómo está? —le preguntó angustiada.

Él negó con la cabeza.

—No lo sé con exactitud. Grave, desde luego. Le están atendiendo y la única información que tengo es lo que me ha contado la compañera que venía con él en la ambulancia. Perdió la consciencia con el golpe y le han tenido que intubar durante el trayecto porque apenas respiraba.

—¿Es Sandra quien venía con él?

—Sí, es ella. Está dentro. —Señaló con la cabeza el interior de la sala—. Se encuentra muy afectada, presenció el accidente. Le han tenido que administrar un sedante porque presentaba una fuerte crisis de ansiedad.

Mónica se precipitó en la sala, y enseguida localizó a la mujer con el uniforme de bombero sentada en una silla, con la cabeza apoyada contra la pared y retorciéndose las manos. Se acercó con paso rápido.

—¿Eres Sandra?

Esta clavó en ella una mirada enrojecida.

—Sí.

—Yo soy Mónica, no sé si has oído hablar de mí.

Ambas mujeres se analizaron con atención, y las dos leyeron en los ojos de la otra el miedo y la angustia.

—Sé quién eres, y me alegro de que hayas venido. A César le gustará saberlo.

—Pues claro que he venido. ¿Qué ha pasado? Me ha dicho Cristian que tú estabas presente.

—Así es. Estábamos sofocando un incendio y había una mujer bastante corpulenta atrapada en un balcón. Las llamas devoraban la habitación a su espalda y estaba muy nerviosa. César subió a la cesta y alzaron la escalera para rescatarla. Pero ella estaba histérica, tenía vértigo y él saltó al balcón para tranquilizarla y ayudarla a cruzar. En el momento de trasladarla a la cesta se aferró con fuerza a su cuello haciéndole perder el equilibrio y los dos se precipitaron al vacío.

—¿La mujer también?

—Sí. Ha sido espantoso. Ella se ha roto el cuello y ha fallecido en el acto. Él llevaba el casco, pero aun así el impacto ha sido brutal. Cuando nos hemos acercado todavía respiraba, aunque con dificultad. Por fortuna teníamos una ambulancia allí y le han atendido al momento, en caso contrario no sé si hubiera sobrevivido. —Cerró los ojos para borrar las espantosas imágenes del cuerpo de su compañero cuando rebotaba contra el suelo, quedando desmadejado sobre el asfalto.

Ninguna de las dos mujeres era consciente de las lágrimas que corrían por sus mejillas.

—Se recuperará —afirmó Mónica—. Tiene que hacerlo, es el hombre más fuerte que conozco.

Cristian la rodeó de nuevo con los brazos y la apretó con fuerza. Mónica sintió en la agitada respiración de su cuñado la misma angustia y el mismo terror que la dominaban a ella.

—He sido una tonta, Cristian —musitó contra su pecho—, me empeñé en alejarlo y he perdido un tiempo precioso a su lado. ¿Qué pasará si...?

—No pienses eso, aún no sabemos nada de su estado. Como bien dices, es muy fuerte.

Lorena hizo su aparición en aquel momento en la sala de espera. También su rostro estaba pálido y desencajado y, tras explicarle brevemente la situación, se sentó entre Cristian y su hermana, agarrando las manos de ambos.

La espera fue angustiosa, Mónica no estaba segura de cuánto tiempo transcurrió hasta que por megafonía solicitaron la presencia de los familiares de César. Los cuatro se precipitaron hasta el despacho de un médico que les aguardaba con cara circunspecta.

—¿Cómo está? —preguntó angustiada.

—¿Es su mujer?

Le hubiera gustado decir que sí, porque en aquel momento se sentía como tal, pero tuvo que reconocer que de los presentes era quien menos relación oficial tenía con él.

—No, solo familia política.

—Yo soy su hermano, el pariente más próximo que tiene —se presentó Cristian.

—Pues me temo que no puedo darles buenas noticias. Además de varias fracturas que tardarán más o menos tiempo en curar, el TAC ha detectado un traumatismo craneal con sangrado subdural que le ha provocado un estado de coma.

—¿Qué es eso? —volvió a preguntar Mónica presa de la angustia. El diagnóstico sonaba terrible.

—Es una acumulación de sangre entre la cubierta del cerebro y la superficie de este, que lo presiona y hace que no funcione como debería. Le hemos puesto un drenaje para aliviar la presión. Es de esperar que cuando esta remita, el coma lo haga también.

—¿Y si no es así?

—No debemos pensar en lo peor, lo más probable es que despierte.

—¿Le quedarán secuelas?

—Durante un tiempo estará confuso, es posible que la memoria inmediata esté afectada al principio. De cualquier forma, le espera una larga recuperación incluso en el mejor de los casos. De momento dos, tres semanas en la Unidad de Cuidados Intensivos y, después, ya iremos viendo la evolución.

—¿Podemos verle? —preguntó Lorena.

—Las visitas en la UCI están restringidas a media hora por la mañana y media por la tarde y solo dos personas cada vez. Hasta las siete y media no podrán acceder.

—Díganos la verdad, doctor. ¿Su vida corre peligro? —La voz de Cristian temblaba ante el diagnóstico.

—Le mentiría si le dijera lo contrario. Su estado es muy grave y las primeras cuarenta y ocho horas son cruciales. Después, la posibilidad de sobrevivir irá aumentando, aunque persistirá el estado de gravedad durante unas semanas. Hay dos puntos a su favor y son la edad y que tiene un buen estado físico.

—En nuestra profesión es necesario —admitió Sandra—, pero además César es un gran deportista.

—Se nota. Ahora, déjenme darles un consejo. Aquí no pueden hacer nada por él, entre visita y visita váyanse a casa. Si hay algún cambio se les avisará de inmediato, pueden estar seguros.

—Lo haremos. Gracias.

Abandonaron el despacho sumidos en la desesperanza. A pesar de los temores que cada uno había callado, también estaba la posibilidad de que el estado de César fuera menos grave de lo que temían. En cambio, el diagnóstico había sido peor. Salieron en silencio. Los cuatro con la angustia pintada en el rostro. Deseando y temiendo ver con sus propios ojos los estragos que el accidente había causado en el hombre que querían.

Eran las cinco de la tarde, aún faltaban más de dos horas hasta que pudieran verle.

—Sé que no soy un familiar y que las visitas están muy restringidas —dijo Sandra—, pero me gustaría entrar a verle un momento. Serán solo unos minutos, no me entretendré más que para comprobar por mí misma su estado. Luego me marcharé y les dejaré tranquilos con su duelo familiar. Sé que soy una extraña y que necesitan estar a solas para soportar esto, para sostenerse unos a otros. Pero yo le tengo mucho cariño, somos compañeros desde hace años y hemos pasado juntos por situaciones muy complicadas y peligrosas.

—Por supuesto, Sandra. Nadie va a negarte ese derecho —concedió Cristian mientras lanzaba una mirada de reojo a su cuñada, pero Mónica asentía con la cabeza.

—Me quedaré hasta las siete y media y luego me iré a descansar y a informar al resto de compañeros. Todos están muy preocupados y llevan todo el día enviando wasaps para preguntar por su estado, pero no quieren molestar.

—Ahora vamos a comer algo, necesitamos entonar el cuerpo y también matar el tiempo hasta que sea la hora de visita.

Lorena tenía razón y, aunque nadie sentía hambre, se imponía tomar algo caliente que les calmase la ansiedad.

Se dirigieron a la cafetería con paso cansino. Mónica necesitaba un café, a pesar de que su hermana le recomendó tomar una bebida relajante.

A la hora señalada se precipitaron hacia la puerta de la Unidad de Cuidados Intensivos. Por tácito acuerdo, los primeros en entrar fueron Cristian y Mónica. Todos, incluida Sandra, parecieron aceptar el derecho de ambos a verle en primer lugar.

César se encontraba en una de las camas más alejadas, separado de los otros enfermos por unas mamparas de tela a ambos lados.

Un aparatoso vendaje le cubría la cabeza y una máscara de oxígeno le tapaba la mayor parte de la cara. Estaba conectado a diversos aparatos que monitorizaban sus constantes vitales con lucecitas verdes; números que parpadeaban en diversas pantallas informaban de que aquel cuerpo inerte continuaba con vida. Una escayola cubría el brazo derecho hasta el codo dejando solo libres la punta de los dedos y, a juzgar por el abultamiento de la sábana que lo cubría hasta las caderas, debía tener otra en la pierna.

Pálido y con los ojos cerrados, parecía un cadáver cuyo pecho apenas se alzaba para respirar.

Mónica sintió que se le humedecían los ojos al recordar la última vez que se habían visto en casa de Lorena, cuando la había devorado con la mirada, invitándola a irse con él a Nepal. Ese viaje ya no lo realizaría, al menos durante mucho tiempo, si es que lo hacía alguna vez.

Se acercó despacio, y le rozó con sumo cuidado las puntas amoratadas de los dedos que dejaban libre la escayola. Temía hacerle daño, pero necesitaba hacerlo, rozar esa piel tumefacta era su forma, la única posible en aquel momento, de decirle que estaba allí, y que seguiría estando pasara lo que pasase. Quería transmitirle un poco de su vitalidad, pedirle que luchara porque ella le estaba esperando. Todas sus dudas, todos sus deseos anteriores se habían evaporado y solo quedaba la certeza de saber que lo quería a su lado. No le importaba que tras el accidente no volviera a ser el mismo hombre que había conocido ni cuánto tardaría en recuperarse, solo quería que estuvieran juntos.

Gruesas lágrimas silenciosas se deslizaban por sus mejillas mientras rozaba los dedos helados; él, que siempre rebosaba calor, como un auténtico caballero de fuego.

Cristian le agarró la otra mano y ella pudo ver el mismo llanto silencioso en su cuñado.

—Voy a salir para que entre Lorena —le susurró este.

—Yo también —comentó Mónica, aunque le costaba mucho marcharse de aquella habitación—. Sandra se ha ganado el derecho a verle tanto como nosotros.

Cuando en la sala de espera las dos mujeres se habían observado una a la otra, Mónica no tuvo dudas de que también Sandra tenía por César sentimientos que iban más allá de la amistad. Esas cosas las mujeres las sabían y ella lo había intuido siempre. Incluso existía la posibilidad de que hubieran comenzado algún tipo de relación después de que César y ella dejaran de verse. Pero aquel no era el momento de sentir celos, lo único que importaba era que se recuperase, que saliera del coma, y estaba segura de que Sandra pensaba como ella. El resto, ya lo decidiría él.

También Sandra salió de la UCI con los ojos empañados, pocos minutos después. Como había asegurado, no se demoró mucho, solo el tiempo suficiente para asimilar la gravedad de las lesiones.

—Gracias por dejarme entrar. Media hora de visita es muy poco tiempo y querréis aprovecharla —dijo, mirando a Cristian.

—No tienes que darlas, ven cuando quieras.

—No deseo molestar.

En esa ocasión se dirigió a Mónica.

—No molestas —aseguró esta—. A César le gustará verte y en este momento necesita a todas las personas que lo quieren a su lado.

—En ese caso lo haré. Y, por favor, si hay algún cambio en su estado, llamadme.

—Por supuesto.

—Ahora me marcho, he quedado en pasar por el Parque para informar a los compañeros, todos están muy preocupados.

La vieron salir con paso rápido. Probablemente necesitaba un poco de espacio y soledad para dar rienda suelta a su angustia. Como todos.

Después de finalizada la hora de la visita, los tres se fueron del hospital. Lorena no quiso permitir que su hermana se marchase sola a su casa, y Mónica se dejó convencer para pasar la noche con ellos.

Aquella noche, tras la cena frugal que tomaron en silencio, Cristian se retiró dejando solas a las dos hermanas. Sabía que Mónica necesitaba sacar muchos sentimientos de dentro y nadie mejor que su gemela para conseguir que lo hiciera.

En cuanto se quedaron solas, Lorena se dirigió al mueble bar y sirvió una copa muy generosa y otra mucho más suave para ella misma.

—Toma.

—No debería beber, pueden llamarnos del hospital y quizá tenga que conducir.

—Si llaman del hospital y tenemos que acudir no será por una buena noticia, y no te permitiremos ponerte al volante. Bebe, te aflojará la lengua y te ayudará a soltar todo el dolor que llevas dentro.

Mónica obedeció y dio un largo trago a su vaso. Un hondo suspiro le brotó del pecho oprimido.

—¿Tú crees que sobrevivirá? —Le preguntó a bocajarro—. Dime la verdad, Lore.

—Por supuesto que sí. Es un hombre perseverante y cabezota, no se rinde fácilmente.

—Le acaricié los dedos... para hacerle sentir que estaba allí. No sé si lo habrá notado. Tampoco tengo claro si los dedos que quiere sentir son los míos o los de Sandra.

—¿Crees que están juntos, que por eso ella estaba allí?

—No lo sé. Tampoco importa, porque en este momento lo único que quiero es que se recupere. Después, ya lucharé por él, si es necesario. Esta vez soy yo la que no se va a rendir fácilmente. Entre nosotros hay algo especial, siempre lo ha habido, aunque nunca he querido aceptarlo.

—Al fin lo reconoces.

—A ti no te he engañado nunca.

—Por supuesto que no.

Volvió a beber de nuevo. El líquido que se deslizaba por su garganta contribuía a que las palabras salieran con fluidez, produciéndole una liberación que hacía tiempo no sentía.

—Lamento tanto haberle rechazado una y otra vez. Me propuso empezar una relación con mis condiciones. Sin formar una familia, sin hijos, sin ataduras y, aun así, yo me acojoné y lo rechacé. Rechacé todo lo que tuviera que ver con él, ¿y sabes por qué? Porque temía ser yo la que acabara queriendo todo eso.

—No es tan malo, Moni. Yo soy muy feliz con Cristian y con mis niñas... Sé que somos diferentes a pesar de tener la misma cara y el mismo cuerpo, pero tampoco yo me planteé una familia hasta que le conocí.

Mónica entrecerró los ojos y miró a su hermana.

—Tú no te lo planteaste, te quedaste embarazada sin pensar. El resto vino luego.

—Pero sé que con el tiempo lo hubiera querido. Como acabará por sucederte a ti.

—No sé si tendré esa oportunidad, César se encuentra entre la vida y la muerte y además está Sandra. La última vez que hablamos me dijo que iba a pasar página él también. Si lo ha hecho...

—¿Si lo ha hecho te vas a rendir?

—Debería hacerlo, pero no. Ya te he dicho que lucharé por él con uñas y dientes. Ahora sé lo que quiero y ese es mi caballero de fuego. —Acarició la frase como si lo acariciara a él.

—¿Así le llamas?

—Sí. —Sonrió—. Y él a mí, la gemela peligrosa.

—Buena combinación.

—¿Verdad?

—Pero hay una cosa que debes tener presente, Moni. Que César sobreviva y salga del coma no significa que vuelva a ser el mismo de antes. Pueden quedarle secuelas, quizá irreversibles.

—Lo sé, pero no me importa. Lo que siento por él es más fuerte que todo eso, ahora me doy cuenta. Tal vez nunca podamos volver a escalar ni a hacer las cosas que hacíamos antes... pero no dejará de ser César. Sean cuales sean las lesiones que tenga, yo estaré ahí para ayudarle a superarlas. Y si son irreversibles, a sobrellevarlas.

—Todos estaremos, Moni. Todos.
—También lo sé.
—Ahora que te has desahogado, creo que deberíamos irnos a la cama; ha sido un día largo y difícil y mañana nos espera otro no menos penoso.
—Sí. Creo que el chute que me has metido me hará dormir.
—Alzó la mano y apuró el vaso—. Gracias, Lore. Necesitaba esta charla; siempre consigues hacerme ver las cosas más claras.
—No siempre...
Mónica sonrió consciente de que su hermana se refería a sus sentimientos por César, que había negado durante meses.
—Ahora sí. Buenas noches.
—Buenas noches, cariño.

26

Renacer

Durante cuarenta y ocho horas César se debatió entre la vida y la muerte, sumido en el estado de coma, con la consiguiente incertidumbre y preocupación de sus familiares. Estos acudían cada mañana y cada tarde a las visitas en la UCI, y de todas ellas salían con el mismo desasosiego del primer momento, sin observar ningún cambio aparente en el estado del enfermo. Aunque el facultativo que le atendía les había comentado que sus constantes vitales estaban más estabilizadas, ellos encontraban el mismo cuerpo pálido e inerte de la vez anterior, sin ningún cambio significativo.

Aquella noche, ante la puerta de la UCI, Mónica no paraba de retorcerse las manos, presa de un nervosismo que nunca había sentido antes. No sabía qué se iba a encontrar cuando entrase. Por la mañana los médicos les habían comentado que César estaba experimentando pequeños cambios que hacían pensar en un posible despertar a corto plazo. No les habían dado una fecha exacta, solo que la salida del coma solía ser poco a poco.

Cuando al fin Cristian y ella pudieron acceder al recinto, tuvo que contenerse para no correr hacia la cama del fondo. Al principio no observó nada diferente. Las mismas máquinas, las mismas constantes vitales reflejadas en ellas. Solo cuando, como cada día, le rozó los dedos, un leve parpadeo,

casi imperceptible, le hizo palpitar el corazón con fuerza.
—Ha movido los párpados, Cristian. ¿Lo has visto?
—Eso me ha parecido, sí. Voy a llamar a la enfermera.

Mientras su cuñado acudía al personal sanitario, Mónica le volvió a acariciar con suavidad, esperando una reacción como la que acababa de vislumbrar.

—César... —susurró—. ¿Puedes oírme?

Pero él continuó con los ojos cerrados y la mano inerte bajo la suya.

Segundos después, Cristian se acercó a la cama acompañado de una mujer de mediana edad.

—Está despertando —les confirmó mientras comprobaba las máquinas—. Durante el día ha habido varios momentos en los que ha abierto los ojos y se encuentra más estable.

—¿Y está bien? ¿Ha dicho algo? —preguntó Mónica nerviosa.

La mujer sonrió benevolente.

—Eso solo sucede en las películas, en la realidad el enfermo no se despierta de golpe y comienza a hablar como si nada hubiera pasado. Ocurre poco a poco, con intervalos de consciencia e inconsciencia, y el proceso se alarga unos días. Incluso es posible que al principio esté confuso y no recuerde nada de lo ocurrido desde que sufrió el golpe.

—¿Amnesia? —preguntó Mónica aterrada de que no la recordara.

—No, no, es solo que el cerebro recupera sus funciones despacio. Es un proceso lento, no deben esperar cambios bruscos ni rápidos.

—¿Volverá a ser el mismo? —En esa ocasión fue Cristian quien expresó sus temores.

—Todavía es pronto para saberlo. El neurólogo le hará un seguimiento y él les podrá informar mejor que yo.

Mónica volvió a apretar los dedos y de nuevo el paciente reaccionó al contacto entreabriendo los ojos durante unos breves segundos. Quiso creer que la reconocía, que su piel guardaba memoria de la de ella. Se inclinó sobre la cama y rozó sus dedos levemente con los labios. Le parecieron menos fríos que los días anteriores.

La hora de la visita finalizó mucho antes de lo que deseaban, y sin que César hubiera dado más indicios de recuperación. Sin embargo, salieron de la UCI con las esperanzas renovadas y el corazón mucho más ligero.

Aquella noche, tras rechazar la invitación de uno de los amigos con los que se estaba viendo, Mónica se acostó y trató de dormir. Las anteriores habían sido angustiosas, pobladas de pesadillas y sobresaltos que la hacían despertar con sensación de ahogo. Pero, a pesar de que César estaba reaccionando de forma favorable, no consiguió descansar. Se sentía impaciente, las horas hasta que llegase la una del día siguiente y pudiera acudir de nuevo al hospital para ver si había más cambios, se le hicieron interminables. Se moría por contemplar los ojos verdes fijos en ella y que la reconocieran. Por que le sonriera, aunque fuese a través del respirador que insuflaba aire en sus pulmones

Se levantó muy pronto y llegó a la oficina temprano para terminar unos presupuestos y poder salir para la visita del hospital. Antes de tiempo, se reunió con Lorena y Cristian, ambos tan impacientes como ella.

César parpadeó una vez más y la luz del techo le hirió los ojos, lo que le obligó a cerrarlos de nuevo. Se sentía dolorido y confuso, y se sumía a intervalos en un sueño pesado del que no conseguía salir en mucho rato. Recordaba apenas trazos de su vida, todo era muy confuso en su cabeza. Solo era consciente de que estaba en un hospital, dolorido y enchufado a un respirador y a diversas máquinas más. Una enfermera muy amable le había dicho que acababa de salir de un coma y que evolucionaba favorablemente. Que debía descansar y estar tranquilo.

Durante horas estuvo sumido en un estado de letargo, del que se esforzó en emerger cuando escuchó el rumor de voces a su alrededor. Por la puerta comenzaron a aparecer personas que se dirigían a las diversas camas, separadas entre sí por unas mamparas de tela.

Sintió alivio al ver a su hermano acercarse acompañado de una mujer. Cuando clavó la mirada en ella, dos nombres se mezclaron en su cerebro: Mónica y Lorena. No comprendía por qué, pero no trató de entenderlo. Se sentía tan agotado que la sola idea de intentarlo le suponía un esfuerzo enorme.

Mónica se acercó a la cama, le agarró los dedos visibles por fuera de la escayola que le cubría el brazo, y se los acarició con ternura, mientras le miraba con ojos empañados.

—Estás despierto... —susurró Cristian.

El respirador al que estaba conectado le impedía hablar. Asintió levemente con la cabeza y el cráneo pareció estallarle hasta el punto en que tuvo que cerrar los ojos de nuevo.

—No te esfuerces, relájate. Mónica y yo estamos muy contentos de verte así.

Mónica, era Mónica. Y le acarició los dedos mientras clavaba en él una mirada húmeda y emocionada.

—Menudo susto nos has dado. Pero yo estaba segura de que te recuperarías.

La voz femenina era suave y contenida y le llenó de calma. Después, Cristian habló de nuevo.

—Voy a salir para que entre Lorena, ella también está deseando verte y luego no podrá venir por las niñas.

La información que su hermano le estaba dando se mezcló en su cabeza. Mónica, Lorena, unas niñas. Esperaba que con el tiempo todo encajara como las piezas de un puzle y empezara a tener sentido. La mujer y él se quedaron solos dentro de la poca intimidad que ofrecía la sala común. Ella se inclinó mientras le miraba con intensidad.

—Todo irá bien, César. Te recuperarás y la vida volverá a ser como antes. Estoy aquí... y voy a seguir estando.

Él cerró los ojos. Estaba demasiado exhausto para procesar las palabras y solo pudo asentir levemente.

Unos segundos después, una mujer idéntica a la que aferraba su mano se acercó a su cama. Lorena, claro, eran gemelas. Las piezas iban encajando.

—César, cariño, cómo me alegro de verte despierto —le susurró con una sonrisa radiante.

Durante unos minutos ambas mujeres siguieron hablándole, pero él se sentía aturdido y una vez más comenzó a deslizarse hacia la inconsciencia. No podía mantener los ojos abiertos y al fin todo se borró de nuevo a su alrededor.

—Creo que debemos irnos, Lore. Está agotado. El médico nos ha dicho que no debemos cansarle —propuso Mónica al percatarse de que estaba dormido.

—Sí, vámonos. Mañana estará mucho mejor, ya verás.

Reticente, le soltó los dedos y ambas se alejaron en dirección a la salida. Cristian las esperaba al otro lado de la puerta.

—Ha vuelto a dormirse —le comentaron.

Después de hablar con el médico, que les informó de la evolución favorable del paciente y les reiteró una vez más que la recuperación llevaría su tiempo, salieron del hospital.

Antes de despedirse para la visita de la tarde, Cristian observó a su cuñada y le comentó:

—Mónica, voy a llamar a Sandra para decirle que ha despertado. Ha llamado después de cada visita para preguntar por él.

—Sí, hazlo. Tiene derecho a estar informada. No me entusiasma la idea de tenerla alrededor de César, pero es su amiga y su compañera. Si es algo más, quizá yo tenga algo de culpa.

—La llamaré cuando llegue a casa. Nos vemos luego.

La visita de la noche fue como la del mediodía, con la salvedad de que Sandra se unió a ellos. César seguía desorientado y los miraba como si no terminara de reconocerlos. En presencia de la otra mujer, Mónica no se atrevió a cogerle la mano y se limitó a mirarle con intensidad tratando de transmitirle los sentimientos que al fin había aceptado tener por él. No podía decírselos de palabra delante de otras personas, y mucho menos en el estado de aturdimiento en que se encontraba, pero esperaba que leyera en sus ojos que no estaba allí en una visita de cortesía.

Ante las preguntas de los visitantes, César respondía con leves movimientos de cabeza, que parecían costarle menos que por la mañana. Mantenía la mirada fija en sus interlocutores durante más tiempo y logró aguantar despierto hasta el final de la visita.

Cuando salieron, Mónica y Cristian tenían la impresión de haber encontrado una ligera mejoría con respecto al mediodía.

—Me parece que no me ha reconocido —se lamentó Sandra.

—Tampoco a nosotros. Esta mañana nos miraba a Lorena y a mí de una forma muy extraña —admitió Mónica—. El médico dice que es normal, que durante unos días estará confuso y que es posible que de una visita a otra ni siquiera nos recuerde. Hay que tener paciencia.

—Estoy a punto de entrar en un turno de cuarenta y ocho horas. Después pasaré por aquí de nuevo.

—Es muy posible que para entonces la mejoría sea más significativa —afirmó Cristian.

—Eso espero. Verle así es terrible, nos mira como si quisiera hablarnos y no pudiera.

—El respirador no le permite hacerlo.

—Ya. Ahora debo marcharme; debía haber entrado a trabajar hace media ahora, pero mi jefe me ha permitido el retraso para que viniese a verlo. Gracias por avisarme.

—Gracias a ti por venir, Sandra.

Una vez que la mujer se hubo alejado, Cristian rodeó los hombros de su cuñada con el brazo.

—Todo va a ir bien, cariño. Ya lo verás.
Mónica era una mujer optimista y asintió con energía.
—Por supuesto que sí.
—Voy a pasar a echarle de comer a Rickon, ¿quieres venir?
—Sí.
Entrar de nuevo en el piso de César, después de varios meses, fue una prueba para Mónica. Recorrió con la mirada cada rincón buscando huellas de otra mujer, pero no las halló. Tampoco suyas. La casa estaba impecablemente limpia y ordenada, como siempre la había encontrado. Era un hombre cuidadoso y mantenía su piso en perfecto estado. Paseó la mirada por el sofá y por todos los espacios que habían compartido y deseó con toda su alma volver a hacerlo.

El gato, que estaba sobre el alféizar de la ventana, se les acercó mientras Cristian llenaba el casillero con comida y agua. Mónica le acarició el lomo pero el animal la ignoró, pendiente de su alimento.

—Es un poco arisco —lo excusó su cuñado.
Ella sonrió.
—No, solo un poco interesado. Ahora verás.
Se dirigió al cuarto de baño.
—Ven, Rickon, vamos a beber.
El animal se fue detrás y, de un salto, subió al lavabo. Mónica abrió el grifo un poco, solo lo suficiente para que saliera un hilo de agua, que el gato bebió con fruición mientras caía.
—Le gusta el agua fresca, no se la toma en el bebedero.
—Lo tendré en cuenta.
Después de asegurarse de que el felino tenía sus necesidades cubiertas para unos días, se marcharon.

27

El nuevo César

César permaneció en la UCI durante dos semanas. Poco a poco le retiraron el respirador y las distintas máquinas que monitorizaban sus funciones vitales, y en cada visita encontraban algún cambio positivo. Cristian y Mónica acudían puntuales por la mañana y por la tarde, Lorena solo cuando se lo permitía el cuidado de sus hijas y Sandra de forma esporádica.

En cada una de las ocasiones, Mónica observaba la actitud de César hacia ella, que no distaba un ápice de la que mostraba ante su hermano o Lorena. Agradecido, cariñoso y amable, pero sin ningún indicio de recordar la tórrida aventura que habían vivido en el pasado y a la que no había querido poner fin. En sus ojos no había ninguna chispa cuando la miraba, ni sus dedos apretaban los suyos cuando los cogía. Se dejaba acariciar sin ninguna reacción.

Tampoco sus palabras, algo torpes al principio y que poco a poco fueron cogiendo soltura, mostraron nada más que agradecimiento por las visitas que hacían más llevadera la estancia en el recinto cerrado de la UCI. Debido al poco tiempo establecido para estas, nunca estaban solos y Mónica anhelaba que llegara el momento de que lo trasladasen a planta para poder hablarle de sus sentimientos en privado. Mientras, se limitaba a lanzarle señales en forma de miradas y sonrisas, que esperaba interpretase de forma correcta.

Al fin, el esperado día llegó y César estuvo lo bastante bien para dejar la UCI y ser trasladado a una habitación en la planta de traumatología. Su hermano le acompañó en el proceso y telefoneó a Mónica, Lorena y Sandra para darles la buena nueva.

Mónica llegó al hospital en cuanto salió de la oficina, deseosa de encontrar a César en un entorno menos rígido y vigilado que hasta el momento. Iba dispuesta a buscar una oportunidad de hablarle a solas y expresarle lo que sentía por él y cómo su accidente había cambiado todo su planteamiento de vida anterior. La idea de perderle la había hecho comprender que lo quería a él a su lado y no una sucesión de amantes mediocres que entraran y salieran de su cama. Tampoco libertad ni soledad. A pesar de sus anteriores relaciones, César era el único hombre que la había llenado por completo, que la había hecho disfrutar tanto dentro como fuera de la cama. Su chispa, sus risas y su forma aventurera de ver la vida habían tocado un corazón que estaba intacto hasta el momento.

Empujó la puerta entornada de la habitación con una sonrisa en los labios. Confiaba en que Cristian abandonara la estancia por un rato y les permitiera un poco de intimidad para solucionar sus asuntos.

César estaba incorporado en la cama reclinable vistiendo un coqueto camisón cerrado por detrás, del que se burlaría más adelante. Aún conservaba el vendaje de la cabeza, pero a lo único a lo que estaba conectado era a una bolsa de suero que pendía de un soporte junto al lecho.

Cristian estaba de pie junto a su hermano y, sentada en un sillón, se encontraba Sandra.

La presencia de la mujer fue como un jarro de agua fría para el entusiasmo de Mónica. Esta disimuló su contrariedad lo mejor que pudo y se acercó con una sonrisa hasta la cama.

—Me alegra mucho verte aquí —se dirigió al enfermo—, es un gran paso adelante en tu recuperación.

—Yo también estoy muy contento, Mónica —respondió

César—. Para que mi felicidad sea completa solo falta que me traigan un chuletón con patatas.

—Todo llegará, colega. —Rio su hermano—. Por lo pronto, esta noche te traerán un caldito.

—Ya. Soy capaz de comerme media ternera y me van a traer un caldito. Esta gente no se imagina el hambre que se acumula en quince días de inanición.

Mónica lo contempló. Las dos semanas sin comer habían hecho mella en su cuerpo. Había perdido peso, tenía las mejillas hundidas y pálidas y, lo que era peor, los ojos verdes habían perdido su chispa y su vivacidad.

—¿Te encuentras mejor? —preguntó con cortesía. Se moría de ganas de que todos se fueran de la habitación para quedarse a solas con él, pero, aunque le hiciera alguna seña a Cristian para que saliese, no podía hacer lo mismo con Sandra. Esta ocupaba el sillón como si tuviera más derecho que nadie a estar allí. Por un momento Mónica sintió pánico de que así fuera, porque, aunque había barajado esa posibilidad la había apartado de su mente ante la gravedad de César. Imaginaba que había llegado el momento de enfrentarse a ella.

La mujer los observaba con expresión inescrutable en el rostro y en silencio. Entre Cristian, César y Mónica se entabló una conversación inocua sobre la rutina del hospital, horarios, comidas y personal sanitario, pero Sandra apenas participó en ella con algún monosílabo o comentario aislado. A la hora de la cena le trajeron al enfermo el anunciado caldo, que César se esforzó en tomar despacio a pesar del hambre que sentía. Tras retirarle el tazón, llegó una enfermera con la medicación.

—¿Quién se quedará a pasar la noche? —preguntó a los visitantes—. Tengo que explicarle algunos detalles sobre el tratamiento.

Mónica vio su oportunidad.

—Yo —anunció Cristian.

—Si tú tienes cosas que hacer en casa estaré encantada de quedarme —se apresuró a ofrecerse con decisión.

—También puedo yo, no trabajo en dos días —argumentó Sandra.

—Si no os importa, prefiero que se quede mi hermano —decidió César, mirando a ambas mujeres con expresión de disculpa—. No me puedo levantar para ir al baño ni asearme solo.

Mónica alzó los ojos al techo. ¿Sentía pudor de ella a esas alturas? Miró a Sandra y leyó en sus ojos el mismo sentimiento. Supo, sin ninguna duda, que tampoco esta iba a descubrir algo que no hubiese visto antes, y se mordió la lengua para no hacer ningún comentario.

—Os lo agradezco mucho a las dos, no os lo toméis a mal. Es solo que no estoy habituado a que me atiendan y Cristian... bueno, él es mi hermano.

—Por supuesto. Solo quiero que sepas que, si tu estancia en el hospital se alarga, puedes contar conmigo —dijo Mónica.

—Conmigo también —afirmó Sandra.

—Gracias a las dos, pero como eso será una realidad, ya buscaré una solución. Me temo que voy a permanecer en el hospital todavía un tiempo y no puedo depender de vosotros. Todos tenéis una vida y yo debo recuperar la mía. Os agradezco muchísimo vuestras visitas, me han hecho más llevadera mi estancia aquí, pero una cosa es que vengáis a verme y, otra muy diferente, que os convirtáis en mis enfermeros.

—Necesitas ayuda, César. Tienes escayolas inmovilizándote un brazo y una pierna y aún debes guardar reposo porque tu cabeza no ha eliminado del todo el edema causado por el golpe.

—Contrataré a alguien que me ayude, vosotros no. Esta noche aún no he podido hacerlo y por eso se quedará Cristian, pero espero que a partir de mañana el problema se haya solucionado.

—Como prefieras —admitió Mónica. Quiso decir que estaría encantada de hacerlo, de cuidarle, de atenderle, pero no delante de Sandra y de Cristian. Ya habría ocasión.

Después de la cena, y ante los evidentes signos de cansancio del enfermo, las dos mujeres se despidieron con un beso fraternal y se marcharon. A ninguna le devolvió el gesto con especial entusiasmo. Se limitó a rozar las mejillas de ambas y a verlas marchar.

Su hermano lo contemplaba en silencio, pero no dijo nada sobre la frialdad que observaba en él. Estaba seguro de que César necesitaba su tiempo para volver a ser el mismo de antes y debía emplear todas sus energías en su recuperación.

—Mañana empezaré a buscar alguien que me ayude hasta que pueda valerme por mí mismo. Espero encontrarlo pronto y causarte las mínimas molestias posibles.

—¿Hablas de molestias después del susto que nos has dado?

—Una hospitalización causa muchos trastornos en las personas que rodean a los pacientes, y yo no quiero ser una carga para ti. Tienes una familia, dos hijas a las que apenas ves desde que estoy ingresado y un trabajo que no debes descuidar.

—Mónica también quiere echar una mano. Ha estado muy angustiada estos días. No sé si te has dado cuenta, pero no se ha saltado ni una sola de las visitas.

César miró al frente, eludiendo los ojos de su hermano.

—Me he dado cuenta. Tendré que buscar la forma de decirle que deje de hacerlo, sin que se ofenda.

—¿No quieres que venga?

—No. Tu cuñada y yo tuvimos una aventura muy tórrida, pero ella quiso ponerle fin. Fue su decisión y yo pasé página. No tengo ninguna intención de volver atrás, Cristian. Le agradezco mucho su preocupación, y sus visitas, pero no voy a meterla de nuevo en mi vida.

—¿Estás con Sandra? También ella quiere cuidar de ti.

—No quiero mujeres en mi vida en este momento. Solo recuperar al hombre que fui antes de precipitarme al vacío, si eso es posible. Tengo dolores brutales de cabeza, una pierna rota por varios sitios que probablemente me deje una cojera y pocas ganas de complicarme la vida. Las féminas es lo único que hacen.

—Lorena y yo hemos hablado y nos gustaría que te vinieras a casa cuando salgas del hospital, hasta que estés mejor.

César dedicó a su hermano una mirada divertida por primera vez en dos semanas.

—¿No has oído lo que acabo de decir? Las mujeres complican la vida y en tu casa hay tres, aparte de Mónica que va con frecuencia. Además, tengo un gato y tu mujer no lo quiere en su casa. El pobre no me va a reconocer cuando me vea.

—Lo de Rickon podría arreglarse, de forma temporal. Estoy seguro de que Lorena...

—No, Cristian. Os lo agradezco mucho, pero cuando salga de aquí me iré a mi piso. Acompañado por un cuidador, lo prometo, pero, como he dicho antes, necesito recuperar mi vida en la medida de lo posible. Me espera una larga época de rehabilitación, masajes y entrenamiento y no será fácil. Tendré momentos depresivos, de bajón y de mal humor cuando vea que los resultados no son los esperados. Debo afrontarlo solo.

—Ni hablar. Lorena, las niñas y yo estaremos ahí. Te acepto lo del cuidador porque soy consciente de que no tengo los conocimientos necesarios para hacerte rehabilitación, ni puedo estar contigo veinticuatro horas al día, pero voy a ser una mosca cojonera visitándote a menudo. No voy a dejarte solo con esto.

—Y yo te lo agradeceré. Ahora, me encuentro un poco cansado y quisiera dormir para acallar al monstruo que tengo en el estómago y que no he podido aplacar con un caldo.

—Descansa. Yo esperaré a que te duermas para bajar a la cafetería por algo de comer para mí.

César se acomodó para pasar la noche. Se recostó contra las almohadas y cerró los ojos. No podía apartar de su mente las miradas intensas que Mónica le lanzaba desde hacía días, miradas que tenía que ignorar. Las mujeres estaban fuera de cuestión en sus circunstancias. Necesitaba todas sus energías para la ardua tarea que tenía por delante y una preciosidad impulsiva y apasionada no era lo que necesitaba en ese momento.

Poco a poco, le había dicho el neurólogo cuando le había consultado la falta de libido que había observado cuando la mujer de la que estaba enamorado se le acercaba. Todo volvería a la normalidad, la posibilidad de una impotencia permanente era muy poco probable. En aquel momento no era su prioridad, le preocupaba más ser capaz de valerse por sí mismo. El resto ya llegaría. Pero mientras, y por si el médico se equivocaba, debía mantener a Mónica lo más lejos posible de él. No podía tener a una mujer como ella atada a un hombre incapaz de satisfacerla sexualmente.

Sintió a su hermano salir de la habitación hacia la cafetería y trató de apartar su mente de los sombríos pensamientos que le aquejaban. Se concentró en la imagen de la preciosa mujer que había estado allí en todos los procesos de su accidente. A la que debía alejar por su propio bien. No pensaba convertir a su gemela peligrosa en enfermera, ni atarla a un semiinválido. Si lograba superar sus secuelas, ya iría a buscarla.

28

Al fin solos

Mónica no pudo evitar una sonrisa cuando entró en la habitación de César y le encontró solo. Llevaba cuatro días en planta y en ningún momento había conseguido hablar con él sin testigos. Cuando no tenía visita, ya fuera de la familia o compañeros que acudían con asiduidad a verle, estaba el cuidador que había contratado para que pasara con él las noches. Se trataba de un hombre fornido, de edad mediana, especializado en cuidar pacientes con problemas de movilidad y con conocimientos de fisioterapia. Además de atenderle en el hospital, le acompañaría a casa cuando tuviera el alta y se ocuparía de su rehabilitación hasta que pudiera valerse por sí mismo. Eso aún llevaría unas semanas, pero el enfermo continuaba evolucionando favorablemente; ya había comenzado a tomar comidas ligeras y presentaba un aspecto menos demacrado.

Mónica se acercó presurosa a la cama y le estampó dos sonoros besos en la mejilla.

—¿Estás solo? ¡No me lo puedo creer!

—Santiago ha bajado un momento a tomar un café. Acaban de pasar a darme el zumo de la tarde y me he tomado la medicación, de modo que no le necesitaré en un rato.

«Además sabía que estarías al llegar, siempre lo haces sobre esta hora, y ha llegado el momento de aclarar las cosas entre nosotros», pensó.

—Me alegro mucho, porque me moría de ganas de estar contigo a solas. Tenemos mucho que hablar, César.

—Sí, eso pienso yo también.

El corazón de Mónica saltó feliz en el pecho mientras alargaba la mano y le acariciaba la mejilla recién rasurada. Sin la barba crecida durante los días de la UCI presentaba un aspecto más parecido al César de siempre. Él, en cambio, apartó la cara para romper el contacto.

—¿Qué ocurre? ¿Te he hecho daño? —preguntó consternada. Había sido muy suave para no lastimarle.

—No, pero no quiero que me acaricies.

Apartó la mano y se sentó a su lado en el borde de la cama, donde no pudiera molestarlo. Aún tenía sendas escayolas en el brazo y la pierna derechos.

—¿Por qué? —preguntó dolida—. Todo ha cambiado, César. Al fin he comprendido que tenías razón, que lo que siento es mucho más que una atracción física. Estoy enamorada de ti, de mi caballero de fuego.

Le miró a los ojos con emoción, pero los de él solo le devolvieron indiferencia e incomodidad.

—Cuando supe que podía perderte —continuó hablando con tono apasionado—, que quizá no salieras del coma, comprendí que quiero tenerte en mi vida, para siempre. Como mi pareja, mi compañero, mi amante... lo que tú quieras, pero a mi lado. Todo lo que nunca quise, lo deseo ahora contigo.

Él movió levemente la cabeza y susurró:

—No es posible, Mónica. Ya no.

Ella le miró aterrada.

—¿Es por Sandra? ¿Estás con ella? Seguro que no te hace sentir lo mismo que yo. ¿No te acuerdas cómo era cuando estábamos juntos? ¿Cómo estallaba la pasión entre nosotros..., cómo nos quemábamos en una hoguera que nos consumía?

—Eso pertenece al pasado. Tú le pusiste fin y yo pasé página. Ya te advertí que lo haría la última vez que hablamos.

—No es verdad, no puede ser... solo tratas de castigarme

porque quise terminar lo nuestro. Déjame demostrarte que he cambiado, que te quiero, César... que no es tarde para nosotros.
—Sí lo es. —La repuesta fue contundente.

Reacia a aceptar su rechazo, a rendirse sin más, se inclinó sobre él con cuidado y buscó su boca. La encontró, rígida y fría. Le besó con toda la pasión que acumulaba en su interior, pero no encontró la respuesta que esperaba. La lengua de César no se enredó con la suya, los labios no se curvaron sobre su boca robándole el aliento, y se sintió morir.

Se apartó y le miró con el miedo reflejado en los ojos.

—Te lo he dicho, ya no siento nada por ti. No hagas esto más difícil para ninguno de los dos.

Resistiéndose a aceptar lo evidente, recordó cuando él la había besado y ella permaneció impasible a costa de un gran esfuerzo. Quizá la tensión que adivinaba en César se debía también al afán por no responder a su caricia. Sin embargo, los hombres eran distintos, ellos tenían un signo evidente que les delataba cuando estaban excitados.

En un movimiento rápido para evitar que pudiera detenerla, alargó la mano hacia la entrepierna del hombre y buscó la prueba de su excitación. No la encontró, el pene permanecía fláccido y frío, tanto como su mirada verde. Apartó la suya, desolada.

—Y puesto que lo has preguntado —añadió él para terminar de echar sal a la herida que acababa de abrir—, Sandra y yo estábamos empezando algo cuando sucedió el accidente. No sé qué pasará ahora, si ella querrá seguir adelante.

Mónica se apartó con brusquedad de la cama, y añadió mordaz:

—Pues claro que querrá, siempre ha estado loca por tus huesos.

—Ya no soy el mismo hombre de antes.

—Pues claro que lo eres, en lo esencial. Ahora estás débil y dolorido, pero conseguirás recuperarte, no tengo ninguna duda de eso. No conozco a nadie con más fuerza de voluntad que tú. Pero, aunque no vuelvas a serlo, no le importará, no dejará de quererte por eso.

—¿Cómo puedes estar tan segura? —preguntó con los ojos entrecerrados.

—Porque yo no lo haría. A mí me daría igual que tuvieras una cicatriz terrible en la cabeza cuando te quiten el vendaje, que cojearas, o que te quedaras en silla de ruedas... Ciego, sordo o tullido, te seguiría queriendo porque esto que siento por ti es muy fuerte, César, y va más allá de tu estado físico. —Sintió que las lágrimas estaban a punto de desbordarse y las contuvo con un esfuerzo. Había tanta frialdad en él que se moriría antes de permitir que la viera llorar—. Solo lamento haberme dado cuenta tan tarde. Pero si Sandra te quiere tanto como yo, y tengo pocas dudas de eso, lo vuestro seguirá adelante.

Se hizo un silencio tenso entre los dos, cada uno rehuyendo la mirada del otro. Mónica sentía que se ahogaba, que necesitaba salir de aquella habitación. Se levantó de la cama y recogió el bolso que había dejado caer sobre el sillón.

—Tengo que irme ahora, debo hacer unos recados —se excusó, deseando marcharse para digerir a solas lo que él acababa de decirle—. Volveré en otro momento.

—Yo preferiría que no lo hicieras, tu presencia me hace sentir incómodo.

—Claro, como desees. —Se volvió hacia él y le miró por última vez—. Cuídate, y recupérate pronto.

—Gracias.

Salió de la habitación con la cabeza alta y esbozó una sonrisa forzada cuando se cruzó con Santiago en el pasillo. Aguantó el tipo hasta llegar a su coche y allí se derrumbó.

César tenía un nudo en la garganta cuando su cuidador entró en la habitación. Las palabras de Mónica le habían afectado, y por un momento estuvo a punto de echarse atrás en su decisión. A punto de permitirle estar a su lado en el duro proceso que tenía por delante, de quererle como había asegurado que haría, bajo cualquier circunstancia. Pero era consciente de que la mano que se había posado sobre su pene no había conseguido provocar la reacción que debía haberse producido. Ni siquiera lo conseguía él recordando su precioso cuerpo desnudo y retorciéndose de placer cuando hacían el amor.

—¿Problemas con la chica? —preguntó Santiago cuando vio su expresión adusta—. Iba un poco alterada.

—Un asunto delicado —dijo evasivo—. Si no te importa, me gustaría estar un rato solo. Date un paseo o toma algo más en la cafetería.

—¿Y si me necesitas?

—Estaré bien.

—Como quieras. Si te hago falta dame un toque al móvil, estaré por aquí.

—De acuerdo.

Cuando se quedó a solas de nuevo, cerró los ojos y recordó el sabor de los labios de Mónica en los suyos. Mantenerse frío había sido una de las decisiones más difíciles de su vida. Solo con que hubiera notado una pequeña reacción física, le habría devorado la boca, a pesar de sus limitaciones. Ojalá algún día pudiera decirle la verdad.

—¡Qué expresión tan terrible! —La voz jovial de su hermano le sacó bruscamente de sus pensamientos—. ¿A quién quieres matar?

—Solo estaba descansando.

—Con el ceño fruncido y los labios apretados. ¿Alguna mala noticia respecto a tu recuperación?

—No, solo acabo de tener una charla un poco desagradable con Mónica. Le he pedido que no vuelva por aquí y ha sido muy violento.

—¿No quieres que venga a verte?

—No, mejor que cada uno continúe por su lado, como estábamos.

—Me consta que ha cambiado, que siente algo por ti y ya no se niega a verlo.

—Ya te dije que no quiero mujeres en mi vida en este momento. Aunque a ella le he dicho que Sandra y yo estamos saliendo. Corrobóralo si te pregunta.

—¿Por qué mentirle?

—Porque tu cuñada es muy persistente y no quería aceptar que lo nuestro terminó hace meses. Hasta ha intentado meterme mano —trató de bromear sobre el tema.

—Las hermanas Rivera son hembras de armas tomar.

—¡Y que lo digas! Pero cambiemos de tema. —No estaba dispuesto a continuar con aquella conversación—. ¿Cómo están mis niñas?

—Deseando pintar la escayola del tito con sus rotuladores nuevos.

—¡Que Dios me coja confesado!

—¿Te han dicho algo sobre darte el alta?

—Los médicos todavía quieren hacer unas pruebas.

—¿Algo serio?

—No, solo asegurarse de que todo está bien.

—Tengamos paciencia, entonces.

—No hay otra, Cristian. El chuletón tendrá que esperar.

—Te prometo que en cuanto salgas de aquí te llevo a Ávila a comerte el mejor que encuentre en la comarca.

—Te tomo la palabra.

La enfermera de noche entró acompañada de Santiago anunciando el fin de la visita y Cristian se despidió con la promesa de regresar al día siguiente más temprano.

Mónica, por su parte, llegó desolada a su casa. Aunque se le había pasado por la cabeza que César y Sandra pudieran mantener una relación, pensaba que esta sería fruto del despecho y estaba dispuesta a luchar para recuperarle, para revivir lo que habían tenido. No estaba preparada para la frialdad del hombre, para su boca inerte y carente de pasión. Para su pene fláccido bajo su mano.

Había llorado durante todo el trayecto con un sentimiento de pérdida tan hondo que le costaba respirar.

Incapaz de comer nada, abrió una botella de vino y se sirvió una copa. No iba a emborracharse, aunque la idea supusiera un alivio para su maltrecho corazón, no era tan patética. Seguiría adelante, César y ella ya habían terminado una vez y, si había conseguido superarlo, lo haría de nuevo. Lo importante, se repetía, era que se recuperaba, que había sobrevivido a su terrible accidente y que volvería a ser el mismo de antes.

Ella, por su parte, retomaría sus citas a través de Tinder, y en algún momento encontraría a alguien que le hiciera olvidar al bombero más sexi que había existido jamás. Al hombre más maravilloso del mundo y que le había robado el corazón con su sonrisa pícara y su mirada atrevida. Que le había hecho conocer que el amor y la pasión podían ir de la mano, y comprender que una vida de familia no era nada terrible, porque en aquel momento se moría por tenerla. Con él.

Terminó su copa y resistió la tentación de servirse otra. Acababa de meterse en la cama cuando recibió la llamada de Lorena.

—Hola, Moni. ¿Cómo estás?

—Jodida.

—Por eso te llamo. Cristian acaba de llegar del hospital y me ha contado que César te ha pedido que dejes de visitarle.

—Así es. Con mucho tacto, eso sí, me ha dicho que está saliendo con Sandra y que no vuelva por el hospital porque le hace sentir incómodo.

—¿Y vas a hacerle caso?

—Por supuesto.

—Ya hablamos de que existía esa posibilidad, y que no ibas a rendirte sin luchar.

—No serviría de nada, Lore. Aunque no existiera ella, me ha quedado muy claro que César ya no siente nada por mí. El orgullo es lo único que me resta, de modo que me retiraré con deportividad y aceptaré que he perdido. La próxima vez que me enamore procuraré no ser tan estúpida y aceptarlo antes. El desamor duele, el rechazo también. Hasta ahora yo había estado siempre en el otro lado.

—Lo siento, cariño.

—Yo también. Solo quiero pedirte una cosa.

—Que procure no haceros coincidir en reuniones familiares, ¿cierto? Tranquila, no pensaba hacerlo.

—Además de eso. Que me sigas informando sobre su estado de salud. Cuando esté bien, fuera del hospital y viviendo su vida, entonces comenzaré a olvidarle, pero mientras se encuentre mal, necesito saber de él.

—Cuenta con ello. Los primeros tiempos son duros después de una ruptura, lo sé; te sientes como enganchada a su recuerdo, pero conseguirás verle con normalidad cuando los sentimientos se aplaquen. En el futuro podremos volver a tener reuniones familiares, excursiones y todo lo que siempre hemos realizado en familia.

—Estoy segura de que sí. Lamento todo esto, Lore, los problemas e incomodidades que os causamos a Cristian y a ti. Debí hacer caso a mi instinto y no ceder a la tentación de enrollarme con él.

—Es muy difícil resistirse a un Valero. Ejercen una atracción sobre las Rivera imposible de ignorar.

—Eso debe ser. Ahora voy a leer un poco, a ver si consigo dormir. Ocúpate de tu Valero, tú que puedes.

—Pero quedamos para comer mañana.

—De acuerdo. Buenas noches, Lore.

—Descansa, cariño.

29

En la distancia

Después de la tremenda decepción que supuso para Mónica saber que César ya no tenía ningún tipo de sentimientos por ella, se preparó para continuar la vida sin él, de nuevo. En esta ocasión le costaba más porque ahora tenía claro que le quería a su lado y se repetía una y otra vez que todo lo que sufría era por su culpa, por su tozudez y cabezonería.

No obstante, y como le dijera a su hermana, cada noche después del trabajo la llamaba para preguntarle por él, por sus avances y también por su vida en general. No sabía si era a propósito para no hacerle daño, pero Lorena jamás mencionaba a Sandra en sus charlas; si ella estaba presente o no en los momentos que describía, no lo comentaba.

Cuando le dieron el alta, un mes después, Lorena se apresuró a informar a su gemela. César se había ido a casa sin las escayolas, pero con la masa muscular tan atrofiada que había debido trasladarse en silla de ruedas. Aún le persistían los dolores de cabeza y se mostraba algo confuso al despertar por las mañanas, pero no necesitaba ya los cuidados permanentes de un centro hospitalario.

Ese fue el informe médico que le transmitió su hermana y Mónica solo pudo pensar en cómo le hubiera gustado acompañarle, recostarse con él en el sofá y mimarle. Masajear sus músculos doloridos por el esfuerzo cuando realizara los ejercicios de rehabilitación y premiarle con un beso como recompensa por el esfuerzo realizado. Pero era otra quien haría todo eso y, por mucho que le doliese, debía aceptarlo. Le dio las gracias a Lorena por la información y continuó con su tarea tratando de ignorar los celos y la necesidad de verle que se apoderaba de ella cada noche, cuando cesaba en la frenética actividad diaria que se imponía para mantenerse ocupada.

Los primeros días en su casa fueron de adaptación para César. A pesar de que él quería comenzar la rehabilitación cuanto antes, Santiago insistió en retrasarla para que se adaptase al entorno con sus actuales limitaciones. La silla de ruedas, que quería abandonar al instante, al principio se haría necesaria hasta que cogiera la fuerza suficiente en el brazo derecho para manejarse con unas muletas. Cristian, a veces acompañado de Lorena, acudía cada tarde para hacerle una visita, llevando a las niñas. Sus pequeñas sobrinas le alegraban y le hacían más agradable la recuperación.

El segundo día después de su regreso, recibió una llamada de Mónica. Esta, a pesar de la conversación que habían mantenido en el hospital, no pudo resistir la tentación de llamarle para darle la enhorabuena por el alta médica. Cuando vio el nombre de la gemela reflejado en la pantalla, César hizo una seña a Santiago para que abandonase la habitación y le permitiera hablar con intimidad.

—Hola, Mónica —dijo, tratando de que su voz no reflejara la alegría que le había producido la llamada.

—Hola. Espero no molestarte, sé que me pediste que me alejara, pero Lorena me ha comentado que ya te han dado el alta. Solo quería darte la enhorabuena.

—No me molestas. —Trató de contener la emoción en la voz para que sonase indiferente. Estaba muy sensible y también la echaba mucho de menos. Dejar de verla, aunque fuera unos minutos en el hospital y rodeados de gente, se le estaba haciendo más duro de lo que pensaba.

También había nerviosismo en la voz calmada de la mujer y César se percató de ello.

—Supongo que te sentirás muy contento de estar en casa de nuevo.

—Mucho. Después de tantos días hospitalizado no veía el momento de tumbarme en mi sofá y dormir en mi cama. En un par de días empezaremos con los ejercicios de rehabilitación y espero que, poco a poco, todo vuelva a la normalidad. Estar inactivo es muy difícil para mí, ya me conoces.

—Sí, imagino lo que te estará costando.

—Cristian viene cada tarde con las niñas, pero eso cambiará cuando comiencen el colegio. Las echaré de menos, y Rickon también.

Se hizo un tenso silencio; por primera vez desde que se conocían ninguno de los dos sabía de qué hablar.

—¿Y tú? ¿Qué tal todo por la oficina? —preguntó César para salvar el momento.

—Bien, mucho trabajo por fortuna.

—Eso es bueno, tampoco tú soportas la inactividad.

—No. Bueno, no te molesto más, solo quería transmitirte mis felicitaciones.

—Muchas gracias.

—Si necesitas algo, solo tienes que llamarme. Sin ningún tipo de implicación, como familia política que somos —aclaró—. Sé lo que supone estar inmovilizado.

—Gracias, me las apaño bien. Santiago es una joya, me cuida con la suavidad de una madre y la dureza de un entrenador personal. Cristian se ocupa de la compra.

—En ese caso... —Le costaba cortar la conversación, quería más que nada en el mundo seguir escuchando su voz aterciopelada, pero estaba claro que no tenían nada más que decirse—. Adiós, César. Cuídate y dale recuerdos a Sandra de mi parte.

—Se los daré. Gracias por interesarte.
—De nada. Ya te lo he dicho, eres familia.
Cortó la comunicación con el ánimo por los suelos. Era evidente que llamarle había sido un error, no había conseguido más que incomodarlo, aunque hubiera dicho lo contrario.

Como cada día, Cristian visitó a su hermano acompañado de las gemelas. Lorena aprovechó para salir a comprar algunas de las cosas que necesitarían sus hijas para el curso escolar que estaba por comenzar. Eran tan revoltosas que la idea de ir de tiendas con ellas era impensable.

Las niñas entraron corriendo en el salón, seguidas de su padre, y se acercaron a besar con efusividad al enfermo.

—Hola. ¿Todavía estás malito? —preguntó Ángela, como cada día. Siempre pensaba que se habría curado de una visita a otra.

—Hoy menos. Pronto estaré bueno del todo, cariño.

Era cierto. Desde la vuelta a su hogar había fortalecido los brazos lo suficiente para usar las muletas en distancias cortas y sus avances con la pierna también se apreciaban.

Maite se inclinó y le dio un beso en la rodilla, para que se curase pronto y, a continuación, ambas niñas se fueron a buscar al gato para jugar con él. El pobre animal saltó del alféizar de la ventana, desde donde solía mirar a la calle, perseguido por las gemelas.

—Ven, Rickon, vamos a jugar… Cuando el tito esté bueno traeremos a la tita Moni.

César miró embobado a sus sobrinas. Las adoraba, pero imaginaba lo que supondría para el pobre animal, bastante arisco de carácter, la atención y los abrazos cariñosos de las niñas.

—¿Mónica ha venido a verte desde que estás aquí? Llama todas las noches para preguntar por ti —preguntó Cristian al observar el ceño de su hermano cuando escuchó el nombre de la mujer.

—Me llamó para interesarse por mí cuando supo que me habían dado el alta, pero, por fortuna, ha respetado mi deseo de no visitarme. Desde el día del hospital no hemos vuelto a vernos.

Había un deje de desilusión en la voz de César que no pasó desapercibido para su hermano.

—¿No te gustaría que lo hiciera? Porque me parece que te mueres de ganas. ¿Por qué no la llamas y la invitas a un café?

—Es mejor así, Cristian. Para los dos.

—¿Mejor? ¿Por qué? A mí no me cuelas lo de que ya no sientes nada por ella y que sales con Sandra. No la he visto aquí ni una sola vez, y vengo todas las tardes. Mónica y tú sois libres, y os queréis, eso lo tengo muy claro. ¿Por qué ese empeño en alejarla? Te estás recuperando bien, es solo cuestión de tiempo que recobres la movilidad.

César miró a sus sobrinas, alejadas lo bastante para no escuchar la conversación de los dos hombres.

—Me han quedado secuelas importantes del accidente —confesó.

Cristian alzó las cejas, preocupado.

—¿Qué secuelas? ¿La cojera que te anunció el traumatólogo y que podría impedirte escalar en el futuro? ¿Crees que a Mónica le importaría eso?

—No, eso no, pero hay otra cosa que sí le importaría, y mucho. Padezco disfunción eréctil.

—¿Quieres decir...?

—Que no se me levanta ni con una grúa. Ni viendo pelis porno, ni imaginándomela desnuda, ni siquiera cuando me tocó en el hospital.

—¿Te tocó en el hospital? ¿El pene?

—Sí. Pero sin ninguna reacción.

—Entonces Mónica lo sabe.

—¡No! —exclamó, alarmado ante la posibilidad de que su hermano se fuera de la lengua—. Y ni se te ocurra decírselo. Me tocó para demostrarme que todavía quedaba pasión entre

nosotros, pero se llevó un desengaño. Porque pasión hay, mucha, aunque no se lo dije, pero reacción física no, y una cosa sin la otra...
—¿A qué se debe? ¿Es permanente?
—No lo sé. Tampoco los médicos están seguros de la causa. En un principio me dijeron que era por la medicación, que cuando la suprimiera el problema se solucionaría. Pero no ha sido así. El informe urológico descarta cualquier tipo de daño, físicamente todo está correcto y debería funcionar a los estímulos. También me han comentado que puede deberse a causas psicológicas como ansiedad, estrés, falta de confianza en mí mismo, miedo al rechazo... El caso es que persiste y no consigo superarlo. Cuando pueda salir de aquí y valerme por mí mismo me plantearé acudir a algún tipo de terapia, pero mientras tanto...
—Mientras tanto puedes perder a Mónica. César, creo que deberías decírselo. Es muy posible que no le importe esperar.
—Es posible que ahora no, pero ¿cuánto tiempo tendría que esperar? ¿Semanas? ¿Meses? ¿Y si es algo definitivo, si hay algún daño y no lo detectan las pruebas? ¿Tú condenarías a Lorena a algo así? No sé tu mujer, pero Mónica es puro fuego, no podría vivir sin sexo.
—Si me pasara a mí, estoy seguro de que Lorena esperaría y pondría todo de su parte para ayudarme a superarlo.
—Vosotros sois pareja, es normal que lo hiciera; pero nosotros no, al menos no lo éramos en el momento en que me precipité al vacío, lo que supone una ventaja. Si logro superarlo la buscaré, le diré lo que de verdad siento por ella, y se lo demostraré con hechos. Y si no... Mónica y yo seremos un bonito recuerdo en la mente de los dos.
—Quizá si lo habláis...
César negó de nuevo con énfasis.
—Te consta que, si fuera tu caso, tú tampoco tendrías a tu lado a una mujer a la que no pudieras satisfacer.

—Tienes razón —admitió Cristian—, no lo haría. Pero plantéate en serio lo de acudir a terapia.

—Desde luego. Y tú, recuerda que esto es secreto profesional y no puedes decir ni media palabra a nadie, ni siquiera a Lorena, porque ella correría a contárselo a Mónica.

—¿Secreto de qué profesión? ¿De la de fotógrafo? —Rio.

—De la de hermano, que es mucho más sagrada.

—No diré nada, descuida.

Las gemelas irrumpieron en el salón de nuevo, alteradas.

—¡Tito, Rickon se ha caído en la bañera y no puede salir! Se va a ahogar, pobrecito, no sabe nadar.

—¿Que se ha caído en la bañera? ¿Habéis abierto la puerta del cuarto de baño?

—Queríamos darle de beber en el lavabo como hace la tita Moni, pero Maite lo ha cogido en brazos, ha saltado y se ha caído dentro.

En aquel preciso momento vieron aparecer al gato chorreando agua y corriendo como una exhalación, sacudiendo el pelaje y maullando de forma lastimera.

—¿Había agua en la bañera? —preguntó Cristian extrañado.

—Suelo dejarla de una sesión de rehabilitación a otra para no malgastarla. Hay ejercicios que se realizan con menos dolor en el agua. Santiago insiste en hacerlos en varias sesiones a lo largo del día para no cargar los músculos y es un desperdicio vaciar la bañera cada vez. Por eso... —añadió, mirando con fijeza a sus sobrinas— cierro la puerta del cuarto de baño, para que Rickon no entre. ¿Comprendéis?

Las niñas seguían con la mirada al gato, que huía de ellas aterrorizado.

—Sí, tito. ¿Qué hacemos con él? El pobrecito está mojado, se va a resfriar.

—Vamos a tener que secarlo.

—¡Yo, yo...! —gritaron al unísono.

—Será mejor que lo haga papá y vosotras miráis. —César

miró a su hermano y le pasó el testigo—. Creo que me voy a replantear lo de la terapia... Si las consecuencias de una relación con una gemela Rivera son dos diablillas como estas, mi gato no sobreviviría.

—Es muy probable, Lorena me cuenta que también su madre tenía una gemela. Los partos dobles son frecuentes en su familia.

César miró con estoicismo su entrepierna.

—Me siento tentado de dejar las cosas como están —bromeó.

—¿Cómo están las cosas, tito? ¿Mojadas como Rickon?

—Muy mojadas, Ángela. Ahora —dijo a su hermano—, coge una toalla del armario que hay al lado de la escalera y seca al pobre animal antes de que le dé un infarto o lo ponga todo perdido. Si le agarras la piel de detrás del cuello se mantendrá quieto; de lo contrario, acabarás lleno de arañazos.

Cristian se apresuró a obedecerle. Con una toalla de baño en la mano, y seguido por sus traviesas hijas, se apresuró a coger al gato, que trataba de escurrírsele de los brazos. Con la ayuda de César, que lo mantenía inmovilizado, lo fue secando. Después y para terminar la faena, utilizaron el secador de pelo.

—¿Le echamos colonia para que huela bien?

—¡No! No, cielo, los gatos no usan colonia, se ponen malitos.

—Pero lo podemos peinar para ponerle guapo. Mamá se peina con el cepillo y el secador.

—Primero, que papá lo seque y luego, lo dejamos tranquilo un rato; no le gusta el agua, le pone nervioso y el ruido del secador también.

—Nosotras no lo hemos tirado, se ha caído solo.

—Lo sé, pero está asustado. ¿No lo veis? Tenemos que dejar que se tranquilice.

—Sí, pobrecito.

—No te asustes, Rickon, no pasa nada. El agua es buena, es para estar limpio y el secador, para ponerte guapo.

César contempló con ternura cómo las niñas trataban de consolar al animal, con palabras suaves y tímidas caricias. A pesar de lo que había dicho, en broma por supuesto, le encantaría tener un día unas hijas tan adorables como sus sobrinas. Y que Mónica fuera la madre.

Suspiró hondo, porque en aquel momento eso no era posible. Quizá con el tiempo.

30

Un encuentro revelador

Después de dos meses y medio del accidente de César, Mónica no había conseguido recuperar su vida anterior. Intentó retomar sus citas a través de Tinder, pero al contrario de lo que le sucedió cuando instaló la aplicación, ningún perfil masculino le parecía lo bastante atractivo para darle una oportunidad. A los que se la daba, después de pasar muchos filtros, los soportaba en una cita para tomar café el tiempo imprescindible para beberlo y luego los despedía con un: «Ha sido un placer conocerte, pero no ha surgido la chispa que necesito para una segunda cita».

Al final había desistido de seguir buscando un hombre y pasaba la mayor parte del tiempo libre en casa de Lorena jugando con las niñas o llevándolas al parque, al cine y a cualquier sitio donde quisieran ir. Su hermana solía decirle que no solo estaba acostumbrando mal a las gemelas, sino también a Cristian y a ella, que gozaban de más tiempo libre para disfrutar uno del otro.

Incluso su vida sexual se había resentido, por lo que decidió acercarse al *sex-shop* donde encontrara a César una vez, con la esperanza de hallar algo nuevo que la reactivara.

Entró con paso decidido y, tras echar un rápido vistazo al local, volvió a toparse con una figura conocida. Solo que en esa ocasión no se trataba de César, sino de Sandra, quien se hallaba ante la caja dispuesta a pagar. Al instante imaginó que estaría buscando algo para jugar en pareja y, aunque se le encogieron las entrañas de celos, no pudo evitar acercarse a echar un vistazo. Necesitaba saber si él practicaba con su novia los mismos juegos eróticos que con ella.

Sin embargo, era un pene artificial y no demasiado grande lo que la mujer tenía en la mano y se disponía a pagar, así como una selección de lubricantes vaginales.

—Hola —saludó.

Sandra volvió la cabeza y esbozó una sonrisa tibia. Era la última persona que esperaba encontrar en aquel momento, y no porque le importase que viera lo que estaba adquiriendo, sino porque aquella mujer preciosa era el amor de César, y eso dolía.

—Hola, Mónica.

Esta no pudo dejar de lanzarle una pregunta retorcida, sacando su lado más perverso, y dijo señalando la caja que le guardaban en una bolsa de plástico:

—¿Es para ti?

—¿Qué clase de pregunta es esa? No creo que sea asunto tuyo. —Había una ligera irritación en la voz de la mujer, que no le pasó desapercibida.

—No lo es, pero me extraña.

—¿Por qué te extraña? ¿Acaso me ves como una mojigata o algo parecido, incapaz de disfrutar del sexo?

—En absoluto. Es solo que teniendo a tu disposición uno de verdad y de mejor tamaño y forma, se me hace raro verte comprar eso tan... pequeño.

Pronunció la última palabra con un tono despectivo que aumentó el enfado de Sandra, que, tras pagar su adquisición y antes de salir de la tienda, se volvió hacia Mónica y comentó en un tono bajo y mordaz:

—Presupones muchas cosas sobre mí y mi sexualidad. ¿Por qué das por sentado lo que tengo o dejo de tener?

—No te enfades, es solo que... No ignoras que César y yo tuvimos una aventura antes de que estuviera contigo y sé de primera mano que no necesitas... eso. —En cuanto terminó la frase comprendió que no debería haberla pronunciado, y trató de arreglarlo—. Pero no te preocupes, lo nuestro terminó hace meses, te aseguro que te es fiel.

Los ojos de Sandra escudriñaron en los de Mónica, que le sostuvo la mirada.

—¿Tienes prisa? —le preguntó, cambiando de tema.

—No.

—Entonces vamos a tomar algo a un sitio tranquilo. Creo que debemos tener una conversación sobre César.

—Sandra, no tenía intención de molestarte. No he vuelto a verle desde un par de días después de que le pasaran a planta. No sé por qué te he dicho todo esto. Lo siento, en serio.

—¡Vamos! —la apremió Sandra. No deseaba seguir hablando de aquel tema delante de la dependienta, que no les quitaba ojo adivinando una escena jugosa, un enfrentamiento quizá.

Mónica la siguió con la certeza de que debería haberse mordido la lengua. Entraron en un bar cercano y se sentaron a una mesa apartada con sendas cañas de cerveza delante. Sandra no perdió el tiempo en continuar donde lo habían dejado.

—Retomemos la charla. Comprenderás que el *sex-shop* no era el sitio más indicado para una conversación como la que teníamos.

—Siento mucho si te he hecho sentir incómoda, soy una bocazas. De verdad que no era mi intención.

—Dejando a un lado que lo que yo compre o tenga no es de tu incumbencia, hay algo que me ha llamado la atención de tus palabras. ¿Por qué piensas que César y yo estamos juntos? —preguntó, ignorando las disculpas.

—Me lo ha contado él, y me rogó que no volviera por el hospital. Lo entendí, por supuesto, y desaparecí de la escena. Sé perder con deportividad, aunque no lo parezca.

—Pues no sé por qué te ha dicho eso, pero no es verdad.

Mónica sintió que se atragantaba con el sorbo que acababa de beber.

—¿No tenéis una relación? —preguntó incrédula. No podía imaginar que Sandra se hubiera echado atrás debido al accidente. La angustia que percibió en la sala de espera era tan sincera como la suya—. Pero tú estás enamorada de él.

—No te negaré eso y tampoco que pasamos una noche juntos, pero creo que fue por despecho más que por interés hacia mi persona. Acababas de mandarle al diablo y estaba hecho polvo, pero no hemos vuelto a repetirlo. Tenemos una buena amistad forjada desde hace años, y acostarnos juntos de forma continua acabaría con ella. Sexo puedes encontrar en cualquier parte; amigos incondicionales, no. Y te aseguro que César es un amigo como hay pocos.

—¿En serio quieres ser solo su amiga?

—No, pero no puedo tener otra cosa porque él te quiere a ti. No deseo su cuerpo mientras su mente está contigo.

—Pues no me querrá tanto si me ha mandado a freír espárragos. Me pidió que no volviera a verle al hospital, alto y claro, y usó lo vuestro como excusa. ¿A ti también te ha pedido que no vayas?

Sandra negó con la cabeza.

—Yo he estado viéndole con asiduidad, siempre que me lo permiten los turnos endemoniados que tenemos. Ayer mismo estuve en su casa, le llevé unas albóndigas para almorzar y las comimos juntos. Todo dentro de la más estricta camaradería.

—Entonces no entiendo su comportamiento.

—Debe de tener alguna razón que no alcanzamos a ver, pero te aseguro que se muere por tus huesos.

Mónica lanzó un hondo suspiro. Ella había estado convencida de eso hasta que él lo negó.

—¿Dices que lo viste ayer?

—Sí.

—¿Cómo está?

—Bastante mejor. Ha ganado algo de peso y se mueve por la casa con muletas. Dice que Santiago es un tirano y le impone una rutina de ejercicios y descanso alternados y muy estrictos. Que por mucho que él protesta para realizar más sesiones, no se lo permite.

—Así debe ser. Es importante dar a los músculos el reposo necesario para que respondan.

—Tiene muchas ganas de recuperarse.

—Eso lo supongo, conociéndole.

—Su hermano va casi todas las tardes con las niñas, son encantadoras. ¿Por qué no te unes a ellos alguna vez y compruebas por ti misma lo que siente por ti?

—Porque me pidió que no fuera y lo quiero respetar; pero desde luego voy a averiguar el motivo. Y tú, ¿por qué me has contado todo esto?

—Porque le quiero y deseo verle feliz. Aunque no sea conmigo.

Clavó en Mónica una mirada sincera, que la hizo comprender que decía la verdad. Que su amor era tan altruista como afirmaba.

—Gracias, Sandra.

—No hay de qué. Ahora, una vez aclaradas las cosas, será mejor que nos marchemos. Estoy segura de que las dos tenemos cosas que hacer.

Mónica pagó las consumiciones y ambas mujeres se separaron, después de despedirse con cordialidad. Tras consultar la hora en el móvil, decidió dejar para el día siguiente la visita que pensaba hacerle a su cuñado; porque si alguien debía saber a qué se debía la actitud incomprensible de César, ese era su hermano, y ella iba a arrancarle la información, aunque fuese bajo tortura.

Durante toda la noche no cesó de darle vueltas a la conversación con Sandra. No comprendía por qué César quería alejarla de su lado, si como afirmaba su compañera estaba enamorado de ella, algo que también pensaba hasta que él lo desmintió con palabras y con hechos.

No pudo descansar y, al día siguiente, cuando salió a mediodía de la oficina, subió al coche dispuesta a hacer una visita a Cristian. Se tomó un sándwich de camino decidida a aprovechar la hora del almuerzo, en que las niñas no estarían en la casa, para mantener una conversación tranquila, sin interrupciones. Porque su impaciencia no le permitía esperar hasta la noche. Si César, tal como había afirmado Sandra, continuaba sintiendo algo por ella, ya habían desperdiciado mucho tiempo.

Después de ingerir el último bocado, bajó del coche y se apresuró a llamar al timbre.

Su hermana se sorprendió al verla.

—¡Moni! ¿Qué haces aquí? ¿Ocurre algo?

—Eso es lo que quiero preguntarle a Cristian. Vengo a hablar con él, no en una visita social.

—Pasa, estoy preparando la comida. Te quedas, ¿verdad?

—No, me entretendría demasiado. Ya sabes que dispongo solo de una hora para comer y he invertido parte de ella en llegar hasta aquí. Me he tomado un sándwich por el camino.

Lorena hizo una mueca.

—Eres tu propia jefa, puedes tomarte el tiempo que desees para almorzar.

—Ahora no, hay mucho trabajo y prefiero tener tiempo libre al final del día. No he venido a comer, sino a buscar respuestas.

—En ese caso, avisaré a Cristian; está arriba retocando fotos.

Mónica se sentó en el sofá y esperó. Pocos minutos después su cuñado apareció, seguido de Lorena.

—Hola, Mónica. —La saludó con un beso—. ¿Querías verme?

—Así es. —Clavó en él una mirada decidida—. Tengo poco tiempo y no me voy a andar con rodeos. ¿Tú sabías que César y Sandra no mantienen ninguna relación más allá de la amistad?

El hombre se puso serio, intuyendo la índole de la conversación, y asintió.

—Sí, lo sabía.
Mónica se volvió hacia su hermana.
—¿Y tú, Lore?
—No, yo pensaba que estaban juntos.
—¿Por qué me has dejado creer que sí? —volvió a preguntar, encarándose con su cuñado—. Más de una vez he aludido en tu presencia a la relación entre ambos y no me has sacado del error.
—Porque César me pidió que no lo hiciera.
—¿Por qué? ¿Qué le pasa? Mentir no es propio de tu hermano, si lo ha hecho es por algún motivo y vas a decírmelo —añadió decidida.
—No puedo, Mónica.
Ambas hermanas clavaron los ojos en el hombre que trataba de eludir los de ellas.
—¡No me miréis así! Vosotras también tenéis vuestros secretos y yo no interfiero.
—Nuestros secretos no te atañen de forma directa —protestó Mónica—. En cambio, esto sí me afecta, y mucho. César quiere mantenerme apartada y no entiendo por qué. Le quiero, y sé que él siente lo mismo, pero me aleja. ¿Qué pasa, Cristian? ¿No ves lo importante que es para mí saberlo, entenderlo? Te prometo que, si se trata de algo importante, lo aceptaré y no insistiré nunca más sobre el tema. Respetaré su decisión.
—De verdad que no puedo, César me mataría si te lo dijera.
—Puedes elegir entre que te mate él o que lo haga yo —dijo resuelta a conseguir la información que necesitaba.
—Y yo la ayudaré —se sumó Lorena.
—Entre las dos hacéis un tándem formidable, pero ha confiado en mí y no puedo traicionarle. Aunque piense que él debería decírtelo y haya tratado de convencerlo de que lo haga.
—Eso significa que se trata de algo muy personal.

—Así es.

—¿Tiene que ver con su accidente? —preguntó Lorena.

Cristian comprendió sus intenciones y admiró la inteligencia de su mujer y lo bien que lo conocía. Mientras Mónica, la gemela visceral e impulsiva preguntaba y exigía respuestas, que él no iba a dar, su hermana pretendía adivinar por eliminación. Decidió dejarle pistas, porque si era ella quien lo descubría, él no habría faltado a su palabra, y Mónica merecía saberlo. Por el bien de su hermano tanto como por el de ella.

—Sí.

—¿Le va a quedar alguna secuela importante? ¿La pierna no curará cómo debe? Porque el brazo evoluciona muy bien, lo mueve sin problemas y está cogiendo fuerzas muy rápido.

—Los dos curarán bien, aunque la pierna le llevará más tiempo —respondió Cristian, conteniendo la risa.

—Entonces, ¿es la cabeza? ¿El edema no se ha absorbido y corre algún riesgo de trombo? —siguió preguntando Lorena.

—¿Sufre alucinaciones, ataques de locura o se ha vuelto violento? —Mónica se sumó a las especulaciones de su hermana.

Cristian negó con la cabeza.

—Salvo que es más testarudo que antes, no hay daños neurológicos de relevancia.

—Entonces no queda mucho donde buscar porque, que yo sepa, ni corazón, hígado, riñones o páncreas estaban afectados por el accidente. Espera... ¿Genitales? Es eso, ¿verdad? Claro que sí. No hace falta que respondas.

Fue Mónica quien lo dijo, recordando el pene fláccido bajo su mano después de que lo hubiera besado con toda la pasión de que era capaz. Cristian se limitó a encogerse de hombros.

—¡Joder...! —exclamó incrédula—. ¿Por eso me mantenía alejada?

Su cuñado ni afirmó ni negó, dejó que ella sacara sus propias conclusiones.

—No me lo puedo creer... ¿En serio?

—Como ves, se trata de algo lo bastante grave como para que respetes sus deseos —insinuó Cristian, sabiendo que no lo haría.

—¡Y un cuerno! No voy a perder al amor de mi vida por un problemilla de erecciones.

—No es un problemilla sino algo muy serio, Mónica.

Esta alzó los ojos al techo, exasperada.

—¡Vosotros los tíos y vuestra querida «manguera»! Si no se levanta ya no servís para nada, ¿no?, ya no sois hombres. El resto del cuerpo, la inteligencia, la simpatía, el carisma, no cuentan. Solo el pito. Si no funciona, se os hunde el mundo. Pues que sepas que hay infinitas formas de hacer disfrutar a una mujer, aparte de metérsela.

Cristian sonrió ante la reacción de Mónica.

—A mí no me lo digas, lo tengo muy claro. Al que tienes que convencer es a mi hermano.

—Por supuesto que lo haré. No pienso perderlo por una insignificancia como esa. Te aseguro que voy a quitarle todos los complejos, lo quiera o no. Eso si no consigo curarle, que Mónica Rivera es mucha mujer.

—No tengo ninguna duda de eso. Cuando las Rivera se proponen algo, los pobres Valero solo podemos acatar sus deseos. Si tú te empeñas en levantarlo, al pobre pito no le queda más que obedecer por muy alicaído que esté.

—Esta tarde no vayas a visitarle, tendrá compañía y no será la tuya —advirtió Mónica—. No quiero interrupciones.

—¿Y si no desea verte, si te dice que te vayas?

—¡No pienso hacerle ni puñetero caso! —Miró el reloj, consciente de que la conversación se había alargado más de la cuenta—. Ahora tengo que irme, ya llego a la oficina más tarde de lo que debería.

Se despidió de su hermana y de Cristian con un beso apresurado.

—No te preocupes, no te delataré —le dijo a este último—.

Conseguiré convencerle de que descubro su secreto por mí misma.

—Gracias.

—Gracias a ti.

Subió al coche y condujo hasta la oficina. Una vez en el despacho, aparcó todo el papeleo, por muy urgente que fuera, y se conectó a Internet para buscar información sobre la tarea que pensaba llevar a cabo cuando terminase la jornada. En aquel momento, César era su prioridad.

31

Una mujer de armas tomar

Mónica se preparó a conciencia para su visita a César. Se dio una larga ducha, a pesar de su impaciencia, se aplicó un toque suave de perfume y se maquilló con discreción. Se puso el conjunto de ropa interior más sexi que tenía, uno negro de encaje que ya lo había vuelto loco de deseo en el sillón *tantra*, aunque había reemplazado las braguitas. Como mínimo, esperaba que le recordase aquella tarde memorable.

Eligió también un vestido rojo, cruzado, que se abrochaba en el costado con un lazo. Siempre lo cerraba con dos nudos, porque bastaba soltarlos para dejarla prácticamente desnuda, pero en esa ocasión solo usó una lazada, que se deshacía de un simple tirón. Mientras se acomodaba el pecho ante el espejo para que mostrase todo lo posible por encima del generoso escote de pico, sonrió satisfecha.

—¡No dirás que no te lo estoy poniendo fácil! —susurró como si él pudiera escucharla—. ¡A ver si eres capaz de decirme que me vaya!

Se calzó sus habituales zapatos de tacón y en un bolso grande metió algunos de los juguetes sexuales que guardaba en la cómoda. Después, se dirigió a casa de César, dispuesta a todo.

Cuando llamó al portero electrónico y Santiago preguntó quién era, se limitó a responder, en tono decidido:

—Mónica.
Escuchó el clic del interruptor abriendo la puerta y entró en el portal. El primer escollo estaba salvado.

En el ascensor, y ante el gran espejo que presidía una de las paredes, se atusó el pelo, para darle un aspecto menos cuidado, más salvaje. Quería que César no tuviera dudas al verla de cuáles eran sus intenciones.

Saludó al hombre cuando le abrió la puerta.
—Hola, Santiago. Vengo a ver a tu paciente.
Este le sonrió al contemplar su aspecto, y aún más ante su mirada decidida.
—Está en el salón.

Mónica entró con paso firme sobre sus altos tacones, agarrando el bolso con una mano y esbozando una sonrisa. César, que esperaba ver a su hermano y sus sobrinas como cada tarde, se quedó paralizado ante la visión que tenía delante. Santiago no le había dicho el nombre de la visitante, y tampoco él lo había preguntado, pensando que se trataba de Cristian.

Estaba recostado en el respaldo del sofá, con la pierna derecha extendida sobre una silla, y permaneció inmóvil. Con el pulso acelerado y la boca seca, miraba a la bellísima mujer que se acercaba a él con paso felino, retándole a que la detuviera.

—¡Hola, César! —exclamó dicharachera, como si acabaran de verse la tarde anterior. Como si la conversación en que él le dijo que no volviera a visitarle nunca hubiera existido.

Se inclinó sobre el sofá y le estampó un beso en la mejilla con un roce de labios que duró más de lo necesario, para permitirle aspirar el aroma que emanaba de su cuello. César se removió inquieto, pero Mónica, indiferente a la mirada inquisitiva del hombre, se volvió hacia el cuidador y le espetó en un tono que no admitía réplica:

—Puedes marcharte a casa, Santiago. Yo me ocuparé de tu paciente hasta mañana; no te necesitará esta noche.

El hombre miró a César esperando su aprobación, pero este susurró nervioso:

—Mónica...

—No vas a conseguir que me vaya, César. Hoy no. Si prefieres que él también se quede, es decisión tuya, pero su presencia no va a impedir lo que tengo intención de hacer.

Él no tenía duda de sus intenciones, había visto esa mirada felina demasiadas veces para no saber lo que se proponía. Suspiró resignado, si tenía que llevarse la decepción más grande de su vida, que fuera sin testigos.

—Vete, Santiago. Mónica cuidará de mí esta noche; nos vemos por la mañana.

El hombre asintió, risueño. Por un momento había temido que él rechazara la compañía femenina, pero estaba seguro de que esa mujer era la única capaz de sacar a su paciente del pozo de abatimiento que lo corroía desde el accidente.

Recogió sus cosas mientras ella soltaba su enorme bolso sobre una de las sillas de la zona comedor y esperaba paciente y con expresión inescrutable su marcha.

Apenas la puerta se cerró tras el cuidador, César clavó sus ojos verdes en la mujer que le sonreía y preguntó:

—¿Qué significa esto, Mónica? ¿Qué pretendes?

—En primer lugar, que hablemos y después... muchas más cosas. La noche es larga.

«Y la decepción será apoteósica», pensó él. Suspiró y trató de evitarle el mal trago.

—No puede ser, ya te dije...

—Que estabas saliendo con Sandra —interrumpió ella—, pero no es cierto. Ayer me encontré con ella por casualidad y estuvimos hablando.

—Tenía otros motivos para pedirte que no vinieras a verme.

—Y lo respeté.

—Estás aquí.

—Me pediste que no volviera al hospital, pero esto no es ningún centro médico. Ahora que estoy segura de que sigues loco por mis huesos no vas a librarte de mí tan fácilmente.

—No estoy loco por tus huesos.

Ella lanzó una risita divertida y soltó el lazo del vestido. Los ojos de él lanzaron destellos y se humedeció los labios. Las manos comenzaron a sudarle, pero el maldito pene se mantuvo inmóvil.

—¿Ah, no? ¿Tienes idea de cómo me estás mirando?

—Mónica, escucha... —trató una vez más de detener el desastre.

—No he venido a hablar —avisó avanzando hacia el sofá, con el vestido abierto dejando ver la ropa interior, el pelo alborotado y en los ojos la decisión más firme que César le había visto jamás. Se sentó a horcajadas sobre sus muslos. El hombre se removió tratando de evitar que el sexo de Mónica se acomodara sobre su pene fláccido, pero no pudo evitarlo. Ella se acomodó sobre él y con avidez buscó la boca masculina. Cuando sus labios casi se rozaban, le susurró—: Esta vez más te vale devolverme el beso.

—¿O...?

—No quieras averiguarlo.

Y se apoderó de su boca con una pasión que le nubló el pensamiento. Sucumbió, dejó de resistirse y devolvió el beso con la misma intensidad. Sin pensar en su pene ni en ninguna otra cosa que no fuera la boca que había anhelado durante meses. La devoró, hundiendo la lengua en ella, una y otra vez con el deseo brutal que Mónica le inspiraba. Los brazos tomaron vida propia y le rodearon la espalda, acercándola hacia él, de forma que los pechos apenas cubiertos de encaje negro se aplastaran contra el suyo.

Después de varios besos cada cual más largo y tórrido que el anterior, se separaron por unos segundos, los ojos de ambos enredados en una mirada intensa. Mónica le preguntó en tono burlón:

—¿Sigues insistiendo en que no estás loco por mis huesos?

—Lo admito, lo estoy. Por tus huesos, por tu piel, tus ojos, tu boca... por cada centímetro de tu cuerpo.

—Ya me lo parecía. —Rio.

—Pero... —la voz le salió ronca y desgarrada al hablar—, supongo que te habrás dado cuenta de que tenemos un problema.

—¿Qué problema? —preguntó mientras se deshacía del vestido y del sujetador con gesto rápido.

—Tienes que haberlo notado, estás sentada encima.

Ella le miró con expresión inocente.

—Joder, Mónica, no te hagas la tonta. Mi pene está muerto... no se ha inmutado y eso que yo estoy ardiendo por dentro.

—¿Y?

César empezó a irritarse.

—¿Cómo que «y»? No te burles, es algo muy serio.

—Ya, los hombres y su maravillosa «manguera». Te recuerdo que las relaciones sexuales no se limitan a la penetración, y alguien tan imaginativo como tú lo sabe muy bien. Juntos hemos hecho cosas que nos han dado mucho placer, así que no te empeñes en limitar el orgasmo al coito. Tienes manos y boca... y eres un maestro al emplearlas.

—De acuerdo, al menos tú te quedarás satisfecha, aunque sé cuánto te gustaba sentirlo dentro.

Ella le levantó la camiseta por encima de la cabeza y se la quitó. Luego, volvió la cara hacia el bolso que había dejado sobre la silla.

—¿Ves mi bolso?

—Sí.

—Pues dentro está tu regalo de Reyes, que suplirá tu pene si quiero penetración. Estoy segura de que, si tú lo manejas, será algo digno de recordar. Siempre quise que jugáramos con él, era una de las fantasías que no llegamos a realizar.

—Tú lo sabías antes de venir, ¿verdad? Por eso has traído la artillería pesada.

—Pensaba que podría ser una de las causas de que quisieras alejarme, sí. Desde que hablé con Sandra y la teoría de tu relación con ella se vino abajo, he dado muchas vueltas a todo. Rememoré el beso que te di en el hospital y recordé que cuando traté de averiguar la reacción, esta brillaba por su ausencia. Sé la importancia que le dais los tíos a que no se os levante, pero créeme, no tiene tanta.

—Sí que la tiene, Mónica. Sé que existe la viagra, por supuesto la usaremos cuando haga falta, pero me parece algo tan frío y premeditado...

—César, he estado informándome y el orgasmo masculino no está vinculado a la erección sino a la eyaculación.

—Nunca he sentido un orgasmo sin erección.

La sonrisa de Mónica se hizo pícara.

—¡No me subestimes!

A continuación, comenzó a bajar el pantalón de chándal y el bóxer negro que él vestía en un solo movimiento. Se deshizo de sus braguitas también y se arrodilló delante del sofá. Se introdujo el pene en la boca y comenzó su tarea.

Desde el primer roce de la lengua, César comenzó a sentir placer. Confió en que el contacto activara el mecanismo de la erección, pero esta no se produjo. Sin embargo, las sensaciones eran tan intensas que pronto se olvidó de ello. La boca de Mónica obraba maravillas, por primera vez había conseguido meter todo el pene en su boca, algo que antes nunca lograba. Chupaba y lamía como si le fuera la vida en ello y las manos masajeaban los testículos con pericia, presionando el escroto. Era consciente de que, si lograba arrancarle el orgasmo deseado, toda la reticencia de César terminaría.

Este sentía crecer la tensión dentro de él, y en sus manos vacías, la necesidad de tocarla, de devolverle el placer que le estaba regalando, por lo que susurró entre jadeos:

—Súbete al sofá.

Ella alzó la cabeza

—Aún no he terminado.

—Terminemos juntos.

La alzó del suelo y, tendiéndose de espaldas, la colocó en

la posición del sesenta y nueve. Mónica continuó su labor con entusiasmo mientras la boca de César hundía la lengua en ella con ímpetu. Las sensaciones para los dos fueron abrumadoras. La de poder que proporciona dar placer al otro se sumó al gozo producido por la boca que lamía y succionaba en el propio sexo. Los gemidos que ambos no podían dejar de emitir les excitaban sobremanera, la tensión crecía en los dos de forma progresiva. Cuando se sintió próximo al orgasmo, César sustituyó la lengua por los dedos y con esta buscó el clítoris. Estallaron a la vez, entre espasmos y gemidos roncos. Mónica se dejó caer exhausta sobre él, que le suplicó:

—Ven aquí... abrázame.

Ella le complació risueña. Se levantó y se acurrucó contra su pecho en el exiguo espacio del sofá.

—¿Sigue siendo un problema que no se te levante? —preguntó Mónica.

—Para nada. —Él sonrió, besándola en el pelo—. Y sí, te había subestimado, pero no lo haré nunca más.

—¡Más te vale! Porque aparte de la gemela peligrosa, soy terca como una mula.

—Eso siempre lo he sabido. Solo espero que esa testarudez me quiera en tu vida y no lejos de ella.

—Por supuesto. Ya te dije en el hospital que tu accidente y la posibilidad de perderte me habían hecho comprender lo que siento por ti y cuánto te necesito. Eso sí, confío en que no esperes una mujercita como Lorena, hogareña, de las que preparan tartas en el tiempo libre y esas cosas. Yo solo sé cocinar cuatro recetas básicas, y aliñar ensaladas de bolsa.

—Si quisiera una mujer como Lorena me habría enamorado de ella. Porque de físico sois idénticas.

—Eso es verdad.

—Te quiero a ti, Mónica Rivera, tal como eres: impulsiva, temeraria, apasionada... preciosa. Me importa un bledo que no sepas cocinar, tampoco yo hago muchas comidas en casa.

—Cerca de mi oficina hay un sitio estupendo de comidas para llevar, no te condenaré a lechuga de forma permanente.

—También yo tengo que advertirte que el César que conocías tardará en llegar, si es que llega. El traumatólogo me ha explicado que debo olvidarme de las escaladas en la montaña, porque la pierna podría no responder. También que me queda una temporada de rehabilitación antes de volver al trabajo, lo que provocará mi mal humor por la inactividad.

—¿Inactividad, dices? ¿Sigues subestimándome?

—Para nada.

—Pienso venir todas las noches, así que prepárate.

—¿Todas?

—Ajá. Y no es necesario que tengamos sexo siempre; si estás cansado o dolorido por la rehabilitación podemos ver una película, charlar, cenar y dormir abrazados.

Él sonrió con humor.

—Eso me ahorrará una pasta en el sueldo de Santiago. Las noches salen caras.

—¿Ves? Todo ventajas.

—¿Sabes calentar sopa? ¿Tus conocimientos culinarios llegan a eso? Tengo hambre —preguntó divertido. Mónica le hacía reír como ninguna otra mujer.

Ella alzó la cabeza, que recostaba sobre el hombro desnudo.

—Solo si el brik tiene manual de instrucciones.

—Es casera, me la trajo anoche Cristian.

—En ese caso no estoy segura. Espero no incendiar tu cocina, porque los bomberos de baja no pueden apagar fuegos, ¿verdad?

—Solo los de las chicas preciosas...

—En ese caso, cenemos, porque aquí hay una que está ardiendo.

—Y aquí hay un bombero que está deseando probar lo que traes en el bolso.

Mónica se levantó del sofá y se dirigió a la cocina. Desnuda. Provocadora. Y César sintió que se le expandía el pecho por el alivio y el amor. El gato, que desde el alféizar de la ventana no había perdido detalle de lo sucedido en el salón, la siguió esperando algo de comida extra.

32

Juntos

Mónica despertó al amanecer, con los primeros rayos de sol filtrándose por la ventana y una tímida erección presionando sobre su trasero desnudo. Era la cuarta noche que pasaba con César, cuatro noches en las que habían disfrutado del sexo sin trabas y sin inhibiciones, en las que él se había relajado lo suficiente para no pensar siquiera en su problema y se había limitado a dar y recibir placer. En un momento de confidencias habían decidido acudir juntos a terapia y tratar de solucionarlo en pareja, pero más adelante, cuando las secuelas físicas hubieran mejorado lo suficiente para permitirle moverse con menos dificultad.

Sonriendo en la semioscuridad de la habitación presionó con suavidad para asegurarse de que lo que notaba contra sus nalgas era real y no fruto de su imaginación y sus deseos. Lo era. No tan potente como otras veces, pero significaba un comienzo, un signo de recuperación, no tenía ninguna duda de ello.

Con cuidado deslizó la mano hacia atrás y acarició el pene que continuó tomando vida entre sus dedos. Luego decidió que era el momento de despertar al durmiente.

—César... —susurró.

—Hum... —murmuró este, aún entre la neblina del sueño.

—Es hora de despertarse.

—¿Ya es de día?
—No, pero te alegrarás de dejar el sueño.
De repente y sintiendo las manos de Mónica acariciándole, abrió mucho los ojos y se despertó de golpe.
—Joder... estoy...
—*Síií*. —Rio ella. Se volvió hacia él y susurró sobre su boca—: Hay que aprovechar, ¿no te parece?
—Claro que me parece.
Se enredaron en un beso mientras Mónica continuaba acariciándole, temerosa de que la erección fuera algo efímero y se bajara sin más. Pero no fue así, sino que continuó firme contra su palma.
Tras unos besos apasionados que terminaron de despertar a César, y sin prolegómenos que ninguno necesitaba, la penetró despacio. Estaba aterrado de estropear el momento con prisas.
Para ambos fue casi como su primera vez, la expectación y las sensaciones mucho más fuertes de lo habitual. Se miraban a los ojos mientras César se adentraba en ella centímetro a centímetro, con el temor de que la erección se desvaneciera sin más. A pelo.
Mónica no quiso pensar en que llevaba un par de meses sin tomar la píldora, pero lo último que iba a hacer era parar para coger un preservativo.
Hicieron el amor despacio, sintiendo cada envite como algo muy especial para ambos, con los ojos prendidos y leyendo en ellos todo un mundo de sentimientos y emociones. Había más que placer en aquel acto, había amor. Mucho amor.
A pesar de que lo hicieron con lentitud, no duraron mucho. Hacía tanto tiempo desde la última vez, y los dos lo deseaban con tal intensidad, que estallaron a los pocos minutos. Pero no importaba porque ambos estaban seguros de que el problema de César se había superado. Que le había bastado relajarse y dejar de pensar en él para que su cuerpo reaccionara como debía.

Hasta que no se derramó dentro de ella César no fue consciente de su descuido. Sin salir, se resistía a dejar el calor que lo envolvía y que había temido no volver a sentir, susurró:

—Lo siento. Estaba tan entusiasmado que no me he acordado de usar un condón.

Mónica le besó con suavidad en los labios.

—No te preocupes, está a punto de bajarme la regla. No creo que haya consecuencias.

Eso esperaba, porque, aunque había decidido mantener con César una relación estable, la idea de ser madre le seguía atrayendo tan poco como antes. Lo habían hablado en una de sus charlas de los últimos días, y fijado las pautas de su relación. Los dos habían decidido satisfacer sus deseos de paternidad con las niñas de sus hermanos, de disfrutar de ellas sin la responsabilidad que conlleva la educación ni las malas noches.

Tal como le dijera en una ocasión, César aceptaría los términos que Mónica quisiera imponer, lo único que le importaba era que estuviesen juntos. Su amor por la gemela peligrosa iba más allá de la paternidad o de cualquier otra circunstancia.

—De verdad que no ha sido intencionado.

—Ya lo sé. Este es un momento especial, no lo estropeemos con disculpas ni pensamientos negativos.

—¿También para ti ha sido especial?

—Claro que sí. Hemos hecho el amor más allá del sexo. Y no tiene nada que ver con tu erección matutina, ha sido el acto en sí.

Al fin César se decidió a salir de su cálido refugio, y la atrajo contra su hombro.

—Te quiero... —susurró con voz ronca y emocionada—. ¿Te lo había dicho ya?

—Sí, pero nunca es suficiente. Yo también te quiero y no es la primera vez que se lo digo a un hombre, pero nunca, ninguno, me ha hecho sentir lo que tú. Jamás lo había confesado siendo tan consciente de lo que significa.

—Lo sé. Si no fuera así nunca hubieses empezado algo conmigo con el fantasma de mi impotencia pendiendo sobre nosotros.

—Perdona, pero tú nunca has sido impotente. Esa palabra define al que no puede, y tú me has hecho disfrutar mucho estos días. Has padecido una disfunción eréctil transitoria, nada más, provocada por la medicación o el accidente. Las palabras «no puedo» no existen en tu vocabulario, porque eres un luchador.

—Voy a ser de nuevo el hombre que era, te lo prometo. Haremos escalada y todo lo que hacíamos antes.

—En el rocódromo y con colchonetas debajo —aseguró ella con firmeza.

—Al principio.

—Ya veremos. No olvides que también soy la gemela cabezota. Y mandona. Y...

—Y yo el caballero de fuego que conoce tus puntos débiles.

—No pienso ver cómo te precipitas al vacío, así que no cuentes con convencerme de eso.

—¿No? Yo pensaba hacer el salto del tigre cuando estuviera más recuperado y pudiera subir al ropero. —La miró con picardía.

—¡Ni por asomo! No voy a estar quieta mientras veo cómo aterrizas con tus noventa kilos de músculo sobre mí y me destrozas. Mejor ve buscando otra fantasía sexual menos peligrosa para los dos.

—¿Por ejemplo?

—Hay muchas posturas que se pueden realizar en un sillón *tantra* y que aún no hemos probado. Iré haciendo una lista.

—De acuerdo.

El timbre de la puerta sonando con discreción les hizo saber a ambos que su momento íntimo se había terminado. Aunque Santiago tenía una copia de la llave, desde que Mónica pasaba las noches con César siempre llamaba y esperaba que le abriesen.

—Hora de levantarse —susurró este—. Hoy nos han pillado.

Normalmente cuando llegaba el cuidador ya estaban los dos duchados y sentados ante la mesa del desayuno.

Se levantaron dispuestos a afrontar un nuevo día. Cuando Mónica abrió la puerta del dormitorio, que solían dejar cerrada para que el gato no entrase en la habitación, este se coló dentro reclamando un poco de atención por parte de su dueño.

César, tras rascarle el cuello, se puso un pantalón de pijama y se dirigió, apoyado en la muleta, hasta el salón para abrir la puerta. Tras la del baño sentía caer el agua de la ducha y solo de imaginar el cuerpo desnudo de Mónica bajo los chorros, sintió de nuevo removerse su entrepierna. Sonrió feliz y dispuesto a comenzar su nuevo día de ejercicios para fortalecer los músculos y volver a ser el hombre de antes en todos los sentidos. No importaba el tiempo ni el esfuerzo que le llevaran.

Cuando Mónica salió de la ducha poco después, arreglada y lista para ir al trabajo, César le dedicó una mirada tan reveladora que hizo sonreír al hombre que se sentaba en la mesa con él.

—Buenos días, Santiago —saludó ella, sirviéndose una taza de café, negro y fuerte—. Hoy se nos han pegado un poco las sábanas, me temo.

—No importa, eso no afectará al ritmo de los ejercicios —bromeó—. Reduciré los periodos de descanso, eso es todo.

—Ya te dije que es un negrero —dijo César.

—No pienso permitir que ninguna mujer se entrometa en la recuperación, por muy bella y tentadora que sea. En mes y medio tengo previsto que abandones las muletas y mis servicios. Para entonces estarás recuperado y podrás volver al trabajo. Entonces, y solo entonces, serás todo suyo.

Mónica rio ante la idea. Estaba impaciente porque llegara ese momento. Habían tenido charlas íntimas, de planes y proyectos futuros, en las que había comprendido lo que siempre le dijera su hermana: que cuando has encontrado a la persona adecuada, una relación estable complementa y no coarta ni quita libertad. Y ella deseaba con todas sus fuerzas que la suya con César comenzara de forma total y absoluta. Quería salir a pasear, hacer excursiones que no implicaran peligro, verle revolcarse en el suelo con las niñas... Pero sobre todo deseaba esa relación de la que había huido con anterioridad.

Terminó su café, rechazando las tostadas que le ofrecieron. Había quedado con Lorena para desayunar juntas y comentar asuntos de trabajo, y Mónica estaba segura de que su recién estrenada relación con César también estaría entre los asuntos a tratar.

Él la vio salir del piso con paso apresurado sobre sus eternos tacones, y su mirada de hombre enamorado lo dijo todo.

—Una noche especial, ¿eh? —bromeó Santiago cuando la puerta se cerró tras la mujer.

—Todas son especiales con ella, pero sí. Muy especial.

—Me alegro. Su presencia se nota en tu avance, los ejercicios son más efectivos desde que está aquí.

—Lo sé. —César clavó en el hombre una mirada expectante—. ¿Has dicho en serio lo de las seis semanas hasta mi total recuperación?

—Si continúas trabajando con este ahínco y a este ritmo, sí, creo que es el tiempo que necesitas.

—Que sean tres. Dobla la intensidad, haz lo que haga falta, yo te seguiré.

—¿Estás seguro?

La mirada de César brilló entusiasmada.

—Lo estoy. Y ni media palabra a Mónica, quiero darle una sorpresa.

—En ese caso, acaba de desayunar, que comenzamos.

33

Una visita inesperada

Mónica miró el móvil una vez más aquella tarde, deseando que llegara la hora de salir de la oficina. Cuando se marchó de casa de César le había notado muy eufórico, y no estaba segura de que se tratase solo porque se estuviera recuperando bastante bien. Santiago le decía que «progresaba adecuadamente», como si fuera un crío en edad escolar.

Las tres semanas transcurridas desde que él había recuperado las erecciones habían sido fantásticas, de un sexo increíble. César estaba muy ilusionado con su reincorporación al trabajo, después de meses de ausencia, aunque a ella le iba a costar acostumbrarse de nuevo a los turnos y al peligro que la profesión de bombero conllevaba. Ahora, después de lo sucedido, era mucho más consciente del riesgo que corría cada vez que salía de casa. Por eso quería aprovechar cada minuto que tuviera para disfrutar de él. Se estaba habituando a pasar juntos cada noche y a veces todo el fin de semana, algo que terminaría en cuanto se incorporase de nuevo a los endiablados turnos de su profesión.

Aún faltaban treinta minutos para que ella pudiera dar su trabajo por finalizado aquel viernes, que se le iban a hacer eternos, cuando el teléfono interior sonó y la sacó de su rutinaria tarea.

—¿Sí, Adela?

—Tienes una visita.
—¡Mierda, no! Ahora no. Deshazte de quien sea, dale cita para el lunes, estoy ocupada y no quiero retrasarme ni un minuto de mi hora de salida.
—Me temo que no lo aceptará.
En aquel momento, la puerta del despacho se abrió y en el umbral apareció César. Vestido con un vaquero desgastado en vez del habitual chándal que usaba en casa y una camisa blanca. Sin pedir permiso, avanzó unos pasos, despacio y sin muletas, con los ojos chispeantes.
—¿Qué haces aquí? ¿Cómo has venido?
—Conduciendo. Con el beneplácito de Santiago, no me eches la bronca.
—¿En serio?
—Las seis semanas que dio de margen se han reducido, los dos hemos trabajado duro para ello. Estoy recuperado, me han dado el alta esta tarde.
Él avanzó despacio hacia ella, apenas una leve cojera daba indicios del grave accidente que había padecido. Mónica seguía mirándolo, incrédula.
—¿De un día para otro? Anoche seguías usando muletas.
—Solo para ti, para darte la sorpresa hoy. Hace un par de semanas que las abandoné. Pero tenía que venir, porque dejamos algo pendiente la última vez que estuve aquí.
—¿En serio? ¿Qué dejamos?
César desvió la mirada hacia el escritorio y alzó una ceja.
—Oh, eso... —Rio traviesa—. ¿Aún lo recuerdas?
—En ningún momento lo he olvidado.
Mónica sintió que la invadía un calor intenso. Hasta entonces, desde que se habían reconciliado, siempre habían hecho el amor tumbados o sentados. Sin dejar de mirarle, cogió el teléfono y pulsó la línea interior.
—Adela, puedes irte a casa. Yo cerraré.
—¿Ahora? Aún me falta terminar el informe para Patrimonio.

—Lo acabas el lunes.

—De acuerdo, jefa, en cinco minutos estoy fuera. —Rio con ganas.

—Más te vale.

Mientras esperaban a que la recepcionista se marchara, Mónica se apresuró a despejar la mesa de objetos que pudieran estorbar. Papeles y carpetas fueron a parar al cajón sin mucho miramiento, el ordenador pasó a ocupar un espacio sobre uno de los archivadores y, una vez libre de estorbos la pulida superficie de madera clara, César se sentó sobre el borde y tiró de ella hasta situarla entre sus piernas estiradas. Frente a frente, los ojos a escasos centímetros unos de otros, prometiéndose mil placeres. Las bocas se unieron con un deseo salvaje, Mónica enredó los dedos en el pelo de la nuca de César mientras los brazos de este la rodeaban con fuerza. Se dio cuenta entonces de que la fortaleza de él había mejorado sensiblemente, algo que le había pasado desapercibido las últimas noches que estuvieron juntos.

Cuando escucharon el sonido de la puerta, Mónica se soltó del abrazo y salió del despacho dispuesta a cerrar por dentro para evitar intrusiones. Cuando regresó, César se desabotonaba la camisa con parsimonia.

Ella se sentó en el sillón dispuesta a disfrutar del espectáculo de verle de pie, desnudándose. Botón a botón, la camisa blanca fue dejando a la vista la piel, más blanca de lo habitual debido a la reclusión de las últimas semanas, pero igual de apetecible que siempre. Despacio, Mónica se alzó la falda hasta las caderas dejando al descubierto los muslos y las braguitas de encaje malvas y comenzó a tocarse por encima de la tela. Él aceleró el proceso de desnudarse, pero con expresión malvada, ella detuvo su mano.

—Ni se te ocurra ir deprisa. Tómate tu tiempo y recréame la vista. Te has presentado aquí de improviso y, antes de apagar mi fuego tienes que encenderlo mucho más.

César esbozó una sonrisa satisfecha y obedeció. Con movimientos reposados siguió desnudándose. Tras soltar el último botón la camisa, la deslizó por los brazos. Después se desabrochó los pantalones y comenzó a bajarlos. No llevaba ropa interior y Mónica tragó saliva al ver su miembro bien dispuesto mientras los pantalones caían por los muslos. Se deshizo de ellos y de los zapatos con dos patadas, quedándose desnudo. Ella seguía acariciándose con una mano mientras con la otra abría la blusa de seda que llevaba puesta, mostrando el sujetador que, al igual que las braguitas, dejaba poco a la imaginación. Abrió el broche delantero y comenzó a acariciarse los pezones mientras César la miraba con la respiración agitada. Aguantó todo lo que pudo hasta que en dos zancadas se acercó, la agarró de la mano y alzándola del sillón se apoderó de su boca con un deseo salvaje. Metió la mano por el costado de las preciosas braguitas y las rompió, desnudándola.

    Mónica se dejó caer sobre la superficie de la mesa y le rodeó las caderas con las piernas mientras él, inclinado sobre ella, le devoraba los pechos. Presa de la impaciencia alzaba las caderas rozándose contra él que, incapaz de contenerse más, la penetró de golpe. El largo jadeo que salió de la boca de la mujer lo volvió loco y se movió hundiéndose en ella una y otra vez, con todo el ímpetu de su deseo. Verla allí tendida, con la falda arrugada en la cintura, el pelo desparramado sobre el escritorio, los ojos brillantes y la boca húmeda, moviéndose frenética, le hizo perder el control como pocas veces en su vida. Con las manos sujetando las caderas femeninas se impulsó una y otra vez, mientras ella se aferraba a los bordes de la mesa para no caer, hasta que ambos alcanzaron un orgasmo devastador. Después, cuando ella fue capaz de respirar con normalidad, se incorporó y, sentándose en el filo de la mesa, le abrazó y hundió la cara en el cuello sudoroso.

    —Puedes venir a recogerme al trabajo siempre que quieras —le susurró en el oído antes de darle un mordisquito en el lóbulo de la oreja.

    —No dudes de que lo haré.

Se besaron durante un rato, con lentitud, disfrutando del sabor de la boca del otro una vez apagado el deseo que los había consumido minutos antes. Después, y mientras se recomponían la ropa, César propuso:

—Deja el coche aquí, mañana te traigo yo. Me gustaría invitarte a cenar en un buen restaurante y no me apetece que vayamos en coches separados. Me da la impresión de que hace siglos que no estamos juntos en un sitio que no sea mi casa o el hospital.

—No llevo bragas —puntualizó Mónica.

—Tampoco yo, calzoncillos. ¿Ir de comando supone un problema para una gemela peligrosa como tú? Saberlo me va a tener muy excitado durante toda la cena.

—Soy un poco escrupulosa, la idea de sentarme en un sitio público de esta guisa no me seduce demasiado.

Él sacó un pañuelo de algodón, de esos que ya nadie usaba, del bolsillo del pantalón.

—¿Y si lo extiendes sobre la silla y te sientas encima?

—¿Qué van a pensar si hago eso? Es posible que se lo imaginen.

—¿Te importa? —la retó.

Mónica lanzó una carcajada.

—No. De acuerdo, vamos a cenar.

Cogidos de la mano salieron de la oficina y entraron en el coche de César. Se encontraba feliz y eufórica, aquella tarde sentía que había recuperado en su totalidad al César de antes, al hombre divertido y chispeante que la instaba a hacer locuras. El que convertía en una aventura cada cosa y cada situación que vivían juntos. Con el que no la asustaba el futuro, ni las relaciones estables, ni nada de lo que pudiera acontecer. César, su amigo, su amante, su amor. Su caballero de fuego.

Epílogo

Siete meses después

César se incorporó de nuevo a su trabajo tras el alta médica. Al principio, sus superiores le mantuvieron lejos de las intervenciones más duras hasta que quedó demostrado que su recuperación había sido total. Gracias a la labor de Santiago y al esfuerzo y disciplina del propio César, ni siquiera una sombra de cojera alteraba sus pasos ni el fantasma de su accidente mermaba su arrojo y su actitud ante la tarea a realizar.

Poco a poco, Mónica se había ido mudando a su casa, de forma paulatina, sin que hubiera mediado una propuesta ni una declaración previa. Todo se había desarrollado de una forma lógica y, cuando se quisieron dar cuenta, ella pasaba semanas sin aparecer por su *loft*. En ese momento, se deshizo de los muebles y enseres que no podría acomodar en casa de César y dejó de pagar el alquiler, lo que hizo oficial la convivencia.

Los fines de semana solían comer en casa de Cristian y Lorena, a veces se quedaban a dormir allí para cuidar de las niñas y permitirles un poco de vida social a sus respectivos hermanos. También estaban planeando hacer juntos el viaje a Nepal que César se había visto obligado a cancelar a causa de su accidente.

Aquel día, Mónica, rompiendo su costumbre, salió del trabajo a media tarde y se dirigió a casa de su hermana. No había anunciado su visita, quería pillarla desprevenida porque el domingo anterior había notado algo raro en su actitud. Estaba habituada a detectar cualquier signo extraño en su gemela y, aparte del aspecto cansado de Lorena, esta se había mostrado algo esquiva y más seria de lo normal durante el almuerzo. De modo que había aprovechado que Cristian pasaría fuera dos o tres días para hacer un reportaje y se presentó en su casa dispuesta a averiguar qué pasaba. Esperaba que no tuvieran problemas de pareja, porque eso haría muy desgraciada a su hermana, que estaba profundamente enamorada de su hombre.

Nada más abrir la puerta, el aspecto de Lorena confirmó sus sospechas. Estaba pálida y se la veía cansada y con marcadas ojeras.

—Hola, Moni. ¿Qué haces aquí en horario de trabajo?

—Adela lo tiene todo controlado, de modo que he aprovechado que Cristian está fuera y las niñas en el colegio para hacerte una visita.

—¿Y se puede saber por qué tanto misterio? Nos vimos el domingo, como siempre.

—Porque quiero verte a solas y que me cuentes qué te sucede.

—¿Por qué piensas que me pasa algo? —preguntó suspicaz.

—Hablas conmigo, Lore. Estás preocupada por algún motivo, así que desembucha.

Lorena sonrió.

—No puedo ocultarte nada, ¿eh?

—Ya sabes que no. ¿Se trata de Cristian?

—Sí, y no.

—Me lo has dejado muy claro.

—Pasa y siéntate. ¿Quieres un café?

—No, no me apetece.

—¿No te apetece un café? —preguntó extrañada. Jamás había rechazado uno.

—No. Además, no he venido a tomar nada, sino a hablar contigo.

—Está bien. Pues la verdad es que sí ando un poco preocupada estos días —dijo, dejándose caer en el sofá junto a su hermana.

—¿Cristian está siendo un chico malo? ¿Anda tonteando con otras? ¡Mira que lo hago trocitos, aunque sea mi cuñado!

—No, no es eso. Es solo que habíamos decidido no tener más hijos, las gemelas nos traen de cabeza todo el tiempo. Incluso pensaba hacerse la vasectomía y yo no quise. Le dije que seríamos muy cuidadosos... Pero a pesar de ser muy cuidadosos... creo que me he quedado embarazada otra vez. Y temo que no se lo vaya a tomar muy bien.

—¿Crees o estás segura?

—No me ha venido la regla y me siento igual que cuando estaba embarazada de las gemelas. Cansada, los pechos hinchados... los pezones me duelen solo del roce de la ropa y no soporto el olor de la trementina, me da náuseas...

—¡Joder!

—Si se confirma no sé cómo voy a decírselo; ya sabes que podrían volver a ser dos.

—¡Joder!

—¿No sabes decir otra cosa? Eso no me ayuda mucho.

—Es que no puedo decir otra cosa... ¡Joder, joder y joder!

—Ya.

—No, no lo entiendes. Es que los síntomas que me estás describiendo me suenan mucho.

—Claro que te suenan, los sentí en el embarazo de las niñas y tú los viviste conmigo.

—Y ahora los estoy sintiendo yo también.

—¿Cómo que los estás sintiendo tú también? Sabes de sobra que eso de que los gemelos sufren las enfermedades del otro no es cierto.

—No, pero hace dos noches tuve que decirle a César que dejara en paz mis pezones porque me hacía daño y eso que apenas los estaba rozando con la lengua. Hace varios días que me resulta imposible tomarme una taza de café, y también llevo un retraso de quince días. No le había dado importancia porque no soy muy regular, pero...

—¡Joder!

—Sí, eso mismo... Bueno, Lore, hay que coger el toro por los cuernos, con agobiarnos no vamos a solucionar nada. Mañana mismo y aprovechando que Cristian no está, nos vamos las dos al ginecólogo a que nos haga una ecografía. Con tan poco tiempo es la única forma segura de saberlo todo; si estamos embarazadas y de cuántos bebés. Y luego, si se confirma, ya veremos cómo se lo decimos a los chicos.

—Vale. Me anima saber que no estoy sola en esto.

—Ay, Señor, con menuda prole nos podemos juntar. Invítame a una tila o algo relajante.

Cristian llegó a casa aquella noche después del viaje y se encontró con su hermano sentado en el sofá. Siempre era agradable verlos a él y a Mónica, pero aquella noche no le hizo muy feliz la visita. Tenía ganas de acostar a las niñas temprano y meterse con Lorena en la cama para compensar los tres días de ausencia y, si tenían visita, la sobremesa se alargaría de forma inevitable.

—Hola, ¡qué sorpresa! Lorena no me dijo que fuerais a venir hoy.

—Yo tampoco lo sabía, pero Mónica me llamó esta mañana para decirme que estábamos invitados a cenar aquí esta noche. He venido directo desde el Parque, ni siquiera me ha dejado pasar por casa.

—Algo se traerán entre manos, seguro.

—No tengo ninguna duda, porque al menos Mónica lleva unos días muy rara.

—¿Dónde están?

—Bañando a las niñas.

—¿Tan pronto? Normalmente, cuando he estado de viaje, Lorena espera que yo llegue para que la ayude con la ducha y la cena y disfrute de las crías un rato. Le aseguré que volvería temprano.

—Dijo que hoy estaban cansadas.

—Bueno; de todas formas, mañana las llevo yo al colegio. Ya las veré entonces más rato.

—Ve a darles un beso, no creo que les moleste.

—No... dejémoslas a su aire. Ya he aprendido a no inmiscuirme cuando las gemelas Rivera traman algo, y no tengo ninguna duda de que es así.

—Yo tampoco.

Minutos después, las dos hermanas aparecieron en el salón con las niñas recién duchadas y dispuestas a darles la cena. Lorena se acercó a besar a Cristian sin demasiada efusividad, como cautelosa, después de que él abrazara a sus hijas.

Ambos hermanos observaban a sus mujeres con atención, las notaban huidizas y extrañas. Después de la cena de las pequeñas, Cristian las llevó a la cama y regresó al salón, tras darles el beso de buenas noches.

Al momento, Lorena y Mónica salieron hacia la cocina y regresaron minutos después con sendas copas en las manos, que dieron cada una a su chico.

—¿Y esto? —preguntó César.

—Pensamos que os apetecería una copa —sugirió Mónica.

—Pero antes de cenar, mejor una cerveza que un whisky.

—Yo creo que esto os vendrá mejor —dijo Lorena.

Ambos hermanos cruzaron la mirada y dieron un sorbo a la bebida.

—Y ahora —añadió Mónica—. ¿Estáis cómodamente sentados?

—Sí. Cómodamente sentados, y con un whisky en la mano —dijo Cristian—. Todo estupendo. ¿Por...?

—Porque os queríamos hacer una pregunta.

—¡Ajá! —comentó César—. Por ahí van los tiros. ¿De qué se trata?

—¿Alguna vez os habéis planteado formar un equipo de baloncesto o de voleibol o algo así?

Cristian y César volvieron a mirarse, extrañados.

—No...

—Yo soy más bien de deporte en solitario, cariño. Ya sabes... escalada y esas cosas.

—Ya.

—Bueno, Moni, vamos allá —dijo Lorena con un suspiro, cogiendo a su hermana de la mano—. A la de tres.

—Una... dos y...

—¡Estamos embarazadas! —exclamaron al unísono.

César se atragantó con el sorbo y Cristian detuvo su vaso a medio camino de la boca.

—¿Cómo que estáis embarazadas?

—¿Las dos?

—Ajá —dijo Mónica, haciendo suya la frase típica de su novio.

—Y el cómo, ya lo sabéis... ¡No ha sido por arte de magia!

—¿Y... lo del equipo de baloncesto...? —preguntó Cristian suspicaz.

César fue más directo.

—¿Cuántos bebés?

—Gemelos las dos.

—¡Hostia! —exclamó.

Cristian se volvió a su hermano.

—Chócala, tío... estamos hechos unos machotes.

César palmeó la palma que este le tendía.

—¡Sí!

Lorena y Mónica se miraron estupefactas, alzando las cejas. Pensaban que iban a agobiarse y estaban ahí palmoteando como dos críos el día de Reyes.

—Mejor así, Lore.

—Ya... aunque no sé. Debe de ser el shock. Quizá deberíamos echarles agua o algo...

Ambos se levantaron y se acercaron a sus mujeres, abrazándolas.

—Lo del equipo de baloncesto no es mala idea. Habrá que rentabilizar esto de alguna forma.

—Ajá.

—Entonces... ¿No estás enfadado? —le preguntó Lorena a Cristian después del beso apasionado que le dio este—. Tú querías hacerte la vasectomía y yo no te lo permití. Pensé que...

—Está claro que ahora sí se impone una visita al quirófano, pero no, no estoy enfadado.

—Son cuatro hijos, si ya con dos estamos desbordados...

—Saldremos adelante, no te preocupes. No disfruté de las nenas cuando eran bebés, ahora pienso hacerlo.

—A nosotros no nos miréis pidiendo ayuda, tendremos nuestro propio par de los que ocuparnos —alegó su hermano.

Mónica miró a César, que la rodeaba con los brazos.

—Tú estás contento, ¿verdad?

—Eras tú la que no querías tener hijos, yo sí.

—Pues si estás feliz, yo también —suspiró ella—. Aunque todavía tengo que hacerme a la idea.

—Como dice Cristian, saldremos adelante. Eso sí, de nuevo Nepal se queda en un proyecto. Algún día lo conseguiremos.

—Eso, algún día.

—Y ahora, nosotros nos vamos a tomar el whisky de un tirón, y vosotras os vais a relajar y a permitir que os cuidemos. ¿De acuerdo? Os notamos un poco tensas. Vamos a preparar la cena y a celebrar la noticia.

—Por mí, ningún problema.

Se sentaron en el sofá mientras los hombres se dirigían a la cocina.

—Yo pienso aprovecharme todo lo que pueda, que ya sé lo que viene luego.

La cena, que en un principio ambas hermanas pensaban que sería tensa y con algún ceño fruncido, transcurrió alegre y animada. En ella recordaron anécdotas de cuando Ángela y Maite eran bebés para que Cristian se fuera haciendo una idea del futuro, pero este no parecía asustado en absoluto. Y sí muy feliz.

Tras el postre, y sin aguardar a la sobremesa porque ambas parejas deseaban estar a solas, César y Mónica se marcharon. Puesto que habían llegado por separado hicieron el trayecto cada uno en su coche, pero apenas se encontraron en el salón, y Mónica se desprendió de los zapatos, César se acercó a ella y le agarró las manos.

—¿Cómo estás? —preguntó ansioso, ahondando en su mirada.

Ella alzó una ceja.

—Embarazada.

—Eso ya lo sé. Lo que te pregunto es si tienes náuseas o cualquier otro malestar.

—De momento, solo algo muy terrible. No soporto el café.

—Pues menos mal, porque estoy seguro de que el médico te reduciría la cafeína que tomas a lo largo del día, de modo que es mejor que no te apetezca o los críos saldrían con un ataque de nervios.

Mónica sintió que el aire le faltaba al escucharle decir los críos. Le hizo ser consciente de que la palabra embarazo, algo abstracto, daba lugar a dos personas que se estaban formando dentro de ella. César lo notó.

—A pesar de lo que has dicho antes, no lo llevas bien, ¿verdad?

—Tengo que acostumbrarme a la idea de tener dos seres vivos pateando mi interior.

César clavó en ella una mirada intensa y susurró:

—Gracias por seguir adelante con el embarazo, pese a tu reticencia a ser madre. Sé que lo haces por mí.

—¡Pero ¿qué dices?! Jamás me plantearía abortar, son nuestros bebés. Una cosa es que no deseara quedarme embarazada y, otra muy distinta, matarlos. —Se cruzó al vientre con las manos como si así pudiera proteger a sus hijos de todo mal—. Los voy a querer mucho, es solo que... estoy asustada. Y no por la incomodidad del embarazo, ni por el parto doble, ni siquiera por las malas noches que nos esperan, sino por la responsabilidad de criarles, de educarles.

—A lo mejor no dan malas noches.

—César, hazte a la idea de que los gemelos lloran a la vez, comen a la vez, hacen sus necesidades a la vez, pero nunca duermen a la vez.

—No te preocupes. No estás sola en esto, entre los dos podremos con ello. Mis turnos raros pueden ser una ventaja, recuerda cuando Ángela y Maite eran pequeñas.

—Me lo estás pintando muy bonito.

—Será muy bonito, ya lo verás.

Mónica esbozó una sonrisa radiante.

—Lo sé.

—Vamos a disfrutar mucho cuando tengamos a los chicos.

Ella negó con la cabeza.

—¡De eso nada! Serán chicas, y las de Lorena también, acabo de decidirlo. Cristian y tú vais a vivir rodeados de gemelas temperamentales el resto de vuestra vida.

—¡Que Dios nos coja confesados! —susurró él antes de besarla.

Agradecimientos

Quiero agradecer a mi compañera y amiga, María Ferrer, por su paciencia y asesoramiento en todos los temas relacionados con lesiones, hospital, UCI y secuelas sufridas por uno de los personajes de esta novela. Siempre ahí y siempre dispuesta a responder a mis preguntas y a indagar en los asuntos que no dominaba. Ha sido una gran ayuda en todo momento.